# 德国故事

子初 [著]

当代世界出版社
THE CONTEMPORARY WORLD PRESS

### 图书在版编目（CIP）数据

德国故事 / 子初著. —北京：当代世界出版社，2018.10
ISBN 978-7-5090-1449-3

Ⅰ.①德… Ⅱ.①子… Ⅲ.①散文集—中国—当代 Ⅳ.①I267

中国版本图书馆CIP数据核字（2018）第207063号

| | |
|---|---|
| 书　　　名： | 德国故事 |
| 出版发行： | 当代世界出版社 |
| 地　　　址： | 北京市复兴路4号（100860） |
| 网　　　址： | http://www.worldpress.org.cn |
| 编务电话： | （010）83908456 |
| 发行电话： | （010）83908409 |
| | （010）83908455 |
| | （010）83908377 |
| | （010）83908423（邮购） |
| | （010）83908410（传真） |
| 经　　　销： | 全国新华书店 |
| 印　　　刷： | 北京盛彩捷印刷有限公司 |
| 开　　　本： | 880毫米×1230毫米　1/32 |
| 印　　　张： | 8.5 |
| 字　　　数： | 200千字 |
| 版　　　次： | 2018年10月第1版 |
| 印　　　次： | 2018年10月第1次 |
| 书　　　号： | ISBN 978-7-5090-1449-3 |
| 定　　　价： | 49.00元 |

如发现印装质量问题，请与承印厂联系调换。
版权所有，翻印必究；未经许可，不得转载！

# 目录

序 / I

书评 / III

## 第一章

多瑙河奇遇 / 002

因祸结缘 / 010

妹夫伯德纳 / 015

艾普一家 / 020

汉斯的晚年生活 / 027

牧师瓦尔德玛 / 031

女友伊纳丝 / 037

年幼的对手 / 046

养女丽萨 / 051

兵马俑奇缘 / 056

## 第二章

古董农机收藏展　/ 066

土豆节　/ 070

考驾照记　/ 075

霍夫农场　/ 092

村里的奶农　/ 100

乡村小学英语课访问记　/ 106

家庭聚会　/ 111

WTA世界第一出自我们俱乐部　/ 116

别样村庄　/ 121

教钟纪念日　/ 129

村里的英语角　/ 133

"五一劳动节"的歌声　/ 140

我的"独门绝技"炒面　/ 143

遭遇鼹鼠　/ 146

邂逅维斯提尔堡　/ 150

世界杯在德国　/ 154

## 第三章

盖尔斯塔尔 / 162

为逝者的纪念 / 167

汉娜的故事 / 172

德累斯顿——永恒的美 / 179

勃兰登堡先生 / 186

英戈的故事 / 197

## 第四章

德国高利贷市场一瞥 / 210

希特勒自传往事 / 216

纳税自由日 / 221

德国议员采访记 / 224

柏林女孩玛丽 / 230

路遇难民伊斯迈尔 / 236

宁静美好的日子何时再来？ / 240

风景这边独好 / 246

生动、具体、客观——《德国故事》读后感 / 253

# 序

微嗜难移,唯在阅读。《世界博览》,常寓我目。评介万邦,佳篇竞出。循题叩索,始知子初;子初美文,篇中翘楚。继知子初,笔花繁富。报刊琳琅,多相载录。才思有余,高陟远骛。涉德作品,编汇成书。已刊未刊,收罗严肃。曾睹一斑,已感怡足,今临全豹,欣喜何如!

风物习俗,平民常事,纵谈漫话,亦及国是,德国风貌,百态千姿。缕述难竭,例举三四:救困扶贫,家不殷实。护理疾患,己病待治。屈己利人,德馨不赀。关怀畸童,抚助难稚。邻邦未及,德民支持。厚衷薄墨,推美仁慈。避险碾猫,车御之失。猫主察情,乐与相识。因祸结缘,宽容理智。驾车领证,严考苛试。百难一冀:免伤避死。尊重生命,在职尽职。展览故物,明其所自。重修旧城,复其原始。民族自信,珍惜历史。土豆佳节,土豆为食,千人聚会,品之乐之。地方传统,不容忽视。德众爱国,罕见言辞。足球大赛,德供场址。或胜或负，为荣为耻。争光呐喊，力竭声嘶。爱国热情，乘机宣示。难民入境，汹涌其势。悠然苟安，长留久滞。政府困窘，无计可施。乡镇不虞，劫现盗滋。追念既往，物不遗失。动静惶惶，何时终止！……可嘉如斯，无奈在兹；德国社情，它山之石。三人同行，必有我师；诸邦比照，必有我资。

子初之作，表里爽朗。主旨通明，文笔流畅。求实不隐，务美倾囊。写人尽情，写物穷状。子初之作，心手恒适。思维锐敏，启目洞瓷，表述铦细，运笔刻丝。慧心妙手，有度张弛。子初之作，高蹈远行。力主交流，相互聆听，揭示战祸，珍爱和平。人类求同，方舟共命。子初之作，洵美如歌。遒丽跌宕，委婉亲和。《德国故事》，联系华德。人文事理，惠我良多。

赵九歌

赵桂藩教授，又名赵九歌，北京大学西方语言文学系法文专业毕业，北京第二外国语学院中文系原副主任/教授，北京东方大学客座教授。出版专著《孟浩然集笺》，主编《中国古代文学大辞典》《中国古代名言隽语大辞典》《古代文学知识辞典》和《古代汉语名言辞典》，参与编写《汉法词典》《红楼梦辞典·人物》《鲁迅著作人物词典·古代》及《诗词曲文赋名句集》。

2018年3月14日

# 书评

我是几年前在网球场上认识魏青的。她网球打得好。别看她显得端庄优雅,打起球来可是生龙活虎、动作敏捷,尤其擅长网前截击。她曾在大众网球(国际)论坛主办的《网球让你生活更美好》征文活动中获优秀奖。她钢琴弹得悦耳动听,球友聚会经常让她演奏几曲。她平日喜欢写作,最近她精选这些年来在各报刊杂志上发表的关于德国的文章汇集成《德国故事》这本书,我很高兴为此书写几句评论。

我曾经两次去过德国,德国人给人的印象是冷静、智慧。不像法国人那样华丽浪漫;也没有意大利和西班牙人那么热情张扬。德国人非常注重规则和纪律,干事十分认真严谨,"德国制造",世界有名;讲究清洁和整齐,待人诚恳,注重礼仪;足球、啤酒、土豆是他们的爱好。德国公民福利比较高,其国民享受的社会保障可傲视世界。这些在魏青的文章中都有所体现。

然而,她文章的视角和关注点多倾向于对社会更深层次的观察和思考，包括政治、经济、文化与人文、历史和现状、意识形态等领域，关注他人的生活状况和境遇、民生百态、社会现状与价值观，以及历史的反思及国家命运。例如"艾普一家"，一个经济极其困难的德国家庭，女儿却立志以帮助困难的人为己任。艾普夫妇每年都会去前苏联的摩尔维亚和格鲁吉亚帮助困难农户农耕，好似中国的雷锋。再例如"为逝者的纪念"，以德国一个小村庄的墓地为切入点，记述了德国百姓如何纪念亡人，以及他们如何纪念为战争而捐躯的烈士，从一个方面反映了德国社会普遍的价值观。"古董农机收藏展""土豆节""教钟纪念日"都是通过对德国社区文化生活的描述，反映了德国普通百姓对传统文化不遗余力和身体力行的传承和发扬。"德累斯顿——永恒的美"，则是通过对历史的反思使人们对"战争罪行"有一个新的认识。德累斯顿曾是"文化的代言词"，有众多的巴洛克风格的建筑，是欧洲最美的城市之一，被称为"易北河上的佛罗伦萨"。然而，在二战行将结束之际被炸成一片废墟，战后德国人使德累斯顿涅槃重生，文章中对该城市二战前后的细致描述值得一读。"风景这边独好"，揭露了德国社会的种种不公，批评政府对民众疾苦和民主问题不闻不问，在国家富强的同时贫困指数却逐年上升，百姓怨声载道。对比我国政府带领人民脱贫致富，把人民利益放在至高无上的位置，印证了"为什么人的问题"是检验一个政党、一个政府性质的试金石，揭示了中德两国在国策方针方面的不同。

她写的另外一类文章，则是就社会热点新闻和国内外的时政焦点所写的评论。例如"9·11到底发生了什么？""大众尾气门是欺骗还是蒙冤""难民潮下的德国""世界杯在德国"等。她写的第三类文章，则是作为《世界博览》杂志特约撰稿人针对当时热点话题的特约稿件，其中很多是当期封面文章，例如"2014德国书籍中的中国""奶粉代购也疯狂""中国女子在跨国婚姻中的境遇""封尘已久的自传往事""国外高利贷市场一瞥""印度社会及生活方式",以及"法国总统大选舞弊?马克隆背后的政治力量""难民:你所不知的触目惊心的现实"等。

  书中每篇文章都是一个生动的故事,每个故事情节曲折细腻,人物刻画丰满、形象鲜活、有趣。故事充满传奇,引人入胜,感人至深。每个故事仿佛描绘了一幅缩影图,串联起一幅展现德国现今社会的全景图,使读者了解德国社会民生百态,德国人民的精神面貌和人文情怀,其中处处可见对历史的斑斓记忆、回顾与思考。了解、比较和思考不同的民族,不同文化,不同社会体制,有利于增强我们的民族自信、文化自信和制度自信。相信读者都能有所收获。

王怀倜

中国少年儿童新闻出版总社原总编

2018年3月31日

第一章

# 多瑙河奇遇

我与哈德考恩原本素昧平生，然而在我需要帮助的时候，他神奇地来到我的身边，不仅给予了我无私的帮助，他所告诉我的那些故事，使我至今难以忘怀。

那是在2012年夏季，我带着从国内来德国的父母哥嫂登上了多瑙河游船，那是一次计划不周的旅程，以至于没能事先了解到，除了我们一家以外船上是清一色的德国游客，船上的所有广播、通知、解说以及沿岸各地的导游解说所用的语言都是德语，与船方交涉的结果是，他们同意每天提供第二天行程的英文书面通知，除此之外爱莫能助。

游船驶离起点德国小城帕绍时，正是夕阳西下，多瑙河在这一段河面狭窄，河道蜿蜒曲折，在绚烂的霞光里，两岸的旖旎风光尽收眼底，山崖上的城堡、宫殿、教堂、修道院、葡萄园以及城镇乡村，移步异景、风景如画、美不胜收，宛如一幅幅田园风景画卷在眼前徐徐展开，沿岸居民的生活场景一幕幕映现在眼前，生动活现，好似一部永不完结的电影。多瑙河，因其流经欧洲腹地众多国家、拥有丰富的人文地理历史景观而闻名遐迩。接下来八天的行程安排满满，奥地利、匈牙利、斯洛伐克、捷克和德国众多城镇的知名景观，让我们期待却又一筹莫展，难道真的就这样因为听不懂解说而抱憾而归了吗？

第二天我们来到奥地利瓦豪省小镇Durnstein的一所修道院，当我正与众多游客一起跟随着导游时，身后忽然传来一个男士亲切的声音：

"你们听不懂，是吗？"

待我回头一看，面前站着的是一位五十多岁的高大男士，他身材均匀、学者气质、面貌随和。

"您说对了，确实听不懂。"我笑着摇摇头回答道，却仍然不明他的来意。

"如果您愿意的话，我可以为您翻译。"

他说的是标准的英语，既不是侉里侉气的美音，也不是咬文嚼字煞有介事的英音，说完他就和蔼地看着我，等待我的回答。在那一瞬间，我的脑子里闪现的是这样的疑问：莫非天下真有这等好事，有人要义务地为我做翻译，为什么啊？这好像凭白地收人礼物一样。

"多谢您的好意，可是我又怎么能让您辛苦地为我翻译呢？"

"给需要的人提供帮助是我的乐事，不必介怀。"

"那么我该怎么酬谢您？"

"区区小事，何足挂齿？您不必客气。"

他的诚恳和善意打动了我，使我放下了戒心和客套，接受了他的好意帮助。

"那么就恭敬不如从命了，辛苦您了，真的很感谢。"

"我叫哈德考恩，很高兴认识您。"

他伸出手，我握住了他的手，我们相视而笑。

之后的八天行程中，他一直不辞辛苦、尽心尽力地为我们一家做翻译，他知识丰富，常常深入浅出地讲解一些相关的史实和背景知识，使我们受益匪浅。在一座大教堂里，他给我们讲解天主教和新教的区别。在斯洛伐克Sturovo小镇中心广场，这里在1989年东欧剧变中曾经是民众和平聚会、示威游行的地点，他讲起当时的事态发展和演变。当东西德合并，拆毁柏林墙时，他就在现场，他描绘了当时一个个感人的画

第一章　003

面，人们激动万分、欢呼雀跃、热泪盈眶，来自东德的人们涌入西德一边，互不相识的人们彼此拥抱、握手、亲吻，失散的亲人重聚，抱头痛哭、互相诉说，那一幕幕情景令他刻骨铭心，他至今还保留着一块柏林墙的石头。他的讲述情感真挚，极富感染力，把我带到了那个大动荡的年代，给我留下了深刻印象。

与哈德考恩一起上船的有他妻子、女儿以及妹妹和妹夫一家子，他妻子也说得一口流利的英语，她主动热情地为我母亲和嫂子翻译解说，我常常看到她和母亲互相挎着走在一起边走边聊，好像很说得来的样子，我们两家也结下了友谊。此间我跟哈德考恩也聊了很多，我了解到他们一家人都为教会工作，妻子年轻时就投身教会，曾被派往澳大利亚工作过几年。他们的女儿在教堂下属慈善机构工作，帮助智障儿童，他妹妹和妹夫也都在教会工作。他妹夫看起来像是患有某种疾病，他的皮肤刷白而且脱皮，有点像白癜风那种，表情略显僵硬，说话慢吞吞。在跟他聊天的时候我问他，现在已经退休是不是可以经常出来到处去旅游，他说不行，因为他要工作，我好奇地问他都做些什么，他告诉我有一位老妇人在医院里住院，因为无儿无女，他要去医院照顾她，给她喂饭、擦洗、读书，定时用轮椅推她出去晒太阳，等等。他还告诉我对于很多像她这样没有儿女的信徒，教会会照顾他们，他们都立下遗嘱，身后把所有财产捐给教会，教会中需要有人来打理和经营这些事情。

我问哈德考恩做什么工作，他告诉我在一个慈善基金做总经理，手下有三十多位雇员。他们的基金旨在帮助东欧各国的儿童，那些失学、残疾、家庭暴力、性侵、孤儿，等等。他告诉我在俄罗斯、乌克兰、捷克、斯洛伐克、罗马尼亚、克罗地亚、黑山、塞尔维亚、马其顿、波兰、白俄罗斯等东欧国家有很多这样的儿童，他们需要帮助。在乌克兰，除了几个大城市外，其他地区的人们生活极其困苦，没有工作、没有收入、没有希望，人们穷困潦倒，前景一片黯淡，到处是酗酒，而儿童的境遇就更加悲惨，他们被虐待、被家暴、被性侵，他们的慈善基金用到这些地方，所到之处为人们带来了一线希望。他们建学校，让孩子们受教育，给孩子们带去衣物，给他们治病、送去医药，也给他们带去上帝的福音，解除他们精神上的苦痛。而所有这些钱，都来自于好心人和虔诚的基督徒的慷慨捐赠。

他讲了一件事情，在乌克兰他们有一项计划，一次要带孩子们到另一个地方去野营，需要购买帐篷和一些设备，需要两万零八十欧元，可是这时他们的账上已经没有钱了。正当他们到处想办法却毫无进展的时候，忽然他们的账上收到了两万欧元，他们很兴奋，有了钱可以买帐篷、设备、实施他们的计划了，可是兴奋之余，他很纳闷，是什么人捐了这么一大笔款？一般人是不会一次性地捐这么大一笔款的，会不会搞错了呢？他通过银行查到是一位老妇人汇的款，他打电话过去询问，老妇人说，她有了这笔钱，但是她想她的两个女儿都有工作，并不需要这笔钱，还是把它捐给那些更需要钱的人们吧，于是她就汇给了这个基金会。多年来正是因为有很多像这样的好心人持续的慷慨捐赠，他们的基金才得以长期帮助那些需要帮助的孩子们。

他们定期印制简报寄给捐款人，汇报这一个阶段都做了哪些项目以及各个项目的进展情况。他拿给我一份最近一期的简报，A4开的版面，一共四页，第一页是一张大幅黑白照片，上面有五位年轻的姑娘，年龄大约从十八九岁到二十一二岁的样子，穿着短裤或裙子，脸上绽放着笑容。他告诉我这些女孩都是吉普赛人，因为吉普赛人在欧洲属于落后的少数族裔，他们还保留着传统的浪迹天涯、居无定所、无拘无束的生活方式，他们没有职业，很多人仍然是靠着偷窃为生，所以到处不受欢迎。他们的孩子们很多都失学，没有干净的衣服，不讲个人卫生。这个基金给她们派去老师教她们读书，教她们清洁卫生，给她们干净、漂亮的衣服，其中一个女孩儿头上还顶着一副太阳镜，她们脸上的笑容都很甜美、灿烂。第二页是一张十三岁男孩和他的男老师的照片，男孩的父亲整天酗酒，对他拳脚相加，他曾经自暴自弃、离家出走、弃学、偷东西、被警察抓，在这个基金的帮助下，男孩已经重归学校，现在学习成绩优异。第四页是一张五个孩子的照片，年龄从六七岁到十一岁不等，他们手里分别拿着毛绒玩具、机器猫和娃娃，站在后排的是照顾他们的阿姨，手里捧着一个大蛋糕。哈德考恩告诉我，这些孩子分别来自吸毒、暴力、酗酒、贫困或离异家庭，他们幼小的身心都曾经受到过创伤。他们收容了这些孩子，并聘请了一位中年女性照顾他们的生活起居，另外还请了一位女教师教他们读书，并兼做心理咨询和辅导，他们的努力使这些孩子慢慢地走出心理阴影，感受到人世间的温暖与爱。这些照片下面是报道文章，介绍照片背后的故事。这份印刷品被定期邮寄到每位捐款人家里，让他们了解所捐款的用项以及项目的进展情况，很多人还会再捐款。

　　哈德考恩另外给我看了一本彩色小册子，是他们慈善基金印发的宣传册，上面有几幅小照片，一幅是几个只有四五岁的孩子们每人手举着一支挤上了牙膏的牙刷，冲着镜头大笑；另一幅是一个孩子手里抓着一个面包正在吃着，旁边一个孩子正捧着一个硕大的塑料水桶在喝水；还有一幅是一位老妇人手里拿着一个大塑料袋，里面装满了面包，这些照片明示了在基金的帮助下，这些贫困地区的人们有了面包和清洁饮用水。小册子下方有该基金会的地址、联系方式、银行账号等信息，小册子摆放在各社区的教堂里。类似这样的慈善基金，在欧洲各国都有，无论你到哪个国家、哪个城市、甚至小镇，走进那里的教堂，都能找到类似的印刷宣传品，旨在倡议人们捐款。

  随着时间的推进，我和哈德考恩也越来越熟悉，好感和信任也与日俱增。一天，我们像往常那样随着旅游团访问一座小城，虽然我们两人走在游客中间，但是我们谈话的内容却与旅游毫不相干。他缓缓地告诉我说，在他年轻的时候曾经做过情报收集工作，也就是传说中的间谍。那时他二十七岁，为一个美国机构工作，主要任务是资助和联络那些社会主义国家的政治犯。他要携带大量现金入境，设法交给那些政治犯的家属，同时从他们那里获得一手情报，再带出境。他被指派主要活动的国家包括当时的东德、阿尔巴尼亚、罗马尼亚和前苏联，为此他需要接受很多相关的训练。每一次秘密入境，他身上都会携带三四万美元的现金，到达目的地后，第一件事就是要兑换成当地货币。一次在莫斯科，他住在一家星级酒店里，他需要兑换三万美元的卢布，他找到饭店外币兑换台的人，私底下跟他说了，一开始他满口答应说没问题，他还以为是要换五十美元呢，当他听清楚是三万美元时，他开始浑身哆嗦起来，他怕被克格勃发现，可是他还是很想赚这笔钱。他报了价，高于哈德考恩的心里价位，他没有接受，双方经过一番讨价还价后，终于达成交易。他告诉哈德考恩饭店的地下一层是厨房，地下二层是空调和供暖设施，地下三层是仓库，交易地点就在地下四层。当哈德考恩带着钱按照约定的时间来到地下四层时，只见那里站着七八个大汉，那个人马上解释说他们是来保护他们的。他们来到卫生间，进来了一个大胖子，穿一件宽大的大衣，大衣里面、袖子里面藏着的全是钱，他们钻进相邻的两个单间，坐在马桶上开始交易，从中间的木隔板下面互相递钱，他递过

第一章　　007

去一千美元,那边就递过来相当于一千美元的卢布,就这样一手美元一手卢布,交易顺利地完成了。之后他要带着这些钱,避开克格勃的监视和跟踪,送到有关人员的手中。有一次他带着钱走在路上,后面有几个克格勃在跟踪,他们都身着黑色皮衣、戴墨镜,就像在间谍电影中常常看到的那样,他下了地铁,然后就像电影中那样在车厢门关闭的一瞬间跳下来,又蹿上了对面的一趟列车,向相反方向驶去,如此这般连续换了几次车,终于成功地甩掉了尾巴。当他确认没有跟踪后,才去了目的地,把钱交给当事人,并带回了情报,完成了任务。为了掩人耳目,他们经常要扮成游客,有时还要带上家人同往,他就曾带着妻子去执行过任务,当然也要装模作样地参加一些游览活动。

  他讲这些故事的时候,我听得都呆了,很想了解更多,可我也知道像他们这样的人,警惕性高,不想说的你问也问不出,很多事情他们会一生守口如瓶,即使是对他们的妻子和孩子。我问他当时压力大不大,他说当然,每次在接到任务的时候,都会感到巨大的压力,因为你完全不知道会发生什么意外状况,而无论发生什么,你都必须独自面对,找出解决的办法。我又问如果万一发生不测,他们会有什么样的危险?是否会有生命危险?他回答说不会有生命危险,如果被发现并且被捕,顶多蹲几周监狱,然后会被释放,但是会被在护照上盖上一个"不受欢迎的人"的戳,然后被驱逐出境,永远不许再入境,他说有一对夫妇就有过此经历。而他自己在大约二百五十多次执行任务中,有一次因为车出故障,险些就使他被捕,最后有惊无险地躲过了。我问他有没有来中国执行过任务,他说曾经去过香港,找一个广东人,他蹲了二十六年监狱,这二十六年里,他没见过自己的妻子,当他最终被释放的时候,他的妻子已经是癌症晚期,他们只在一起生活了几个月妻子就去世了。

多瑙河游船的八天很快就过去了，我和家人度过了美好的时光，在船上的最后一晚，我们两家坐在了一起，我们为哈德考恩和夫人准备了两份从中国带来的礼物，并请他们全家喝酒。而哈德考恩给我讲的故事，我对谁也没有说。

时光荏苒，这一段发生在几年前的故事，至今每每忆起都感到有些不可思议。是什么原因使得哈德考恩告诉了我他那一段鲜为人知的间谍生涯，我仍不得而知。

（发表于德国《华商报》2017年9月15日第441期）

# 因祸结缘

这天中午打完网球开车回家。

前方易北河运河Elbe-Seitenkanal拐了一个弯向南流去，运河上的公路桥在这里形成了一个120度的大弯道，因为此段公路不限速，像过往车辆一样，我的车速达每小时110公里左右。此时从反光镜看到后面一辆黑色轿车正紧紧跟随，目测距离大约只有二三十米左右，这显然不符合德国交规所规定的在高速路上车距应不小于时速的一半，过小的车间距不仅非常危险，而且会对前车呈现一种威逼态势，可视为对前车的一种冒犯，如果你认为被后车冒犯了，可以去警局报案，如果你能够举证的话，那么后车将面临重罚。

过了桥，前方就是我家的邻村卡尔巴拉村，这是一段长长的下坡路，尽头就是卡尔巴拉村入口，在进入村子前，要按规定把车速降到50多公里，扫了一眼反光镜中的后车仍紧追不放，感觉似乎越来越近，这催命的，我只能放慢减速。转眼就来到了村口，忽然余光看到从右前方猛地窜出一只小动物，不好，我绷得很紧的神经使我完全来不及踩刹车，而此时只要我稍微刹车狠点，后车就会毫无反应时间没头没脑地撞上我，后果不堪设想，更不能打轮避让，因为对面方向正开来一辆车，两害相权取其轻，这也是德国交规所告诫的，在那短暂的瞬间，我十分清醒的理智使我做出这样的判断，我没有狠踩刹车而是延续之前的轻踩刹车，只能听天由命。说时迟那时快，只听见"噗、啪、啪、啪"，我感觉右后轮把什么东西裹挟了一下，车身猛地一震，随之因车轮受阻车速减慢下来，显然是我撞到了那个小动物，常常在路上看到被车撞死的野生小动物被往来车辆碾压，而此时的我完全没有经验该如何处理，我减速靠边停下来时，已经开出去几十米，后面紧跟的车经过时摇下车窗，向我指着出事的方向说了一句什么，就开走了，我只听懂了"汽车"两个字，再看看那边已经聚集了一些人，我感到必须回去看看，于是调转车头开回去。

我停好车走出来，向着这群人走去，他们都在朝我看着，那种气氛使我隐约感到不妙，只见中间的一位妇人怀抱着一只猫，神情哀伤。天啊，一定是我撞死了人家的宠物猫咪，她一定悲痛欲绝，怎会轻饶了我啊，周围的邻居朋友也都来帮忙声讨我了，我的双腿顿时像被灌了铅一般沉重。我还是硬着头皮、战战兢兢地向他们走去，这时一位年轻女士指着路对面地上的一块黑色板块，对我说着什么，那显然是我车上掉落的部件，我不懂也顾不上，径直来到这群人面前，直愣愣地看着。抱着猫的妇人此时转过头来看着我说着什么，听不懂，问她是否说英语，她马上改了英语问道："是你撞了她？"她用的是"她"而不是"它"。

"是我。"此时的我仿佛是法庭上等待法官宣判的罪犯一样等待她发落。

"这不是你的错，她总是在马路两边奔跑，我一直就担心终有一天她会被撞死的，今天终于发生了，这是她的命。"

什么？我没听错吧，她居然不向我问责，不讹诈，还善意地说了这番话，她一直怀抱着那只猫就像是抱着她的孩子那样，我向那猫看过去，它的身体整个扭曲了、变形了，一只眼睛整个眼球向外暴突着，我当即叫了一声双手捂住了眼睛，这是我从未见到过的骇人景象。

"如果你觉得难受的话就不必看她。"她说。此时刚才跟我说话的那位年轻女子从马路对面捡起了我车上掉下的那块部件，然后坐在我车的右前方的地上安装起来，之后走过来对我说："我已经帮你安装好了，现在你的车完好无损了。"我木呆呆地谢了她，此时的我对于眼前发生的一切事情都昏昏然、反应迟钝。

"这是我邻居的女儿。"猫主人对我说，她又接着说道，"要不要去我家里坐一坐？"她指着旁边一栋房子。我点头应允，跟着她走进路边一个院子。

这座房子是卡尔巴拉村口把守的房子，不同于很多房子大门开在中间，这座房子的大门开在边上，进门后玄关狭小的空间里，放了一个很大的柜子，拐进客厅，客厅的布局、装饰以及老式的家具使这里显得有些老旧，我们在半旧的沙发上坐下来。

"我叫贝奈尔。"她指着自己身上的衣服说，很抱歉自己有些衣着不整，出事时她正在院子里干活，邻居过来喊她，她没来得及更衣就匆忙跑了出来。她看起来大约有60来岁，齐耳的灰白短发，消瘦的身材，再普通不过的外貌，我们攀谈了起来。

她告诉我这只猫原本是流浪猫，偶尔来到她家院子，她拿出牛奶和肉肠款待，第二天又来了，她同样礼遇，之后那猫就常常来光顾，每次她都热情招待。可是有次那猫很久没有再来，虽然她依然每天把食物牛奶备好在院子里，那猫仍然没有出现。不记得过了多久，一个冬夜里，正在睡梦中的她被院子里的猫叫声惊醒，起身披衣出门查看，只见这只猫浑身是伤、蜷缩在门旁，她抱它进屋，拿来牛奶和肉肠，看着它狼吞虎咽地吃下，那一夜猫就睡在了屋里温暖舒适的毯子上。第二天她载着猫去宠物医院，打针、伤口处理。之后那猫就留在了她家成了她心爱的宝贝，再没有离开过她。

听到此，我好不为她难过，我说："我真的不知说什么才好，我感到很难过，把你心爱的宝贝撞死了，我……"我的声音哽住了。

"哦，你不要难过了，她跟了我这些年，这是我们的缘分，现在她去了，我们的缘分也尽了，看来这是她的命，你不要再责怪自己了。"她倒反过来安慰起我来。

我问她："没有了猫咪宝贝，以后你怎么办？"

她一脸茫然地说："我不知道，也许我再去领一只猫来。"

她的英语非常流利，在这一带上岁数的人中实属罕见，我问她何以如此，她说退休前一直在一家英国公司工作，她问起我的情况，我告诉她我来自中国北京，就住在邻村，每天经过她家去十几公里以外的俱乐部打网球。我们相谈甚欢，一个小时转眼就过去了，我们互相留下对方的电话号码后，我起身告辞。

转天我打电话约好了来看望贝奈尔，我带来三瓶自制果酱送给她，她有点惊讶却非常高兴地接受了，她看上去因我的来访而兴奋不已，我们坐在那套半旧沙发上又谈了许多。她告诉我她丈夫从德国大众退休，我说我先生也是大众的，其实这本不稀奇，德国大众汽车集团的职员大都分布在沃尔夫斯堡周围的村庄和城镇，不过还是觉得很有亲切感。她告诉我，她的丈夫在三年前因心脏病去世，时年才58岁，她的一儿一女在20公里以外的不伦瑞克市工作，儿子只有在圣诞节才回来看望她，女儿倒是常回家。她平常一个人在家，白天总是在屋里屋外、院子里忙碌，闲不下来。照看花园、草坪、修理树枝、照看房子大小事务，遇到需要锯树枝这样的活计时，她会找邻居帮忙，其他都是自己干，这些对于一个中年妇女来说太辛苦了。她的生活劳碌而单调，除了照看屋里院子里的活计外，她唯一的调剂就是跳进院子里一个巨大的温水池里，放松身心，忘记一切，将自己融入池水中，那是她唯一的享受。

我感到她很孤独寂寞、孤苦伶仃，然而这在德国却是非常普遍的现象，虽然我也认识几位丧偶的鳏夫，而所认识的中老年寡妇却更多，其中很多人在50多岁就守了寡，就像贝奈尔一样。他们之中有些人能足够幸运地再找到伴侣，但大部分人却没有那份幸运，孤独终老。我仿佛看到她在寒冷的冬夜里孤坐床前低头看书的身影，我能想象她心中的那份孤寂与落寞。

最后我告诉她，我马上要回中国几个月，等再回德国时会再来拜访她，她听了很高兴。临告别时，她给了我一个大大的拥抱。

（发表于德国《华商报》2017年11月15日第445期）

# 妹夫伯德纳

在我先生的亲戚当中,最富有的要数他妹妹和妹夫一家了。

妹夫伯德纳经营着一家专利法律师事务所,他们住在Heilbronn市富人区一栋二层别墅,这栋别墅建于20世纪30年代,带有地下室和一个大花园,20世纪80年代末,因为别墅的前任主人欠缴银行放贷,被银行收回,在清算程序中公开拍卖,被伯德纳抢得先机以不错的价格购得。30多年来,他们先后对别墅进行了修缮,但是依我先生来看,修得远远不够,换了是他的话,会对房子的整体以及很多细节做更全面的修缮,让房子保持最好的状态,像很多德国人那样,他对自家房子的维护是不厌其烦、精益求精的,他多次跟妹妹提起过应该修这儿、应该修那儿,可是20多年过去了,这些该修之处还是保持原样未动,我先生每每看到总是频频摇头,极其失望的样子。在他们入住这栋房子之初,伯德纳的父母跟他们同住了大约3年,他的父母是旅居前南斯拉夫的德国人,二战后被剥夺了资产,并从南斯拉夫驱赶出来回到德国,然而他们是幸运的,因为很多那里的德国人没能活着回到德国。

伯德纳大学读的专业是建筑工程学,毕业后在西门子就职,因为经济不景气,作为新雇员的他被第一批解雇了。在他40岁的时候,为了提升自身的价值,去了荷兰海牙学习专利法,除了学习专业知识外,语言方面要求德语、英语和法语,他面临巨大的压力,在学期结束时他没能通过考试,之后他度过了最艰难的阶段,四年后他获得了专利法律师资格证书。这期间,妻子达珂玛承担起了家庭经济重担,她把幼女交给妈妈照管，自己在研究所全职工作，支持丈夫学习。毕业后伯德纳在法兰克福一个焊接产品生产企业找到了一份工作，负责有关专利权保护方面的法律事务。几年之后，伯德纳从前的同事恩特找到他，恩特数年前成立了自己的律师事务所，做专利权法律保护业务，经过几年的经营，业务开始有了起色，客户不断增加，他一个人已经应付不过来，他说服伯德纳加入他的律师事务所，做他的合作伙伴，两人联手经营。伯德纳犹豫再三，眼前的工作和收入稳定且舒适，加入恩特的事务所，不但意味着他要放弃这份稳定的工作，而且还要投入一定的资金入股，以后的业务发展也是未知，反复考虑之后，他决定赌一把，试试自己的运气，于是他辞职并投资入股了恩特的律师事务所，与他一起经营起了专利权保护法律业务。

之后的两年，业务发展虽无显著起色，但盈利稳定。有一天恩特告诉他，自己在股票市场上所赚得的利益比他在公司业务上的盈利大得多，他想退出公司，于是他将股权以最低的价格转让给了伯德纳，至此伯德纳成为公司唯一的股东并独自经营，这一切的变故是他始料不及的。此后数年公司业务稳健增长，盈利也日渐丰盈起来，达珂玛也早已辞去了原来的工作，除了照顾家和孩子以外，还出任了公司财务总监一职。现在公司专门从事设计和图纸版权保护相关的法律业务，有三位雇员，年收入稳定。

几年前，大女儿芭芭拉开始在父亲的事务所工作，两年前伯德纳就开始培养她接管公司的管理业务。作为化学博士的芭芭拉不仅聪慧而且勤奋，就在今年初芭芭拉接管了父亲的职位，出任事务所CEO，而伯德纳退休后只任董事长和高级合伙人。为了这一天，芭芭拉已经奋斗了很多年。在德国对专利法律师的资质要求非常苛刻，必须是工科或理科大学毕业，三年专利权法律事务所工作经历，两年德国专利法庭工作经历，一年德国专利局工作经历，之后要通过考试才能获得德国专利法律师资格证书，芭芭拉不但用了几年时间完成了所有这一切的资历及考试，此后又通过了荷兰海牙专利法律师资格考试，获得了欧盟专利法律师资格，在完成了这一切后，她顺利承接了父亲的职位，这年她仅32岁，并且刚刚做了母亲。

去年伯德纳买下了办公室小楼的顶层，斥资15万欧元进行了装修，建成了一个使用面积150多平方米的公寓，芭芭拉将从现在租住的公寓搬到这里来居住，她将按月支付父母租金。律师事务所的办公楼，就在离伯德纳家几百米的另一条街上，他们每天步行上班。这是一座40多年的小楼，被修缮一新，外观装饰风格颇为现代。一、二层是办公室，每层有五六个大房间，三层是公寓，白色的墙纸、地热供暖、木制地板，厨房、卫生间和卧室一律是现代风格。芭芭拉几周前诞下女儿，她和她的小家庭搬进这个现代化的新家之后，她的办公室和家只是楼上楼下咫尺之遥，她的丈夫也是化学博士，在大学教书。他不需要全天坐班，教完课回家可以照看女儿，芭芭拉就可以抽身去办公室工作。

伯德纳的办公小楼和他们的房子所在地是富人区，他们的别墅后面是一栋非常宏大的私人楼宇，简直像一座小型宫殿。它建于1880年，正值德国统一后经济、政治、社会都处在空前发达、逐渐由一个落后的农业国转变为先进的工业国时期，后来这里曾用于德国军队指挥部，现在这里属于一个工业界产业拥有者。伯德纳公司小楼的后面是一栋很美的古典小楼，外墙淡黄色和白色相间，在阳光下显得格外精美。它正面的一大片草地，是市属领地，古树参天、绿草茵茵。这楼的主人不知是哪路神仙，神通广大，他向市政府租借了这大片草地，并把楼房改建成旅馆，他别出心裁地从南非买来一只雪豹，饲养在草地上，为了不让雪豹跑出来吓着人，他在旅馆与草地之间修建了很高的铁丝网，这只非洲来的野生动物是要吃活物的，旅馆老板就在草地边上搭建了棚子，饲养野兔来喂养雪豹。当地的媒体纷纷来采访，报纸上刊登了他和雪豹合影的大幅照片，他戴着一顶美国西部牛仔帽，蹲在雪豹旁边，肩膀上还搭着雪豹的一只前爪，脸上泛着顽皮酷酷的浅笑。报纸刊出后，这家饭店顿时名声大噪，很多人慕名前来下榻他的饭店，为的是目睹非洲雪豹的风采，为他招来了不少住店客人，一时间人们纷至沓来，金钱滚滚流入他的口袋，赚得盆满钵满。然而好景不长，去年雪豹忽然死了，想必这位老板一定损失巨大、痛心疾首吧。现在草地上空荡荡的，不知在不久的将来是否会迎来新的主人，抑或会有什么其他新奇的事情发生？

伯德纳拥有两部车，一部是宝马，另一部是20年前买的老式保时捷，20年的时间却只开了19000多公里，他只是偶尔才开，例如在天气好的周末开车出去兜风，去附近面包店买个面包，去餐馆吃饭，去跳蚤市场等等，而做一次常规保养要花费2300欧元。那年我和先生造访时，晚饭后先生开着保时捷出去兜风，250马力的车开起来噪音很大，方向盘也无转向助力，所以转弯时转矩长，做一个掉头需要比一般车长得多的距离，开起来很费劲儿，这种车开时间长了会很累。开车兜风回来后，大家坐下来，喝着葡萄酒轻松地聊天，我先生和伯德纳谈的都是关于保时捷的话题。

大家在聊天的时候，达珂玛手里一直不停地织着毛活，那是给外孙女织的毛衣，她拿给我看了她的很多作品，一双紫色的小鞋、一件黄色的婴儿连身毛衣裤、一个蓝色的婴儿帽，那么小巧可爱，她的家随处可见她的作品，毛线钩的手包啊、搭在沙发上的一个银灰色大披肩，既可以当披肩，也可以在看电视的时候盖在腿上保暖，还有手套、袜子、围巾等等，看着她一边织毛活一边说话的样子，完全想象不出她是毕业于柏林自由大学的数学学士，而且毕业后在一个数学研究所做数学研究项目，更想象不出年轻时的她曾是那样一位苗条秀丽的美女。达珂玛现年66岁，松弛的皮肤、发福的身材和拉长的说话声音，使她显得比实际年龄更苍老些，只有五官依稀可以想见那个曾经年轻和美丽的姑娘。相比之下，年长她10岁的丈夫伯德纳身材和状态都保持得好得多。

伯德纳如今已经正式退休了，作为航海爱好者的他，有一艘游艇停泊在波罗的海的码头上，每年的停泊费用至少要五千多欧元，以往他每年总有两个月的时间出海航行，最初达克玛陪伴他出海，两个人曾经一起航海到远方，渡过了多少浪漫、温馨的时光。此后并不爱航海的她就让他独自出行了。近几年他独自出海的次数越来越多，时间越来越长，在家的时间也越来越少。两个月前他忽然对达克玛说，他已经在波罗的海码头小城购买了一所公寓，准备一个人搬过去居住，她听闻后无比震惊，之后她了解到他在那里与一位情人同居了。

他们的婚姻已经维系了46年，一起经历了创业初期的艰难岁月，一起抚养大了令人骄傲的三个女儿，如今事业有成、家庭美满、业已退休的他们，本该是彼此陪伴、安享晚年的时候，不想却生出这种变故，达克玛从未想到过他们会有分手的这一天。

对于今后的日子和他们的前途，她心中一片迷惘。

（发表于德国《华商报》2018年6月1日第458期）

# 艾普一家

艾普是我们邻居中的一位，几年前在我初来德国的一个飘雪的冬日，先生带我走访了他家。

门开处站着一位十七八岁的少年，听说我们要找艾普，他三步并两步奔上二楼，先生说这是艾普的智障儿子。艾普从楼上走下来，他中矮身材，两眼成八字，他的外貌并不像德国人，倒是有点像俄罗斯人，一看便知是一个老实巴交的本分人。他满脸笑容地迎接了我们，寒暄之后，我们被让进客厅，在沙发上落座后我向屋里四处打量，极其简单而实用的几件家具，简朴的装饰，特别是几条单薄廉价的窗帘，看得出这家的家境显然不是一个殷实之家。艾普的一个女儿丽妲此时正好在家，被父亲从楼上自己房间里唤下来陪客人，她用一个大托盘端来了咖啡和自家烤制的蛋糕，然后盘腿坐在了沙发上。

丽妲24岁，是艾普第二个妻子的长女，长得像极了美国女演员朱迪福斯特，清瘦、沉稳、知性，我们攀谈起来。她告诉我她从小在这个笃信基督教新教的家庭长大，自己也成了一名虔诚的教徒，从童年时起每个周末去教堂参加唱诗班活动。她在职业学校学的是西班牙语，毕业后通过教会申请到一个交流项目，去乌拉圭学习一年西班牙语，同时在教会安排下做些帮助当地贫困儿童的工作，教堂安排免费食宿并付给她一些零花钱。她刚刚完成了在乌拉圭的学习回到德国不久，已经与一家猎头公司签了约，由他们帮助找工作，他们已经为她联系了德国大众汽车集团人事部，并安排了面试日期，她正满心期待这次面试。大众是这一带人们打破头都想得到的理想工作,因为大众品牌在民众心目中的崇高地位,以及比一般公司好得多的福利待遇。她侃侃而谈,显得很有见解、很成熟。

"你有男朋友吗?"我问得很直接。

"我……现在没有了。"她看了我一眼,坦然地说,略停一下后她补充说:"现在的男青年,很少能找到那种很认真的人。"

"他们对感情都不太认真吗?"我问道。

她想了一下说:"他们大都没有长远的考虑,今天跟你好,过两天又去跟别人好,我要找的是交男女朋友就是为了结婚的那种人。"

"你的姐妹们都有男朋友吗?"

"是的,我最小的妹妹才19岁,她的男朋友就是那种很想结婚的人,他们还在上学,打算一毕业就结婚。"

"你对自己将来有什么打算吗?"我问道。

"对自己将来的打算吗?嗯,我想帮助那些需要帮助的人。"

"你想帮助那些需要帮助的人?这是你对自己将来的打算吗?"我不太相信自己所听到的,又追问道。

她说:"总之挣钱并不是我的理想,我想做些有意义的事,比如帮助贫困的人。"她说起了不久前在乌拉圭的经历,看到当地那些来自贫困家庭孩子们的生活状况,她很震惊,比起他们,她感到自己所拥有的已经太多太多,她开始懂得感恩,她感到自己有一个强烈的愿望,就是想要为别人付出些什么,去帮助那些需要帮助的人们。她的一席话,让我对她更加刮目相看,同时也使我在内心很感慨,一个所谓资本主义国家的年轻人竟然有着这样高尚的情怀。

从艾普家出来,雪仍然在下,我们踏雪散步,先生给我讲了艾普一家的故事。艾普的祖上生活在俄国，他们是彼得大帝时期从德国移居到那里的。300多年前彼得大帝为了借助西方先进技术和文化振兴野蛮落后的俄国，大规模地实施了一系列雄心勃勃的改革措施，引进西方技术，特别是德国先进的机械制造和科学技术以及荷兰尖端的造船技术。为了吸引先进技术人才而采取了土地奖励政策，于是大批外国技艺在身的手工业者、军官、商人、医生和矿业工程师等涌入俄国，在离莫斯科不远的雅乌扎河畔，形成了一个欧洲人的居留地。当时有几百万德国人迁往俄罗斯和东欧各国，他们的聪明才智和勤劳不仅为他们自己创造了富足的生活，也为当地社会带来了繁荣发展，那些德国人聚集区成了当时最发达、富裕的地区，被称为"德国村"，后来在俄国建立了德国少数族裔自治区，他们在这块土地上繁衍生息。二战后，德国人被从伏尔加河畔驱赶到哈萨克斯坦和西伯利亚，很多人被杀戮或被投入监狱，有的被关进集中营从事繁重的劳役，很多人有去无归。艾普的祖先就是这几百万德国人当中的一员，他们在俄国生活了几代，1989年历经磨难从哈萨克斯坦举家迁回德国，来到我们村定居下来。

　　艾普的前妻在哈萨克斯坦时，与他生了五个孩子，后死于癌症。第二任妻子阿格纳斯与他育有五个孩子，在哈萨克斯坦时她是教师，在德国她的资历不够，于是她为当地教堂工作，薪酬很低。艾普在哈萨克斯坦时，是前苏联时期人民公社的农机手，他在一个物流公司找到了一份司机的工作。德国政府给予这些归国的德国家庭一些优待，以补偿他们这些年在国外所受到的迫害和苦难。靠着银行的低息贷款，他们买下了我家旁边那块地，亲戚、朋友们都来帮忙，加上全家人齐动手很快就盖起了一座房子，我们成了邻居。然而，一个十二口之家，仅靠他们夫妇俩人的微薄收入，生活异常困苦。社区借给他一块土地，栽种蔬菜、饲养家禽，全家人的日常饮食之需基本可以自给自足。可天有不测风云，忽然有一天，他被告知那块社区土地已经卖给了别人，他们必须立即撤出来。家人的日常饮食供给又没了着落，艾普愁眉不展，寝食难安。他来到房子外，向左边望去，看见我先生家的花园，绿草如茵、果树茂盛。那是2300平方米的院子，分成两个院落，与他家相邻的一个院落种着十几颗果树，可不可以借用这块地呢？一天，他来找我先生，犹犹豫豫，闪烁其词，欲言又止。

"有什么需要帮忙的，你就直说吧，看能帮你点什么。"

"我想……你的花园，我能借用吗？"说完艾普不安地看着他，

"艾普，你需要那块地，你就拿去用吧，我希望你们全家人生活得好，尽管用吧。还有那院里果树上的果子，你们也摘去吃吧。"

艾普的愁眉终于舒展了，从此以后，艾普就在那个院子里栽种蔬菜，他拉起长长的铁丝网，在里面饲养鸡鸭鹅，生活重新恢复到平静、稳定的节奏。只是平静的生活偶尔会起波澜，一天，圈里的鸡鸭鹅被黄鼠狼咬死和叼走，伤亡惨重，他发现黄鼠狼是从铁丝网下面挖地刨坑钻进来的，于是他把铁丝网埋进一米深的地下才制止住了黄鼠狼的袭击。艾普在村里别处还借了一块地方养了几只羊，他们从不在市场购买肉食，一家人平时只偶尔吃禽肉，每年只在圣诞节和感恩节宰羊吃羊肉。他养了十一箱蜜蜂，这其中有一箱是外来户。原来有一天，艾普发现了一群迷路的蜜蜂，在村里到处乱撞，试图找到回家的路，也不知是哪个养蜂人的，无从查找。于是，他用了烟雾催眠法，把这一群蜜蜂先是熏晕了，再收入了自己的蜂箱内，蜜蜂醒来后，就误把这里当成了自己的家。冬去春来，花开花落，他要开车载着蜜蜂各处去追逐那些竞相开放的鲜花采蜜。他的家门口挂着一个写有"蜂蜜"的牌子，人人皆知那是

第一章　023

蜂农自酿的蜂蜜，比超市里卖的更加天然纯正，常常会有村人或路人来购买。此外，他还出售自家产的新鲜鸡鸭鹅蛋，补充家用。虽然日子过得含辛茹苦，但是一家人齐心协力、风雨同舟、苦中有乐。每逢感恩节，艾普会提着一篮子蔬菜、一盒鸡蛋、一瓶蜂蜜、扛着一只硕大的南瓜送来表示感谢。

几年前的一天，我先生在花园里查看果树，碰到在院子里种菜的阿格纳斯，闲聊之间得知她最近一直身体不好，心脏有问题，呼吸困难，浑身乏力，去看了几次医生都查不出所以然，她的状况还在继续恶化，情绪极度悲观。她说她恐怕活不了多久了，她母亲也是40多岁上死的，她觉得自己大概逃不出这命运的魔掌了。说着，她掩饰不住悲伤哭了起来。我先生劝慰她说，他不相信这是命运的安排，更不相信她得的是不治之症。他对她说："你全家人需要你，你的孩子们需要你，你万不可灰心丧气呀，你要有信心治好病，好好地活下去，你的路还长着呢。"凭着他多年对医学的研究，他料定这与骨科有关，并且他知道一家不错的骨科诊所，建议她去那里看医生。过了几天，先生前去询问结果，可阿格纳斯面露难色地说她丈夫白天上班不好请假带她去诊所，一直这么拖着。听了这话后我先生对她说："这样吧，我带你去。"他利用职务的便利，调整了工作时间，腾出时间来开车带着她去了那家诊所。一检查果然如他所料，是脊椎骨的问题。之后他多次带她往返于该诊所，完成了整个治疗过程，并为他们支付了全部费用1200多欧元。治愈的阿格纳斯恢复了健康和活力，每次艾普问起费用的事，我先生都搪塞过去，他知道他们没钱付这个费用。

几年后，年长的几个孩子逐渐长大有了工作，艾普立了规矩，无论多大年龄，未结婚的一律住在家里，直到结婚那一天为止，孩子们每人责无旁贷地分担家里的活计，有了工作的，每月要向家里缴纳房租分担家庭费用。艾普的大儿子和二儿子在我先生的帮助下，顺利地通过了大众汽车集团的考核，成为大众职员。

  时光荏苒，如今20多年过去了，孩子们都已长大成人，结婚生子，一个个离开了家，只有一个智障儿子留在家里，艾普已经有了十五个孙辈。去年他退休后，又找了一份工作，在社区做墓地管理员，阿格纳斯和智障儿子每周两次去村里一户人家帮工，打扫卫生以及帮忙花园里的活计。每当节假日，孩子们都会携家带口地来看他们，一大家人在院子里围坐烧烤，放着音乐，孩子们在院子里戏耍，其乐融融。平时常常看到艾普在那院子里割草、浇水、照看他的果蔬、家禽。忙完了，他会坐在院子里一张躺椅上，笑眯眯地看着满园的硕果和一群活蹦乱跳、你追我赶的鸡鸭鹅，享受着简单的满足和快乐。

  本以为艾普会像这样安享退休生活了，谁知两周前忽然听说艾普卖掉了房子，因为还不起房贷，我先生曾力劝他不要卖房子，"让你的孩子们每人每月出100欧元，这就够你支付房贷了，再把房屋的一层出租出去，租金够你们日常支出用了，你们夫妇俩还可以在这里安享晚年呢。"

  艾普摇摇头说："欠银行的钱太多，凭我们这点退休金到死也还不清，卖了房子还了贷，我们就解脱了，现在我们只有三个人，再也不需要这么大的房子了，买一个小房子住，有一个小院子，能种点菜养几只鸡鸭就可以了。"

  我问先生："他们卖了房子，还了房贷，剩下的钱够买一处小房子吗？"

  他摇摇头说："是啊，很难说啊，我们村里的房价要高些，艾普正在别的村里寻找合适的房子，阿格纳斯还不想住在本村呢，因为出来进去看到这房子，会让她伤心难过的。"

几周后听说他们买到了心仪的房子，很快他们就会搬出这座居住了20多年的房子了，为此他们特地邀请先生和我去家里吃晚餐。时隔6年，再次来到艾普家，除了原来单薄、廉价的窗帘换成了质感较好的，这里没有任何变化。简单的食物，南瓜汤、烤土豆胡萝卜奶油饼、几样德国特色凉菜和自酿的苹果汁、黑莓汁、草莓汁，餐桌上的一切食物和饮料都是自制的，土豆是从一个超市拉回来的，人家说过期了要扔了，他就拉回了家，在车库旁靠墙堆了一大堆。餐前祈祷时，艾普低着头、闭着眼、双手合掌嘴里念念有词："主啊，感谢您赐予我们食物，感谢您赐予我们这么好的邻居，免费借给我们院子使用，让我们全家度过了最艰难的时期。20多年来他给予我们的帮助不计其数，我们感恩戴德，却无以报答，只有祈祷他和他的家人安康幸福。"

我听到阿格纳斯在抽鼻子，艾普也掏出手帕来擦眼泪，我先生也红了眼圈。吃过饭闲聊的时候，艾普告诉我先生这些年他们夫妇每年都在教会的安排下去摩尔维亚（前苏联）和格鲁吉亚（前苏联高加索南部）帮助当地的贫困家庭农耕。近几年，阿格纳斯因为岁数大了身体不好没有再去，但艾普还是跟随教会组团前往，一次不落。艾普感慨地对我先生说："你根本无法想象当地人贫困到什么程度。"

怎么也不会想到，生活如此窘迫的艾普夫妇，竟然会伸出援手，以一己之力去帮助那些异国他乡毫不相干的人们，这让我对他们的敬意油然而生。我想这大概是爱的力量吧，是那种大爱。

（发表于德国《华商报》2013年12月15日第351期）

# 汉斯的晚年生活

先生的堂哥汉斯今年81岁,和妻子丽安娜住在科隆市附近Dverath镇已经40多年。

作为汽车结构设计工程师,汉斯退休前在美国福特汽车公司工作了30多年,不知是否受到职业的影响,他的业余爱好是收集古董汽车,他收藏了三部古董车,然而这可不是件轻松的事,需要经常性地对车的各部分特别是发动机进行维护和保养,更换和维修部件、调试,外壳刷漆等等,使车辆保持良好的状态是异常重要的,这些工作如果送到专业车行去做,不但非常昂贵,而且也未必做得来。自己做的话,除了需要持续地投入可观的财力和物力外,还要投入大量时间和精力去寻找零部件、配件。因为有些老牌车早已停产,其配件也已绝迹,需要花费长时间寻找适合的替代配件,而更具有挑战性的还是这些工作所要求的超高技术性,汉斯当然具备了这样的资质,更重要的是这是他的爱好,所以几十年来他乐此不疲。

汉斯和丽安娜20多年前在科隆市内购买了三栋并排的老住宅楼,每栋有六户公寓,平均每户有60多平方米的使用面积,他将它们全部出租。当地几年前的租金是平均每平方米10欧元,每月三栋楼一共18户公寓的租金是一笔相当可观的收入。当初买下这三栋楼时,因为是老旧楼房,需要修缮,20多年来陆陆续续从内到外都修缮过,包括每个房间的维修、楼顶的换瓦以及外墙楼体刷漆,而这些大部分都是汉斯在业余时间一点点完成的。现在这三栋楼房看起来状态良好,它们分别粉刷成淡黄色、米色和浅绿色，沿街并排而立。老式的木制大门和木制地板、楼梯保留原样，楼道里天花板下的两盏吊灯，是他从跳蚤市场上淘来的古董，古色古香，十分相配地点缀着老楼。这三栋楼位于科隆市内老城区，周围环境幽静，瓦尔拉夫理查尔茨博物馆、科隆爱乐音乐厅、路德维希博物馆、罗马—日耳曼博物馆、天主教堂、音乐厅、巧克力博物馆、米洛维奇剧院、东亚艺术博物馆以及大剧院等都在周围数公里范围内，是一个城市设施高度集中、文化艺术气息浓厚的地区。

楼的背面有一个院子，院子一侧是联排车库，打开一扇扇车库大门，里面是连通的，原来这里就是汉斯收藏爱车的仓库，揭开一块块毡布，三辆名牌老车就露出了真容，分别是福特、Eifel以及老牌德国车Adler，遗憾的是，Adler这个品牌被收购后业已销声匿迹。除此以外，仓库里还放着一个Adler车的外壳以及一部发动机，汉斯正在收集车底盘和其他零部件，计划用两年时间组装一部"杂牌"车，并完成测试和整车调试，让它能正常行驶，届时他将拥有四部古董老车，每一部都价值连城。院子另一侧是一个使用面积100多平方米的公寓，他把这里变成了维修车间，只见两面墙上井然有序地挂满各种工具，第三面墙是2米多高、从上到下全是小抽屉的工具柜，每个抽屉里藏有各种小工具和零部件，空地上摆放着小型车床、沙子抛光机等维修、加工机械，第四面墙是一排橱柜、水池、炉灶、冰箱和微波炉等一应俱全的厨房设施。几十年来汉斯就在这里维护、保养和检修他心爱的老车。

凭借他们每月出租公寓所得以及两人的退休金，汉斯和丽安娜相当富有。然而，富有的他们，却过着非常简朴的生活。他们住的房子内部装饰朴素，家具、物品都是老式的已使用多年，他们有一部旅行车，在过去的十几年里他们常常驾车在欧洲大陆上旅行，前几年他们夫妇去了俄罗斯和中国旅游。汉斯年轻时在福特汽车公司工作，工资待遇优厚，并且两次被派往外国常驻，一次是在比利时，另一次是在英国，每次三年任期，这六年的薪酬都是双倍的，几十年下来他们积累了财富和资产，然而富庶的他们，日常生活仍然极其简约。我们去他家访问，当天的晚餐是烧烤，两根香肠、一些去皮虾仁和煎鸡蛋，煮一锅土豆，捣碎后加入牛奶和一个罐头牛肉末搅拌在一起做成土豆泥，再开一个红菜罐头，加上冰镇的啤酒，这已经是奢侈的晚餐了，日常的晚餐只有面包、芝士、火腿。

本以为汉斯夫妇会这样一直平静地安享晚年，然而天不遂人愿，丽安娜患了阿尔斯海默症，通常称为老年痴呆症，她不哭也不闹，却一吃起来就没完，最要命的是，她总是趁人不备往外跑，一次差点让她走丢了。丽安娜年轻时身体很好，即使得病以后仍然精力旺盛、体力超人，常常在夜里汉斯睡着以后溜出去，搞东搞西，把汉斯搞得疲惫不堪。汉斯精心照顾了她两年，但是他自己也是80多岁的老人了，终是力不从心，他意识到丽安娜需要24小时的陪护，而自己已无能为力，最终他不得不把丽安娜送去医护养老院，那里有24小时的医护服务和照料，因此费用十分昂贵，一般人难以企及，在那里丽安娜有自己的公寓。一天养老院附近的消防站找来，说有一位老人爬上了消防站的梯子，问是不是他们这里的人，人们赶紧跑过去，看到丽安娜正站在高高的梯子顶端向人们挥手，消防站又是调动车辆，又是组织人在梯子下面铺保护垫，又是在地上向着丽安娜喊话，折腾了几个小时终于将她平安地接回到了地面。又有一次养老院的一间办公室屋顶忽然哗哗地漏水，人们赶忙来到上层楼房查看，发现那是丽安娜的公寓，她正在里面洗澡，而下水口被毛巾堵住了，也不知是她有意为之还是怎样，总之她的病渐渐恶化，她制造了一次次惊恐事件，护理人员不得不加大剂量给她注射抑制兴奋的药物，现在她终日安静地躺在床上。

　　汉斯平时忙于各种家中事务，包括公寓的租赁和维护，加上三辆爱车的日常保养和维修已经使他非常忙碌，还要抽时间去养老院看望丽安娜。两个女儿生活在其他城市，只有在圣诞节时才带着孙辈回来看望他，短暂的天伦之乐稍纵即逝，而平时他只有自己照顾自己，形影相吊。

　　可以料想的是，这将是汉斯在今后若干年的晚年生活。

# 牧师瓦尔德玛

2011年7月中旬，我和先生去德国耐克宗姆（Neckarsulm）拜访一位叫瓦尔德玛的德国人，他有着多重身份，他出生于前苏联的哈萨克斯坦，现在是德国一家电脑公司的营销员，同时在社区任牧师，传播上帝的福音。提起与瓦尔德玛的相识，还有一段有趣的故事。

那是当年4月份在俄罗斯圣彼得堡的一次学术会议上，先生应组委会之邀在会上做一个报告，作为与会者的瓦尔德玛在报告结束时提了一些问题。报告结束后，瓦尔德玛特意来告诉我们当晚在圣彼得堡大剧院上演莫扎特的经典歌剧《魔笛》，我一听很兴奋，我们约好一起去观看。当晚我们三人在饭店门口搭了一辆黑出租车来到大剧院，那里已经聚集了很多人，因为瓦尔德玛说一口流利的俄语，自然是由他去交涉买票事宜，他去了一会儿后回来说演出票已售罄，于是他买了高价黄牛票，我们拿了票进剧院坐下来后才发现这不是我们要看的剧目，而是芭蕾舞剧《罗密欧与朱丽叶》，原来这个大剧院有两个剧场，在当晚同时上演不同剧目，而我们阴差阳错地买错了票。虽然我们在丹麦哥本哈根歌剧院已经观看过丹麦芭蕾舞团演出的《罗密欧与朱丽叶》，现在也只好再看一遍了。不过能在圣彼得堡大剧院观赏一场高水平的俄罗斯芭蕾，演出的两次间隔休息时间还参观了圣彼得堡大剧院历史展览，也总算不虚此行。有了这一次经历，我对瓦尔德玛印象很深刻。

在去往瓦尔德玛家的路上，先生告诉我他们一家原来住在前苏联，祖辈在十七十八世纪移民苏联定居，二战后在苏联的德国人都不同程度地受到迫害，境遇凄惨，后来开放以后才得以返回德国。想必他们一家一定经历过不少苦难挫折，我很想了解这些故事。

瓦尔德玛在门外迎接了我们，寒暄过后，我环顾四周，看到他家车库的墙上爬满了葡萄藤，结满了成熟的葡萄，此时瓦尔德玛主动提议带我们参观他的花园，我正求之不得，我向来喜欢参观别人家的花园。这是一个极小的花园，房子四周都算上面积大约只有不到100平方米，院子正面有颗不大的樱桃树，几乎占据了花园三分之一的面积，树枝已触碰到房屋的墙壁和玻璃，不同于大多数德国家庭花园的是，这里没有一株花，也没有一块草坪，每一寸土地都被利用来种蔬菜和水果，这里的果蔬可真是品种齐全啊，有黄瓜、西红柿、生菜、油麦菜、红菜头、洋葱、青椒等，房后有十几颗小果树，接满了果实，包括梨子、两种不同的苹果、桃子、樱桃和李子，他顺手摘了几颗桃子递给我们，自己也摘了一颗吃起来，一边说着："已经熟了。"

我们也跟着吃起来，那是一种很小的桃子，却很甜，我一边吃着一边看着他的院子，这些水果和蔬菜挤在一起，在狭小的空间里竟相生长，果树占据了上层空间，下面的土壤里种植蔬菜，因而形成了二维空间，按说这是应该避讳的，因为树荫遮住了阳光，缺乏阳光的蔬菜不容易长好，可主人寸土必争的意图显而易见，再看这些果蔬，枝繁叶茂，硕果累累，看来主人精心耕作和管理的功夫确实了得。

房子的正面一边是石子小路，另一边是车库，在车库的围墙下还铺了些土壤，栽种了葡萄，葡萄藤沿着车库围墙蔓延到房顶，结出的紫色和绿色的葡萄串串相接，车库几乎变成了葡萄架，物尽其用。当我对主人的园艺赞不绝口时，瓦尔德玛笑着说："待会儿我请你们吃早午餐，全是家里自产的食物，鸡蛋也是。"我问道："没有看到鸡啊？"他说：

"我们在不远处还有一小块地，鸡就是在那里养的，还种了些果树。"

他引着我们进了屋子并指给我们看屋内各处的布局，这房子之小以及它内部的拥挤程度，是我在德国所见之最。一层是一间客厅加餐厅，面积不到30平方米，正面是像组合柜那种家具，中间隔开一段距离刚刚好可以放置一架钢琴。在客厅的一角，摆了一张转角长排椅和一张十分小的餐桌，另一边就是厨房了。没有电视、沙发和茶几，客厅已经是拥挤不堪了，这一层还有两个小间作为卧室，一个卫生间。二层住着他的大儿子一家四口人，地下一层住着他的二儿子一家四口人。简直难以想象，这么一栋小房子，竟然住了三家共10口人。看得出他们的生活很是俭朴，所有的家具都是低档的、简易的，餐桌布是塑料的，屋子里的装饰材料也都是低档的，所有的日用品也是低档的，总之都是因陋就简。

客厅的餐桌上已经满满地摆好了各种食物，有三种德国早餐面包、几块自制蓝莓蛋糕、两种芝士、黄油、自制酸黄瓜、蓝莓果酱、火腿肠、咖啡和茶，除此之外竟然还有鱼子酱，这一定是俄罗斯人的早餐习俗，因为德国人早餐是不吃鱼子酱的，倒是俄罗斯人的酷爱，这东西通常是很昂贵的，多产于黑海，他们喜欢抹在面包上吃，同时饮酒。怎能辜负这么丰盛新鲜的食物呢？于是我们开始边吃边谈起来。

瓦尔德玛说上个周末他很忙，因为周日刚好有三位社区居民加入教会，他要主持入教仪式，为他们受洗。说着，他拿出一本相册，给我们看他以往主持过的受洗仪式。当时德国已经有很可观数量的中东难民和移民，大街上可以看到越来越多的女穆斯林信徒带着头巾、穿着长袍出现在各种场合，瓦尔德玛说他已经注意到有更多的基督教徒皈依伊斯兰教，他们的比例是10比1，也就是说，如果有100位基督徒转信伊斯兰教的话，那么只有10位伊斯兰信徒皈依基督教。我问他为什么会这样，他拿来一本英文《圣经》,翻到其中一页,念了起来:"约翰内斯信条第四条说……"

然后他接着说,基督教的基本教义是爱,上帝派他的儿子耶稣来到人间给我们示范什么是爱,当耶稣被钉在十字架上时,他甚至为那些执行死刑的罗马士兵祈祷,所以基督教告诫教徒们要爱所有的人甚至是敌人,这是很难做到的。而伊斯兰教告诫教徒们要恨敌人,要杀死敌人,这似乎更容易做到,更容易被接受。相比之下,基督教所教导人们做的,与在日常生活中人们所做的是完全背离的,基督教徒也有杀人、犯罪的,教会高层人士近年来爆出的丑闻不断,娈童丑闻等等。反观伊斯兰教,似乎他们的教义与日常生活中人们的行为举止更为贴近一些。他说:"以我个人的观点,也许这就是原因吧,作为牧师,我尽量按照《圣经》所说的施爱于所有人,我经常接待有需要的人临时在家里借住,做不到的时候,我会忏悔,但是我也还是不能做到面面俱到。"他说他认识的一位牧师,说他晚上睡觉时常常做梦,梦见裸体女人,而那女人并非自己的妻子,第二天醒来后他感到很懊悔,他找到主教忏悔此事,他说自己有如此邪恶淫欲的念头,不适合再做牧师,请求辞职。在日常生活中这其实是件再平常不过的事,却为基督教教义所不容,而伊斯兰教却允许男人们娶四个妻子,诸如此类。

"哦,那么你是说伊斯兰教似乎更为通达人性一些,是吗?"

"是的,但也不尽然。"瓦尔德玛又说她认识一名德国妇女,嫁给了一位来自北非摩洛哥的穆斯林男人,她跟他来到摩洛哥生活,生了一个孩子后,两人在有关孩子的教育问题上意见相左,那男人坚持让孩子接受伊斯兰教育,两人因此起争执。后来那男人打她、还威胁要杀她,她很害怕,便偷偷逃出来回到德国,之后那男人经常打电话到她父母家来威胁说要杀了他们的女儿,她父母吓得失魂落魄,找到警察局报警。警察说:"我们能怎么办?他是打电话吓唬你们,又没有杀你们。"弄得他们很无奈。接着他又讲了一个亲身经历的事,作为牧师他经常去监狱向犯人传教,几年前他在监狱传教时,认识了一名来自突尼斯的伊斯兰教徒。他听了瓦尔德玛的传教后,深受感动,决定改信基督教,并在他的主持下受洗成为基督徒。可当他出狱以后就被伊斯兰教的人追杀,因为伊斯兰教不允许信徒改信其他宗教,他不得已到处躲藏,瓦尔德玛试图联系他,只能通过手机,他不敢告诉任何人他的住所,怕被那些追杀他的人追踪。这些真实的故事骇人听闻,如此说来,真不知那些皈依伊斯兰教的基督徒们是否了解伊斯兰教的真正面目。

我问瓦尔德玛移居德国之前在苏联的生活怎么样,他想了想说:"那时我有房子、有车、有工作……"他停顿了一会儿,好像是在整理思路。然后他告诉我,他1954年出生在哈萨克斯坦,那时候在苏联的德国人处境很不好,他们被限制人身自由,不能在各村、各地之间走动,他的父亲被投入监狱。到了1961年情况有所好转,开始允许德国人上大学,可是到了1971年,形势急转直下,德国人又受到排挤和迫害,被赶出公司。有的人为了隐瞒德国人的身份被迫改成俄罗斯人的名字,但是因为每个人的护照上都会写明原籍是德国人,因此还是隐瞒不了,他们只能低调行事,夹着尾巴做人。直到前苏联解体,德国人才被允许离境,之后90%以上的德国人都迁往德国,而那些娶了俄罗斯女人做妻子的德国人,他们的后代也已经融入了当地社会生活,甚至他们都不会讲德语了,这种情况下选择留下来的人比较多。在谈话中我隐约感觉到瓦尔德玛似乎对以往在前苏联的那段生活不太愿意深入多谈,只是点到为止。

他们初来德国时，以在哈萨克斯坦的房产和汽车以及存款做抵押，向银行借贷盖起了这栋房子。他现在在一家德国电脑软件公司，负责在俄罗斯的营销工作，因此他经常去俄罗斯出差，在德国时，他每周要驱车去50公里以外的公司工作三天。妻子米斯金娜曾是前苏联哈萨克斯坦音乐学院的小提琴教师，俄罗斯人的音乐和艺术造诣是被世界所公认的，来德国以后，她在当地音乐学院任小提琴教师。他们从前苏联搬来此地，家境本来就不算殷实，加上两人的薪资都不很高，米斯金娜除了在学校里任教外，还收了几名学生来家里授课赚些外快贴补家用。几十年来他们含辛茹苦、兢兢业业、勤俭持家，在瓦尔德玛即将步入60岁的时候生活终见起色，他们的大儿子已经在附近物色好一栋房子，不日将搬出这里迁入新居。可以预见不久的将来二儿子一家也将迁离，那时他们夫妇在奋斗了几十年之后，终于可以安享轻松的生活了。

（发表于德国《华商报》2018年5月1日第456期）

# 女友伊纳丝

伊纳丝原本是邻居安德莉娅的女友，几年前她俩都是40出头的单身妈妈。我们住在村里同一条街上，伊纳丝来找安德莉娅时，她常叫上我，三个人一起聊天，一来二去我和她渐渐熟络起来。不同于很多德国中年妇女，伊纳斯长得瘦瘦高高，清秀的五官，一副白色眼镜，修剪精致的短发，她成熟知性的气质使我非常愿意与她为友。我们三人也常常相约一起出去玩，40+单身派对、迪斯科舞厅、露天音乐酒吧派对、老火车站音乐会、老城红酒节以及沙滩派对等，都留下了我们的身影，我们一起分享了许多欢声笑语和快乐时光。

最近伊纳斯告诉我，她与女友几年前开始每年去一个贫困国家背包旅游，2014年她们去了泰国和老挝，2015年是尼泊尔，2016年是埃塞尔比亚。现在她资助一名尼泊尔男童和一名埃塞尔比亚女孩上学和生活的费用。这令我着实吃惊不小，也对她格外刮目相看，才发觉我其实并不怎么了解她。这样一个住在漂亮大房子里、有着一双儿女、在德国大众汽车集团工作、有一个很贴心的暖男男友的人，她的生活和工作令一般德国人艳羡，她本可以养尊处优地生活，那么她缘何会长期资助两个毫不相干的异国孩子？我决定采访她，她欣然接受了我的请求，下面就是她讲的故事。

### 尼泊尔的汉斯及他的"快乐儿童之家"

2015年在伊纳斯启程去尼泊尔之前，偶尔在网上看到了一篇博文，介绍一个瑞士帮助贫困儿童的组织叫作"为世界儿童",她很感兴趣,便与该组织负责人史翠珊联系,告诉她自己马上也要去尼泊尔,想届时访问那里的孤儿院并给他们带些物品。史翠珊要她直接与在尼泊尔的联系人汉斯接洽,伊纳斯很快便联系上了汉斯并约在尼泊尔见面。

两周后在尼泊尔首都加德满都东南部一座小镇,伊纳斯与汉斯如约见面,她访问了他的名为"快乐儿童之家"的孤儿院。汉斯是这里的发起者,75岁的他是美国籍瑞士人,退休之前在波多黎各经营一家度假酒店,2010年他卖掉酒店来到尼泊尔,打算以安乐舒适的生活度过余生。一天他在街上看到一个穷孩子流浪在街头,他给了他钱并问起他的家人,得知他是一个孤儿。之后的几天他每天给他带去些食物,再后来他索性把他领回了家。此后他陆陆续续地把在街上遇到的孤儿或弃儿领回家,他为他们租了一处房屋,并提供食物、衣服以及其他基本生活用品,至今已经8年了。现在这里有45个年龄各不相同的孩子,一名曾在这里长大的孤儿已结婚生子,现在和妻子一起照顾这些孩子们的生活起居,而汉斯则负责孤儿院的经营、资金以及与政府交涉。

按说在任何国家,孤儿和流浪儿童的收养和教育应该由政府负责,而在尼泊尔他们被忽视、无人问津,现在主管的政府官员却忽然热心地经常光顾汉斯的孤儿院,这里看看那里看看,说这间房间不够宽敞、那间房间太潮湿、说汉斯不能与孩子们住在一起,还有,他必须向政府申请许可证等等,总之他们来了就挑毛病找麻烦,汉斯认为他们看到有人出钱给孩子们买食物和衣服,也想着揩点油。还有人带着自己的孩子来找汉斯,说"我家穷没钱养活这孩子,请你给我们一些钱吧",如此这般。汉斯明白这些人都是冲着钱来的,有人劝说干脆给他们些钱吧,不然总来找麻烦,可他不肯,他说一旦开了这个口子就没办法停下来,不肯向腐败低头。终于，历经挫折和不懈努力后，汉斯最终获得了政府的许可证，现在他的"快乐儿童之家"被纳入了瑞士"为世界儿童"组织的捐款项目，每年接受7000~8000欧元的资助，现在这些孩子中的适龄儿童能够全部去当地国际学校上学，其中有许多孩子有了一对一的领养，伊纳斯就认领了其中一位8岁男孩儿纳宾，每年资助他260欧元，这笔费用可以支付他的学费和生活费。

### 埃塞俄比亚导游高兴与他的"快乐家庭屋"

2016年5月的一天，伊纳斯和女友克里斯蒂娜来到埃塞俄比亚，当她们背着背包一脸茫然地走出亚的斯亚贝巴机场时，迎面围过来一群当地男人，他们都操着英语抢着跟她们说自己会说英语，是专业导游，可以带她们游览全境等等，她们选中了一位叫高兴的年轻男子，他不但看上去很结实，英语说得流利，而且给人一种诚实可靠的感觉。

接下来两周多的时间里，她们跟着高兴游览了纵贯埃塞俄比亚高原千姿百态的东非大裂谷、阿巴亚湖、乞力马扎罗雪山、阿瓦什河谷、法西尔盖比城堡、瑟门国家公园以及野生动物园。一路上地形复杂多变、高峰峡谷、层峦叠嶂、火山林立，他们穿过原始部落和族群，意外、挫折和险情时时伴随着他们，每一次高兴都能够镇定自若、临危不乱，以经验常识、勇气和智慧，带领她们平安躲过一个个危机和险情，赢得了她们的信任和尊重。

一天，她们问高兴是否知道当地的儿童院、孤儿院之类的地方，因为她们带来了很多孩子的衣物、玩具和糖果等物品，想拿去给孩子们，也看看他们的生活状况。谁知听了这话后高兴一脸兴奋地大声说："那你们可是找对人了，我自己家里就是一个孤儿院啊。"听得她们俩面面相觑。她们跟着高兴来到他的家——拉利贝拉，这个只有1.5万人口的埃塞俄比亚北部小城，在高兴家里她们看到有十来个大大小小的孩子在玩耍，他们没有床，地上铺着几个破旧床垫，一张大一点的床垫要睡5个孩子。高兴告诉她们这些孩子都是他在街上捡来的，他们或者是孤儿，或者是被父母遗弃，他把他们带回家来，给他们一个栖身之地，给他们食物，他为自己的孤儿院取名为"快乐家庭屋"。最近他又收养了一位29岁的单身妈妈和她的婴儿，她的男友使她怀孕后将她抛弃，刚产下孩子的她就被家里赶了出来流落街头。伊纳斯问高兴如果他没有把他们带回家来，那么他们的命运会是什么？高兴说他们可能会流落街头，想办法找事情做，挣口饭吃，也可能会在街上睡觉时被经过的汽车压死，总之他们的命运堪忧。

伊纳斯对孩子们没有床这件事耿耿于怀，她当即与瑞士"为世界儿童"组织联系请求援助，获得了组织的支持。他们把孩子们生活的照片发到网上，并为孩子们的新床而发起募捐活动，获得了很多热心人的捐款，很快筹集到630欧元汇款给高兴。高兴拿着这钱去定做了上下双层床，临走前伊纳斯还给孩子们买了一只足球。从埃塞俄比亚回德国后，高兴发来了新床的照片，还有孩子们第一次踢足球的视频，每个孩子脸上都绽放着灿烂的笑容，他们在视频里对伊纳斯和女友说"谢谢你"，高兴在视频里说，孩子们都很感谢这两个德国女人为他们所做的一切。高兴激动地对伊纳斯说："你是上帝送给我的礼物。"

伊纳斯目前是"为世界儿童"组织的德国负责人，我问她除了每年给孩子们汇款外还需要做什么，她说太多工作需要做了，每周平均需要5~6个小时的工作量。比如她需要给瑞士组织提供很多有关孩子们的信息，因为他们要接受政府的检查和管理，涉及人们的捐款去向问题，确保捐款确实花在孩子们身上而非被人侵吞了，因此每笔开销都要有发票和图片，这些都要备档供政府检查，为此她需要频繁与埃塞俄比亚的高兴联络沟通。高兴收到汇款的凭证、每次购物的发票和实物图片都要通过WhatsApp发给她，她再发给瑞士。此外"为世界儿童"组织需要把所有孩子的信息放到网上，更新儿童之家新增加的设施以及孩子们上学、生活的最新情况，以便捐款人可以随时查看。仅仅是孩子的出生日期，就让高兴犯了难，这些孩子们有的很小就成了孤儿，根本就不知道自己的出生日期，他需要跑政府各个部门去调查了解和报告。难度最大的问题是瑞士政府要求所有接受捐款的单位必须有当地政府的官方许可，为此高兴去埃塞俄比亚政府部门申请，政府官员问："这些都是孤儿吗？"高兴说："有些孩子是被父母抛弃的。"对方说："那你就把他们送回他们自己家去吧，孩子应该在自己的家里长大。"高兴说："把他们送回去之后还是会再被抛弃的，这就是为什么当初我在街上捡到了他们，你要我再把他们送回去，很快同样的事情就会再发生。"但是官方还是拒绝给他发许可证。瑞士方面回应说，根据瑞士法律，他们不能向没有政府许可证的机构提供捐款，还有那些被送回自己家的孩子也不能再接受捐款，因为他们的捐款只能给那些孤儿和流浪儿童，而不是给有家庭的孩子，否则无法向捐款人交代。伊纳斯把这个情况告诉高兴，说："你务必再去政府那里同他们理论，无论如何你要拿到许可证。"当高兴再次来到政府部门时，他把伊纳斯发给他的信息给政府官员们看，说："如果你们还是不给我发许可证，那么他们就不再给我汇款，我们就会又回到从前。"政府官员一想，也是啊，只要发给他许可证就可以让这些西方人继续源源不断地汇款帮助孩子们，也未尝不是一件好事嘛。于是他们终于同意发给高兴许可证，至此他的"快乐家庭屋"也被正式纳入瑞士"为世界儿童"组织的捐款项目。

## 不遗余力的募捐活动

伊纳斯现在除了"为世界儿童"组织所做的日常工作外，还会利用各种渠道和场合积极地为孩子们募捐。她来到村里的教堂求助于牧师，牧师听了之后对她说："你所做的事情很有意义，我支持你，这样吧，圣诞节那天你来，我可以安排你直接对大家讲讲。"2016年的圣诞节，当牧师为信徒们做弥撒结束时对大家说："我把这最后十分钟留给伊纳斯，请她来讲讲。"此时伊纳斯极力平复激动的心情，她要利用好这十分钟，她走上台讲了尼泊尔汉斯的"快乐儿童之家"，讲了埃塞尔比亚高兴的"快乐家庭屋"，讲了瑞士的"为世界儿童"组织所做的工作。没有想到的是当天她收到1000欧元捐款，手捧着捐款的她感动得热泪盈眶、语无伦次。

村里一年一度的跳蚤市场，她把家里不需要的东西拿出来卖，在自己的摊位上，她展示了尼泊尔和埃塞俄比亚两个孤儿院孩子们的图片，向人们解说他们所做的工作，那天她卖出了60欧元；在女友克里斯蒂娜男友的餐馆里，她通过幻灯片给客人讲解了他们帮助孤儿的工作，当天募集到90多欧元；在村里社区活动中心，她同样通过幻灯片向村人展示了几年来他们在世界各地的工作，募集到了150多欧元。她说："这些钱虽然不多，但是可以积少成多，你知道吗，我并不感到难为情，因为这不是为我自己，我是在为那些孩子们募捐，他们需要我的帮助。"

伊纳斯的故事并没有什么惊天动地、可歌可泣之处，可不知为什么，听着听着我无法控制地流下泪来，伊纳斯问："你怎么了？"我摇摇头说："没事。"她问："是这个故事感动了你吗？"我说："是的。"

她说:"你知道在我到了尼泊尔见到汉斯,听他给我讲这些事情的时候,当时我就和你现在一样无法控制自己流了眼泪,然后我就无法再平静下来。从尼泊尔回来,我寝食难安,我整天都非常难过,那段时间很难熬,我无法想其他任何事情,脑子里就是这些孩子和他们的生活。我在想,天啊,我自己住这么大一座房子,这里应有尽有,而那些可怜的孩子们却什么都没有,跟他们相比我简直就是生活在天堂,我觉得要为这些孩子们做点什么。我决定出钱资助一个男孩子,他是8岁的纳宾,每年260欧元,这个孩子就可以上学了,他将来可以有一个更好的未来。后来从埃塞俄比亚回来,我就想我还可以每年再捐出260欧元,资助一个孩子,这个我还可以做到,于是我就领养了3岁的咪咪。"

我问:"你男朋友支持你吗?"

她说:"他支持,不过我会很注意,尽量不让我的工作影响我们的生活,尽量在他需要我陪伴的时候陪伴他,而在他做其他事情的时候做这些工作。"

我又问:"你的孩子们怎么看?"

她笑着说:"他们支持我啊,不过我女儿说,'妈你不能每次去一个国家回来就领养一个孩子嘛,那样的话,你就没钱养我们了。'"说完她轻松地笑起来。在采访结束时我对她说:"我要把这篇文章的稿酬给你,请你代我捐给那些孩子们,这是我能做的。"

2018年3月,伊纳丝和男友一起再次回到埃塞俄比亚,此行一是看望那里的孩子们,更重要的是检查工作,作为"为世界儿童"组织的德国负责人,她感到责任重大。"我不能只是把钱汇过去就不管不问了,我不能辜负了捐款人的信任,我要确保这些钱都用在了该用的地方。"她告诉我再次见到孩子们的感觉真是太好了,她看到孩子们的生活条件比去年有了很大改善，那位年轻的单身妈妈，去年刚来到的时候，整日愁眉苦脸，而现在她总是笑意写在脸上，因为她不用再发愁没有食物、没有地方栖身，她承担起了做饭的工作。现在虽然常住在这里的孩子只有9人，但是每天这里却有15～20个孩子，因为人们听说这里的孩子可以每天有三顿饭吃，而那些虽然有家庭却吃不上三顿饭的孩子们也慕名而来。他们每天来这里玩耍，和这里的孩子们一起吃饭、上课，到了晚上又各自回家。自从政府颁发给高兴孤儿院许可证以后，他们就常常来查看情形，见这里果然一切井然有序，于是他们也转而提供支持，现在每天有政府派来的一位老师给幼小的孩子们上课。

这次伊纳丝和男友给孩子们带来了两大箱子衣物、玩具和学习用品，他们自己不穿不用的衣物，他们三个孩子的衣物和学习用品，还有他们的朋友都拿来了自己家里和孩子们不用的物品。他们在高兴的"快乐家庭屋"当着孩子们的面打开箱子，一件件把衣物拿出来分给孩子们。每个人都得到了来自遥远的德国的"新鲜"物品，他们都爱不释手、高兴得不行，给孩子们上课的老师也得到了一双旅游鞋，他简直不敢相信这是真的，看着他们兴奋的样子，伊纳丝心里有一股酸楚。

现在孩子们都可以睡在床上，虽然床不够用，有的一张床上睡了两个孩子，他们现在还小，不过在他们长大以前，这里需要添置更多的床，可是这里实在是太小了，只有三间房间。伊纳丝告诉我他们有了一个新的计划，就是要为高兴的"快乐家庭屋"买一座房子。

"买房子？那需要多少钱啊？"

"要2.5万欧元。"这可是不小的数目，然而她信心满满地说，"我们正在为此筹款，我们会办到的。"

当这篇文章收尾时，我也终于明白，是源自伊纳斯内心深处的一份善良和博爱，使她舍弃了原本可以养尊处优的生活，不计回报地投入到为贫困孤儿募捐的活动中，心甘情愿地贡献一份力量。

（发表于德国《华商报》2017年8月15日第439期）

# 年幼的对手

在我二十年的网球生涯中,还从未与年幼的对手交过手,也从没觉得有这个必要,然而在德国却让我有了这样的经历。

一天,我在网球俱乐部与几位球友一起打球,结束时,其中一位叫安内塔的人走过来对我说:"你愿意跟我儿子打球吗?"

"你儿子?他多大?"

她笑着说:"10岁。"10岁?我很诧异,一个10岁的孩子可以与成年人打网球吗?她看出我的疑惑,立刻解释说:"他虽然只有10岁,可是他打得非常好。"我心里还是很怀疑,于是问道:"他打得有多好?"她笑着说:"嗯,是教练说他打得很好,他总是跟比他大很多的男孩子打比赛,他每个周末去别的俱乐部打比赛,你看!"她指着墙上专栏里的一张照片,一个男孩子手里拿着一个奖杯与一群大大小小的孩子在一起。"这就是他,法毕,他获得过很多奖。"她的自豪之情溢于言表。"他打起球来总是没完没了,我常常需要把他从球场上拉下来……"听到这儿,事情已经很清楚了,教练的评价、他的成绩可以说明很多,再者他一定是一个网球痴,有这股痴迷劲儿的孩子多半是打得很好的,我马上说:"好啊,我愿意跟你儿子打球,什么时候?"

"明天下午5点。"

第二天当我在球场上见到法毕时,还是有点吃惊,他那么瘦小的一个孩子,个子刚刚够到我胸口,瘦瘦弱弱的,皮肤出奇地白,小尖脸只有巴掌大,头发挺长,刘海快盖住眼睛了,跟他握手时,那小手是柔软无力的，很羞怯的样子，当时我真有点怀疑，他那么手无缚鸡之力似的，能打出有力道的回球吗？我们开始热身，先从网前小球的练习开始，然后是底线球，一到了场上他就像变了个人，神灵活现、上蹿下跳、极其有能量。我观察到他正手是上旋球、反手是双反，移动很好，非常灵活。15分钟以后，我们开始了比赛。第一局进展得很快，我以6:1胜出。第二局，形式急转直下，他的正手上旋球发挥了威力，时常打出让我无力招架的制胜分，他先破了我一个发球局，又拿下自己的一个发球局，以2:0领先。接着我们各破对方一个发球局，比分来到1:4，我仍然落后。但是他发球的弱点也暴露了出来，失误连连，发球对于像他这样身高的孩子来说，实在太难了。我抓住机会，连续压他的反手，再突袭正手，屡屡得手，把比分扳成4:4平。之后我们各保发球局，比分来到6:6进入抢7。此后比分一直交错上升，6:6，10:10……一直到14:14平，我们打得难解难分，不分胜负。我不得不佩服法毕，他打得确实好，以他这样小的年龄和身材，实属难得。这时一直在旁边观看的阿内塔宣布说场租时间到了，法毕一脸的遗憾，我知道他很想打下去直到决出胜负。我跟他说，"这盘就算你赢了。"

几天后当我们约好再次在球场见面时，安内塔告诉我："法毕每天都问我怎么还不给你打电话约球啊，他一直盼着再跟你一起打球，还说他很喜欢你呢。"我笑了，我也很喜欢他，他实在可爱。这次我们的交手，竟然跟第一次如出一辙，我们又是打得难解难分，比分一路胶着地来到了6:6平分，又是需要打抢7决出胜负，而抢7同样是打到了6:6，这时时间到了，法毕呢，还是不想停下来。跟他打球的时候，我常常很矛盾，按说赛场上是不该有恻隐之心，可是每当我打出大角度的回球，调动他在球场两边疲于奔命时，每当我打出刁钻的球使他完全够不到时，

第一章　047

他会一边奔跑救球，一边拉着长声凄惨地大叫"NO……"，足以令我心软。其实以我这样的成年人，跟他这样的儿童打球，对他是不公平的，他当然知道这一点，而他就是要挑战自己的极限，同时也是向比他大的球手挑战，因为在同龄的球手中他早已经找不到对手了。而跟他打球对我来说又岂是件易事呢？几乎每一分都是多板的较量，都要拼尽全力去争。

他是一个不知道什么叫放弃的人，明明几乎是不可能接到的死球了，他还是不依不饶地拼命奔过去接，而结果是球常常被他奇迹般地接了过来，令我目瞪口呆。无论我把球打到什么位置，他都能顽强地接回来，我简直就像是对着一堵墙在打球。他在沙地上的滑步做得太漂亮了，充分发挥了个子矮小、灵活的优势。我被逼得必须使出更狠的招，我打出一个大角度反手球后，顺势来到网前放出一个高质量小球，使他长途奔袭也救球不及，球终于应声落网。之后我利用这个战术频频得手，而法毕常常因为来回奔跑得太猛而摔倒，他会顺势将球拍甩出去飞向球的落地方向，那意思是反正我够不到球了，让拍子去够吧，然后就势倒地两个滚翻，然后四仰八叉地躺在地上不起来，看得我和安内塔都大笑不止，这场比赛中已经不知道他摔倒过多少次了。他不屈不挠、永不言弃、奋勇救球的态度令我钦佩。他的弱点是在打逆势球时韧劲还不够，有时候精力不够集中。他的道路还长得很，有的是时间让他慢慢磨炼和领悟。对法毕来说，他只是需要长大再长大，假以时日，当他长成大小伙子时，他的能力和感悟会让他的球技全面提升，他会成为出色的网球选手。

俱乐部里顶尖的、有潜力的网球手，有几个已经有了赞助商，曾经也有过网球产品厂家主动找到阿内塔要给法毕赞助。有了赞助商的资助，会大大减轻他们财力上的压力，然而她却婉言拒绝了，理由是拿了人家的赞助，人家就希望你比赛的时候总能赢，可谁能保证总是赢球呢？她不想因此给法毕造成心理压力，她希望他把精力集中在球技的提高上而不是输赢上。法毕有今天的成绩，一半的功劳要归功于阿内塔的奉献和付出。她大学毕业于生物医药专业，后在药店做药剂师。结婚后她成了四个孩子的妈妈，就再也没有工作过。当法毕表现出对网球的痴迷后，她就整天地接送法毕往返于学校和俱乐部之间，周末她开车奔波于各个城市，送法毕去那里的俱乐部参加比赛，一去就是一天，这些年来阿内塔没少为法毕打球花费时间、精力和金钱。

夏季末的一天，阿内塔告诉我，法毕要退出我们的俱乐部，参加另一个俱乐部。我问为什么，她说因为那个俱乐部更大，打得好的球手更多，法毕可以得到更多的练习和交流，更多的挑战对于他球技的提高有促进作用，所以他想加入那个俱乐部。但是那里的会费和教练费比这里贵一倍，而且离家更远，她感到经济上有压力，所以准备找一个非全日的工作，每周工作两三天。因为20多年没有工作过了，她必须重新补习专业知识，重新考取药剂师的资格才行。我问她这样做不辛苦吗？她说为了法毕一切都是值得的。

在我们的俱乐部里，每天都有不同年龄的青少年来参加训练，到了假期还有集中培训，他们之中不乏身手矫健者，而这仅仅是一个缩影，像这样的网球俱乐部遍布德国全国，培养着为数众多的青少年网球手，同时也为德国职业网坛源源不断地输送着后备军。近年来在世界网坛崛起了一批德国网球选手，名列前茅的女选手如科贝尔、利斯基、格尔格斯、佩特科维奇，男选手如哈斯、科赫尔斯奇雷伯、梅耶尔等，他们都是从这些名不见经传的网球俱乐部里脱颖而出的。谁知道若干年后，现在的这些青少年中会不会再出一两个格拉芙或者贝克尔[①]呢？

（发表于《欧洲新报·留欧视界》专栏2017年01期）

---

① 格拉芙与贝克尔缔造了德国网球的传奇。施特菲·格拉芙，是德国女子网球运动员，德国史上最优秀的女子体育人物之一，为第5位登上WTA单打排名第一的选手。是世界网球历史上最成功的女选手之一，尤其是1988年创下网球运动史上、所有男女选手至今唯一的年度金满贯。鲍里斯·贝克尔，德国网球名将，三次温布尔登网球赛冠军，两次澳大利亚公开赛冠军，一次美国公开赛冠军，一次戴维斯杯冠军，贝克尔在17岁时就成为了温布尔登网球赛最年轻的男子冠军。

## 养女丽萨

一个周六晚上，我和先生应邀去做客。为了搭配我的镶有漂亮花边的白色亚麻衬衫和两边开叉的牛仔长裙，我佩戴了一副蓝色贝壳耳环和白色贝壳项链。按照德国的社交礼仪，去别人家做客要多少带点礼物，我们带了一瓶装有铁质花篮的葡萄酒，又买了一盆漂亮的兰花，捧着这两件礼物按响了主人家的门铃。

门开处是女主人克里斯蒂娜，她亲切地与我先生打招呼、拥抱，先生向她介绍了我，克里斯蒂娜引荐了她现为德国一所大学宗教学教授的丈夫，随后我们被请进了房子。克里斯蒂娜52岁，身材略有发福，以前曾嫁给一位美国犹太人，在以色列居住过几年，之后在美国联合国总部工作数年，后来她离了婚嫁给了现在的德国丈夫贝安特。贝安特与前妻生有一子，现年22岁在服兵役，客厅里摆着这位儿子与女友的合影照片。而克里斯蒂娜没有孩子，近年他们夫妇从智利领养了一个儿子利奇，又从哥伦比亚领养了女儿丽萨。

这会儿另外三位客人也陆续到了，一对夫妇带来的一盆绿植，另一位带了一瓶葡萄酒。主人并没有请客人入座，大家站在客厅里聊天叙旧，大家说着我听不懂的德语，聊得热火朝天，而我成了局外人。终于挨到主人请我们落座的时候，三个女人坐在桌子的一边，四个男人坐在另一边，这时主人开了一瓶白葡萄酒，大家举杯碰杯。此时克里斯蒂娜提议因为我听不懂德语大家用英语交谈，立时得到了响应，大家立刻改用英语，我才发现原来每个人的英语都很流利，就连另一位先生的妻子

第一章 051

也是朗朗上口、毫不含糊。

　　说话间，开胃菜已经上来了，今天是男主人主厨，女主人陪客人聊天，这还真是少见。开胃菜是托在一片生菜上、浇了火腿末芝士的三个白蘑菇，味道还不错。没有看见孩子们下楼来吃饭，我好奇地问女主人："孩子们不来吃饭吗？"她说儿子在外打篮球，一会儿回来，女儿丽萨吃主菜的时候会下来的。我以为还会有其他的菜，可是主菜已经上来了，是一盘宽面条配奶油汁，配有三块用薄火腿裹着的烤猪肉，以及三块水煮西兰花。倒是蛮像份饭的，可惜那奶油汁太少不够拌面的，猪肉也是干干的，整个主菜味道寡淡，我只吃了西兰花和一点面。

　　德国人待客不像国人那般热情，菜是没有什么好吃的，而我的全部注意力都在主人的养女丽萨身上，她是在上主菜的时候从楼上自己的房间下来的，她12岁，黑黑瘦瘦的，黑色长发披在身后，两只黑色大眼睛在黑眉毛下面灵光闪动、纯洁无邪，牙齿略显得大了些，她总是笑容可掬，使她显得非常可爱，在我眼里她是很美丽的。刚下楼来的时候，她笑着和每个人握手，跟我握手时，她问克里斯蒂娜我是哪儿来的，得知我来自中国时，她要我说几句中文，我说："你好，你很漂亮。"她笑得更灿烂了。她在我对面的座位坐下来后，两只大眼睛不时地朝我一下一下地瞄着，我也一直在关注着她。见她盘子里只有宽面条和猪肉卷，我问克里斯蒂娜："她不吃西兰花吗？"克里斯蒂娜说："她很多东西都不吃，刚来的时候基本上什么都不吃，只吃土豆，现在已经好多了，我们让她渐渐适应，一点一点地增加食物的品种，不过她还是最爱吃土豆，可以一天三顿吃土豆，每天吃也不厌烦。"说着克里斯蒂娜用手抚摸了一下丽萨。丽萨盘子里的宽面条上面没有奶油汁，克里斯蒂娜说她不喜欢，一会儿她起身跑进厨房拿出来黄油，用刀子往宽面上抹黄油，吃了一口却又放下不吃了，跑到克里斯蒂身旁跟她耳语，随后跑进厨房，再出来时手里拿了一只大苹果啃起来，同时不时地向我一眼一眼地瞅着。

我对她的好奇只增未减，我向克丽斯蒂娜询问收养她的过程。她出生在一个哥伦比亚非常贫穷的家庭，父亲很暴虐，常常打她，后来她被当地一所孤儿院收养，三年前克里斯蒂娜从那里领养了她。克里斯蒂娜说："我们几年前决定领养孩子，并且希望是比较大点的孩子，后来发现这很难，因为大多数家庭都是要领养婴儿，很难找到年龄稍大的孩子。我们去了几次智利和哥伦比亚，和当地的机构接洽了很久，提交了很多文件，最后在三年前才从智利领养了当时10岁的利奇，同时又从哥伦比亚领养了9岁的丽萨。去年我们带着他们俩去智利和哥伦比亚故地重游，丽萨却不想见自己的父亲，她仍然清楚地记得父亲对自己的粗暴，她还记恨他。"

这会儿门铃响了，是乔治打完篮球回家来了，他走过来跟大家打招呼，他有着垂肩的黑色直发，五官很俊秀，皮肤黝黑而细腻，完全没有印象中智利人那种高原山区人的粗犷，他的神态和举止不像那些亲生孩子那样自在、随意和放松，他显得拘谨、有所顾忌。这会儿功夫，丽萨已经跑进跑出几次了，伏在克里斯蒂娜耳边耳语了几次，克里斯蒂娜笑着对我说："丽萨喜欢你的耳环，她刚刚扎了耳朵眼儿，所以这些日子她特别留意耳环。"我说："如果她喜欢，我可以送给她。"克里斯蒂娜很客气地谢了我，她显然没有把我的话当真。这会儿丽萨坐到了克里斯蒂娜的大腿上，眼睛闪闪亮亮地看着我，我感觉自己越来越喜欢她了，我说："我下次再来的时候可以送给丽萨一些更漂亮的天然石耳环和项链。"克里斯蒂娜翻译给她后，她马上欣喜地问这些漂亮的天然石是哪里来的，于是我就告诉她在西藏有许许多多的天然石头，色彩艳丽。她马上又问西藏在哪里，我说西藏在中国的西南部，那里有世界上最高的山峰喜马拉雅，那里有绿色的、粉色的、蓝色的、红色的石头。我问她喜欢什么颜色，她毫不犹豫地说紫色。我说："我还真没有看到过紫色的石头呢，你还喜欢别的颜色吗？"她说蓝色。我说："好，那我下次来就给你带来蓝色的耳环和项链。"她听了很是高兴，我又给她讲在我居住的北京，有一些来自西藏的藏民，他们从家乡带来当地的手工艺品在街上卖，有牛角梳子、各种用藏银打造的银器、银手镯、耳环和项链、戒指等，而我最喜欢的是那些色彩斑斓的各种天然石做成的首饰，这些石头都各有名字，我只记住了猫眼石，确实很像猫的眼睛，有绿色的和粉色的。我还告诉她们几年前在北京的大街小巷开始出现一些藏民，他们三三两两地一起在街头巷尾摆摊卖货，把货物都卷在大布包里，驮在车上。他们都懂得跟城管打游击，用车驮着行囊等在街边，到了下午五点，他们就在地上展开那块藏宝的布卷，或者支上货架做起生意，操着带口音的普通话开始叫卖。他们常常出没在人来人往的地铁站外和饭店周围，每次看到他们，我都会停下脚步，伸头在货摊上寻找有没有我喜欢的饰品，常常是一次买下好几个，至今我已经收藏了不下几十个了。除了我真喜欢这些天然质朴，又不失华丽的饰品外，另一个原因是觉得这些藏民们生活在异乡不易，希望通过买他们的货对他们的生活有所帮衬，尽微薄之力而已。克里斯蒂娜逐句地把我的话翻译给丽萨，她饶有兴趣地听着，不时地提出问题，所有人也都在安静地听着，还不时地提出一些关于西藏的问题。

晚餐结束，盘子收了，客人们的酒杯一再被斟满，来宾们一边啜饮着各自的葡萄酒，一边闲聊着，话题当然不是孩子所感兴趣的，于是两个孩子上楼进各自的房间。这时克里斯蒂娜开始准备甜点，是今天从附近人家地里摘的新鲜草莓，绞碎成酱再冷冻成冰，这会儿用搅拌机打成冰霜，就制成了草莓冰淇淋，每人两小球，上面放一片绿叶作为点缀，做好后她端了两小盘上楼给丽萨和利奇。在吃冰淇淋的时候，我从耳朵上摘下了那对蓝色贝壳耳环，放在克里斯蒂娜面前说："这对耳环送给丽萨了，请你代为转交给她。"她看着我，有点不相信似的，然后连声道谢，我说："我下次来的时候，会再给丽萨带来些西藏首饰。"她听了一再地谢我，这时她丈夫贝安特起身说："我该去跟孩子们道晚安了。"说完就上楼去了。不一会儿，就听到楼上噼里啪啦一阵拖鞋敲地板的声音，只见丽萨一阵风似的从楼梯上跑下来，直奔克里斯蒂娜，我会心地笑了。丽萨跑到克里斯蒂娜身边，拿起桌上的耳环，捧在手里细细地看着，脸上绽放着笑靥，这时候贝安特出现在楼梯口，笑着看着这情形。

聚会结束，客人们起身离去。当我们走到车边开启车门时，回头望了一眼，只见门边丽萨瘦小的身躯依在克里斯蒂娜身旁还在向我们挥手，她那闪烁的黑眼睛和如花一般的笑颜定格在那一瞬间，使我至今难忘。

（发表于德国《华商报》2018年2月1日第450期）

# 兵马俑奇缘

中国的秦兵马俑以"世界第八大奇迹"之美誉蜚声中外，不过恐怕鲜有人知中国在海外唯一的兵马俑复制品永久陈列展是在德国图林根省瑙姆堡（Naumburg）附近一座小城威尔（Wiehe）。那么中国的兵马俑何以会落户在这样一个名不见经传的德国小城呢？这背后有一段引人入胜的故事。

2015年春季的一天，正在访问瑙姆堡的我，听说附近有一个著名的火车模型展在威尔，便特地安排了时间拐去40公里以外的小城威尔。这虽然是一个私人展馆，却号称是世界上最大的火车模型展，占地12000平方米。从外面看去其规模好似一座工厂，却不似厂房那般简陋。忽然，几个出现在展馆外墙上的大字"兵马俑"，吸引了我的注意。咦，在这个寂寂无闻之处怎么会有中国的兵马俑呢？

花了10欧元买了门票后就进入了第一展厅，只见半个足球场大的展厅里，满满地布置了山川、河流、城市、田野和村庄的仿真模型。小小的蒸汽火车冒着白色蒸汽，鸣响着长长的汽笛，一路穿行在仿真模型所营造的景物之中，奔驰在道路、桥梁、盘山路上，穿行在隧道里，火车的每节车厢里竟然还亮着灯，还有像子弹头形状的高速火车。在城市景观里，有火车站、商业区、居民住宅区、教堂、学校、城堡，应有尽有，足以以假乱真。随着行驶的火车，我走过一个又一个展厅，也走过世界各地的知名景观景物，纽约的自由女神像、伦敦的大本钟、巴黎的埃菲尔铁塔、洛杉矶的好莱坞、英国和法国的港口城市Dover和Calais、柏林、布达佩斯、伊斯坦布尔、维也纳以及图林根火车站，等等。行驶的火车模型将这些分布在世界各地的景观和城市串联起来，蔚为壮观，而每一个景观又是如此惟妙惟肖，令人叹为观止，据说这就是这个展馆与柏林和汉堡的火车模型展的不同之处。这里不愧是车模爱好者和发烧友的世界，他们从德国各地来到这里，专门来看他们为之着迷的各类火车和铁路模型，还能买到心仪的各款产品。

穿过第一、第二、第三、第四展厅，一路找寻着兵马俑的踪迹，来到第五展厅，门口几个显眼的汉字映入眼帘——"兵马俑"，我快步上前准备走进去。正当此时，一位60多岁骑在一辆三轮车上的男子，不断回头向我张望，我向他点头微笑，心想一定是馆里的工作人员，少见亚洲面孔而新奇吧。走进展厅，发现这是一个复合展厅，里面完全是中国风的装潢布置。墙面和屋顶屋檐都是绛红色的，中间有一个六角亭，亭子里一条栩栩如生的蛟龙雄踞于高台之上。正面黄色背景墙前竖立着一座真人高的秦始皇塑像。左边两座秦俑竖立在打了灯光的玻璃展柜内，前面有一排雕刻精美的木质护栏，旁边立着两片木雕屏风。右边绛红色背景墙前站立着一座彩陶俑，一座蹲姿的陶俑展列于高台上，旁边是一扇雕花板中间镶嵌刺绣的屏风。屋顶上挂着几个中式灯笼，角落里一个柜台上售卖来自中国的工艺品，后面的货架上，摆放着各种尺寸、各种姿势的小兵马俑塑像。最里面是设有几排座椅的放映区，电视里滚动播放着一部译制纪录片——《秦始皇》。眼前这一切景象顿时使我感到格外亲切。进入主厅，我果然看到了一大片兵马俑，密密麻麻布满了巨大的长形展厅。走上前仔细观看，只见一行行一列列整齐阵列的秦兵马俑，还有那著名的驷马铜车，那一瞬间我的眼眶湿润了。透过模糊的视线，我看到那些身着盔甲、表情严肃、神态各异的陶俑按阵列队而立，构成了规模宏伟的阵容，这分明是西安秦兵马俑的缩小复制版，虽然无法与原版媲美，但仍然不失其壮观与震撼之势。作为来自兵马俑故乡的中国人，不期然地在他乡异国见到此情景时，还是不能不为之动容。感动之余，心中不免疑惑，堂堂中国兵马俑如何会屈尊现身于一介私人展馆呢？

正想着，忽然发现刚才那位骑三轮车的男子不知何时已经出现在了身后，静静地观察我许久了。我们攀谈起来，才知道原来他是展馆的主人斯迪克勒先生，他告诉了我下面的故事。

斯迪克勒先生原来经营着一个汽车商行，专营沃尔沃和福特轿车，退休后他卖了车行，热爱车模的他投资建了这个火车模型馆，之后数年里不断增添内容和扩大完善。2007年的一天，馆里来了一位亚洲面孔男士，他在这里逗留了几个小时，在各厅转来转去，反反复复地观看，其认真劲儿引起了斯迪克勒先生的注意，他上前询问才得知这位先生是个中国人，操一口流利的德语。使斯迪克勒先生感到费解的是，他似乎对于展馆一切详情都很感兴趣，一一询问打听，而问得最多的是："您有什么发展计划吗？""您不想在今后几年里再扩大吗？"

斯迪克勒先生当然想扩大自己心爱的展馆，他希望它更具特色，内容更丰富。他有一系列想法，然而有些想法他自知不现实，因为资金和条件局限，要等待适当时机和条件成熟，因此他还没有具体的发展规划。而此刻他却被眼前这位中国人"纠缠"着，非要弄清他的发展规划不可，他有些不耐烦了，于是随口说出："如果可能的话，我倒是希望能有像中国的兵马俑那样规模宏大的展品。"说完这话后，他自己也觉得不可思议，本以为会吓着这位中国人，可没想到他却眼前一亮，无比兴奋地上前一步说："您想有中国的兵马俑，是这样吗？"斯迪克勒先生看他这样子又听了他的问话，感到哭笑不得："我是说……中国的兵马俑……当然，可是那怎么可能……"而此时这位男士却兴奋不减，他掏出一张名片递给斯迪克勒先生，郑重地说："有志者事竟成啊，我会联系您的，您等着。"说完转身大步流星地走了。斯迪克勒先生看着他的背影感到莫名其妙，再低头细看名片时，才知道此人是中国驻德国大使馆文化官员G先生。

两周后，斯迪克勒先生收到了G先生的邮件，他写道："关于兵马俑事宜，我已与中国有关部门取得了联系，我们很钦佩您对于中国历史和文化的了解与热情，对于您希望展出中国秦兵马俑的愿望，我们很感兴趣，为了商谈有关事宜，我谨代表中国文化部诚挚地邀请您访问中国北京和西安……"读过邮件后，他惊诧不已，他感到既兴奋又意外，直到现在他仍然仿佛在梦中一般，对于这突如其来的惊喜毫无准备。因为对古文物的爱好，使他关注了中国的秦兵马俑，他看过关于兵马俑的纪录片和图片介绍，还专门去图书馆查阅了相关资料，深深地为2000多年前中国古人的这一恢宏浩大的工程和艺术造诣所折服和震撼。想不到，如今自己竟然也与这个举世无双的历史文物连上关系，接下来将是怎样的情形，他完全不得而知，于是他感到有些忐忑不安。之后他与G先生多次沟通，在G先生的帮助下很快取得了中国签证，一个月后启程飞往中国北京。

在北京首都机场，一位举着写有他姓名牌子的年轻人迎接了他，然后开车载上他驶离了机场。一路上他新奇地向车窗外张望，看到宽阔的公路、车水马龙的街市、摩登大厦和一张张生机勃勃的面孔。他对中国最早的印象还要追溯到20世纪70年代，那时他看过一部关于中国的纪录片，大部分细节已经忘记了，只依稀记得影片里的人们脸上的表情都很质朴，不知为什么男男女女都穿着同样款式和颜色的衣服，街上的骑车人成群结队、阵容壮观。影片里说在一些乡村，农民的温饱问题还没解决，而另一方面中国却成功发射了第一颗人造卫星，在世界上引起不小的震动。其实他对现代中国的了解甚少，仅限于新闻报道，而德国关于中国的新闻报道负面的居多。车窗外一幅幅画面一闪即过，而此时的斯迪克勒先生的脑海中有关中国的印象也像过电影一样快速闪过，两者交替使他有些时空错乱之感。入住酒店后，他来到街上信步徜徉。在一个热闹的步行商业街，他看到商店林立，店里各色商品琳琅满目，街上熙熙攘攘，人们扶老携幼，青年人朝气蓬勃，人们脸上洋溢着欢愉，他们像是生活得很富足。他从不曾想到中国竟然这般繁华、发达，这里的人民生活得这般美满，一派欣欣向荣的景象，这一切彻底颠覆了他脑中对中国的印象。是啊，近40年过去了，究竟是什么使这块土地发生了如此天翻地覆的巨大变化？

第二天早餐后，同一位年轻人来饭店接上他开往一座漂亮的办公大楼。他被引进一间敞亮的会议室，紧接着七八位西服革履的中国官员鱼贯而入，一位长官做派的官员上前与他亲切握手，翻译说这是中国文化部的官员，其他官员跟随其后一一与他握手，并整齐地坐在了一张长长的会议桌后面，此时他感到格外"势单力薄"，因为长桌的这一侧只有他一个人。会议开始，长官讲话，对他的到访表示欢迎，斯迪克勒先生也感谢了中方的邀请，他说道："感谢你们让我看到了一个完全不同的中国，不然的话我对中国的印象还会停留在30多年前的老样子，说实话，中国的变化和发展太让我吃惊了。"中方长官说："这都是几十年来改革开放、创新发展的成就啊。"接着他说中国对中外文化交流非常重视，文化部有关部门对他的火车车模展馆很感兴趣，了解到他有意引进中国的兵马俑在其展馆展出,他们很重视,接着他对兵马俑做了一番介绍,然后他们对他的展馆提出了一系列问题,被问到最多次的问题是:为什么他想要在自己的展馆中展出中国的兵马俑。他答说,他对兵马俑的了解并不很深入,他讲了十几年前自己是如何偶然看到画报上的兵马俑图片和介绍,第一次知道了兵马俑,就对它产生了极大的好奇和兴趣,后来又观看了兵马俑的纪录片,阅读了有关资料,使他感受到兵马俑的神奇伟大。作为2500多年前的历史文物,秦兵马俑承载了中国丰富的历史文化,是世界上罕见的文化奇观。他热爱中国也热爱这一中国文物,如果能在他的展馆展出兵马俑,不仅可以传播中国文化,也会增进中德文化的交流与两国友好。

会议结束后,斯迪克勒先生被邀请与这一队中国官员一同进午餐,他们是如此的盛情,各种美味五彩缤纷、大盘小碟地摆满了桌子,他被一再劝说多吃点多吃点,而从未吃过中餐的他有点吃不惯。当天下午一名翻译带着他游览了长城。之后的两天,是几乎同样的程序每天重演一遍,上午是他与一队中国文化官员的会议,午餐是丰盛的中餐,下午是游览故宫、天坛、颐和园。在会议上,他还是被反复地问到究竟为什么他这么想要展出中国的兵马俑。对于这么反复的追究,他既不理解,也渐渐地失去了耐心,他对中国官员说:"我已经回答很多次了,希望这个问题已经结束,可以翻过这一页了。"

第四天,斯迪克勒先生被那位年轻人开车送到机场,登上了前往西安的飞机,在那里他被当地中国方面的接待人员带领着参观了秦兵马俑。尽管他在此前阅读了很多有关文章、看过很多图片和纪录片,可当他亲身站在一号坑高台上,附身向下看到那军阵庞大、规模宏伟、气势恢宏的秦兵马俑时,还是被深深地震撼了。他仔细地观看,认真地聆听了所有的介绍，他对兵马俑有了更全面、深入的了解。

第六天，回到北京，继续开会，在会上斯迪克勒先生一反常态地率先发言说："先生们，我很感激你们邀请我来北京和西安访问，在西安我亲眼看到了秦兵马俑，它给我的震撼和感受是我一辈子也不会忘记的，我对中国历史和文化也有了更多的认识，很钦佩你们为保护文物所做的努力。我感到我的展馆现在规模和资历都还不够，对于陈列和展出兵马俑，我不抱希望，不过我还是非常感谢你们。"

这时中国文化部的长官讲话了："这些天来，我们已经研究过您以及您展馆的情况，我们认为您的展馆很适合展出我们的兵马俑，我们已经决定在您的展馆展出秦兵马俑复制展品。恭喜您！"这时的斯迪克勒先生有点摸不着头脑，他不相信自己的耳朵，难道这是真的吗？长官接着说："说实话我们做出这个决定是非常慎重的，您可能也已经感觉到了，我们经过反复考察、推敲、筛选才做出了这个决定。对于展出兵马俑的展馆，我们有一系列的要求，而最重要的是我们感受到您对于兵马俑的热爱和关注，以及您展馆的知名度。您在这两点上都达到了我们的要求，其他方面也都符合要求，所以我们认为您的展馆最适合永久展出秦兵马俑复制品。后面还有一系列工作，希望我们双方密切合作，把工作做细做好，预祝您成功展出兵马俑！"

听了长官的这一番话，斯迪克勒先生终于长舒了一口气，这场马拉松式的谈判终于落下帷幕。这些天来被没完没了地追问，曾使他一度丧失了信心。

接下来双方就所议事宜达成意向签订了合约，他了解到作为中国文化部的一项文化交流项目，这是秦兵马俑复制品首次在中国以外永久性展出。直到现在他似乎方才明白为什么当初中国驻德国大使馆的G先生在他的展馆流连忘返，又为什么在与他的谈话中屡屡问起他是否有进一步的发展计划，以及这次在北京连续几天的会议中，为什么中国官员总是反复在问同一个问题："为什么您想要展出中国秦兵马俑？"所有这些，现在都迎刃而解有了答案。

斯迪克勒先生在中国访问期间，一直不适应中餐，以至于他竟然患了胃病住进医院，出院后他立刻返回了德国。在之后的时间里，双方就各种相关技术问题进行了反复沟通和磋商，兵马俑复制品的制作需要三个多月，期间他筹划资金、扩建展厅，为即将到来的展品做准备。半年后，来自中国西安的几个集装箱运抵了德国码头，又经过陆路运输后，这些中国的兵马俑复制品不远万里、跨洋越海、浩浩荡荡地来到了小城威尔，又经过了三个多月的拆装、整理、就位、布置等一系列工作，这些来自中国的秦兵马俑复制品终于在这里展出了，包括780个与原版1:2.5比例的兵马俑及驷马战车，6个与原版1:1比例的将军俑，一个与原版1:1比例的秦始皇塑像。

这些形神兼备、神态各异的陶勇，构成了一个整体静态的军阵地，车兵俑、步兵俑、骑兵俑还有驾车的御手俑排列成各种阵势，武士俑们昂眉张目、肃然而立，神态坚定而勇敢。有冲锋陷阵的锐士；有手持弓弩的弓箭手；有短兵相接的甲士；有一手牵马一手提弓的骑士，机警地立于马前，一旦令下飞身上马驰骋疆场；还有身材魁梧气度非凡的将军；那一匹匹曳车的陶马，两耳竖立、双目圆睁、张鼻嘶鸣、跃跃欲试。这几百个栩栩如生的陶俑官兵，好似整装待发，又好似临战之前，目视前方、待命而发、昂首挺胸、巍然伫立，再现了2500多年前秦军奋击百万气吞山河的磅礴气势。

兵马俑展出后，在当地引起了不小的反响，许多人慕名而来，不

第一章 063

仅是普通民众，一些知名人士也趋之若鹜。中国驻德国大使夫妇曾以普通人的身份造访，智利驻德国大使和夫人专程前来参观，其中要数美国大使的来访最声势浩大、兴师动众。来馆参观之前，先来了一众保安人员，带着猎犬馆内外进行了一番地毯式搜查，检查是否有可疑爆炸物，然后是清馆专场。一日，斯迪克勒先生在展馆里看到一位有着亚洲面孔和小巧玲珑身材的女子，只见她久久地在兵马俑馆里流连忘返、不肯离去，走过来询问时，看到她脸上的泪痕，原来这是一位在德国居住十几年的中国女孩，看到兵马俑激起了她对家乡的思念。

斯迪克勒先生不无自豪地告诉我："你知道吗，这可是在中国以外唯一的兵马俑复制品永久性陈列啊。"据我所知，在美国休斯顿郊区的一个名为"紫金苑"的中国主题公园，曾经陈列过6000个与原版1:3比例的兵马俑复制品，但后来因修建高速路的缘故公园关闭，就地甩卖了所有的兵马俑复制品，还曾经引发了附近人们前来排队购买的狂潮。至今，兵马俑复制品在海外永久性陈列展出的，这里是独一家。

有道是事在人为，莫道万般皆是命。斯迪克勒先生在回顾往事时感慨地说，若不是他对中国文化的热爱和了解，当初在受到G先生的"纠缠"时，就不会冲口而出地说出希望展示中国兵马俑这样的话，自然也就不会有后来的故事和今天的兵马俑陈列。因此，每当人们问起他怎么会想起要展出中国兵马俑时，他会神秘地笑着回答说："这是源于我与兵马俑前世今生的奇缘。"

（入选江西高校出版社人文社科分社出版社《故乡在中国》丛书）

第二章

# 古董农机收藏展

只听说过有收藏各种价值连城的物品或心爱之物的,却还从未听说过有收藏农机的。

宣传广告张贴在一辆装满牲畜草料的硕大的老式木质农车上,几周前就放置在这一带重要的交通道口,人们早就翘首以盼了。这是七月初盛夏的周日,从昨天起就阴雨绵绵,气温骤降至十五摄氏度,然而这丝毫也不能阻止人们外出的脚步。德国人从不惧怕恶劣天气,他们套上高领毛衣和厚外套,拿上雨具,兴致勃勃而来。

展览设在德国沃尔夫斯堡市所属Suhlfeld村的一个白兰地酒厂,免费开放。进入酒厂巨大的露天广场,几十辆各式各样的农机车停放在此,这些都出自最早生产农机的厂家,其中90%是德国厂家,比如Lanz。很多厂家已经不复存在了,或倒闭或被收购,例如著名的德国农机厂商Deutz,曾是当时世界上最早的发动机厂商,如今业已被德国重型机械厂商Thwssen-Krupp所收购。也有些厂商今天仍驰名世界,例如保时捷,这个当今响当当的汽车制造商,曾经生产农机,想必大多数人闻所未闻吧。戴姆勒也曾经在20世纪20年代末期尝试研制农机,可惜因不成功而停止生产。

提到农机,就不得不提德国人鲁道夫·狄塞尔(Rudolf Diesel),是他于1897年发明了功率大油耗低的柴油发动机,使得当时农业机械的工作效率大幅提高,具有划时代意义,自此柴油发动机就以他的名字命名。展出的一辆农机车的标牌上写着Porsche-Diesel,表示这是由保时捷厂家生产的柴油发动机农机。第一次世界大战时，他的柴油机成为各国潜艇的主要动力。如今，他发明的柴油机在汽车、船舶等整个工业领域都得到越来越广泛的应用和发展。

这些几十年乃至上百年的老旧农机车，全部是由私人收藏，在每辆农机车的前面挂着一个牌子，上面有详细技术性能说明以及当年的照片，它们被保护得完好，重刷过油漆，擦得明光锃亮，一点也不显老旧态，并且全部都能正常工作，很多机车的发动机在整个展览过程中一直在平稳地运转，走近它们时听不到震耳的轰鸣，足见这些机器尚处于良好状态。车主们守在自己的机车旁，回答参观者的问题，与其他车主或者与参观者互相讨论、切磋。

农机爱好者大多数来自于职业农户，或者来自家庭沿袭，却不限于此。我先生的一位住在邻村的熟人，是不折不扣的农机爱好者，藏有两辆农机车，一辆大型1960年产G45 Guldner农用牵引机，另一辆是小型1955年产Deutz Fil 612-5农用牵引机。牵引机可以后挂多种功能的农耕机械用以农田耕地、农作物播种、收割、加工等作业。他在德国大众汽车集团工作，因为爱好农机，热衷于收藏以及参加各地的农机相关活动，像他这样有着正式职业的农机爱好者大有人在。有时他们聚在一起切磋、交流，有时组织农机竞赛，比看谁的农机耕作效率更高，或者看谁的牵引机能拉动更重的机械。可以想象当年这些农机一定发挥了各自的作用，创造了各自的辉煌。如今这些农机早已被更先进的农业机械所代替，退出了历史舞台，却被这些执着的农机爱好者争相收藏，乐此不疲。因为年代已久，以致成了古董。然而收藏农机并不是一件简单的事情，毕竟是复杂的机械，各零部件的老化、故障、破损在所难免，日常的维护与外观的重新油漆等等都必不可少。而且因为体积庞大又不可能置于室外露天，要有库房可供停放，因此也算一项比较破费和奢侈的收藏。

在广场中央最醒目的位置，摆放了一辆大型蒸汽火车头，它的蒸汽发动机一直在运转着，那声音极其平稳、流畅，显示出极好的工作状态，完全不像一辆百余年的老机车。一位工人不停地在为燃烧的锅炉加木头，以给发动机提供能量。前面的一块牌子上详细地列出以下说明：

生产日期：1904年

厂家：Rusten Proctor公司，英国林肯

功率：三十五马力

重量：四—五吨

燃料：木材或煤炭，大约每天一公升（一立方米）

耗水量：平均每天八百升

操作：二—四名熟练工人

这辆机车最初用于火车车头，后来一家德国公司买下了它，运到德国。近四十年中，它并未被用于火车车头，而是用于水泵发动机，只是在最近几年停止了使用。该公司将它保留至今，并且重新维修、组装，使它得以完好保存至今。这样一辆庞大的蒸汽火车头，不知他们是怎样运到这里的，想必是一番颇费周折和资金的旅程吧。

组织者还请来了两支管乐队轮流演奏助兴，一支身着蓝色制服的十几人乐队，主要由长短笛组成；另一支身着墨绿色制服，主要由大小圆号组成的八人乐队。他们有男有女、有老有少，在雨中演奏脍炙人口的德国民间吹奏乐，两支风格迥异的乐队的演奏，为现场平添了欢愉、祥和的氛围，人们驻足聆听并在曲终报以掌声。在场地的另一边搭建了一个大帐篷，里面支起几口大锅，卖德国烤香肠和烤土豆。在广场周边还

设有摊位，当地农户售卖各种农产品，有蜂蜜、香肠、面包、芝士、酿酒、香料等等。

　　在这样一个小地方，举办这样颇具规模的、内容丰富、翔实、有声有色的古董农机展，吸引了相当多的参观人群，就连我这个毫不相干的局外人，也饶有兴致地从其中了解了很多，度过了一个生动有趣的周日，相信来访者中不乏像我这样的人，不得不佩服组织者的匠心独运。看似平常的一个农机收藏展，背后却凝聚了多少人的默默奉献。这些藏家需要从各地开着心爱的农机车汇聚于此地，因为老式农机车的车速很慢，路途遥远者不知为此要跋涉多少往返旅程，耗费时间、精力、油料、旅途劳顿自不待言。他们不吝惜付出，以自己的收藏无偿地与人分享，惠及他人，他们对于生活的热爱胜于对利益的追逐，那种热情与无私令人称道。

（发表于德国《华商报》2014年9月1日第368期）

# 土豆节

土豆节，是德国小镇法勒斯雷本（Fallersleben）每年十月第三个周日都要举办的传统节日。土豆是德国主要农产品之一，也是德国人餐桌上的日常食品。为着一个食品而举办节庆，还是蛮稀奇的。偶尔听朋友嘎比说起下周日有个土豆节，一时兴起，与她相约一同前往。

嘎比的家就住在小镇上，这天我开车来到她家，停好车，我们步行五六分钟就来到了小镇的主街道上。我几乎每天都要开车经过法勒斯雷本，可还未拜访过这座小镇，嘎比听说后就热情地为我介绍起来。小镇建于公元942年，历史上出过几位声名显赫的人物。福兰兹·冯·博兰士瓦格·吕博格（FRANZ von BRAUNSCHWEIG and LUNEBURG 1508-1549年），是16世纪初德意志帝国的三军统帅，地位仅次于国王，他41岁时英年早逝，他死后妻子克莱拉（Clara）于1559年在小镇上建造了一座王宫，这座王宫现在还保存完好，被修缮一新并辟为小镇博物馆。在主街道最显著的位置，有一座名叫霍夫曼的餐厅兼饭店，是小镇上最高档、最著名的餐厅，镇上所有重要的活动都会在这里举办。餐厅的正面外墙上，高挂着一块牌子，上写道："科学家兼诗人奥古斯特·海因利希·霍夫曼·冯·法勒斯雷本（August Heinrich Hoffmann Von Fallersleben）先生1794年4月2日在这所房子里出生，于1871年1月20日死于Corvey，他的名字将永垂不朽。"这就是德国国歌词作者霍夫曼先生，这座当年他出生和曾经居住过的房子，被修饰一新，他的铜像也被竖立在小镇中心广场，可以想象他是怎样受到人们的爱戴和引以为荣。霍夫曼先生不仅是小镇的骄傲，他也被德国人民誉为民族英雄，他创作于1841年8月26日的诗词，被采用为德国国歌，鼓舞和激励了世世代代德国人。遗憾的是如今国歌只允许唱第三段歌词，第一段和第二段歌词被禁止。第一段歌词中提到了德国从南到北、从东到西的领土疆界，西部的马斯（Maas）现在属于比利时，东部的默默尔（Memel）是现在的立陶宛，南部的埃施（Etsch）是现在的意大利，北部的贝尔特（Belt）是如今的丹麦。没想到这座名不见经传的小镇，还真是卧虎藏龙啊！

在小镇中心三条交叉的只有五百多米长的主街道上，两边都是店铺，银行、药店、书店、糖果店、面包房、文具店、餐馆、酒吧等一应俱全，清一色德国北部传统的木结构老房子，乍一看整排房子都像崭新的一样，其实都已有一二百年历史，其中建于十七十八世纪的老房子比比皆是，一些建筑在显耀位置写明了建筑年份，这些三四百年的老房子全部被整修一新，与周围的建筑整体划一，丝毫不露岁月的痕迹。平时清净得看不到人的大街上这时人群熙熙攘攘、摩肩接踵，人群密度堪比北京大栅栏，除了在慕尼黑、柏林大城市的旅游景区，我还没有在德国什么地方看到过这样多的人，一边走着，我问嘎比这个小镇的人口是多少，答说12000，"什么？我没听错吧？""没听错，就是12000。"唔，我怀疑是不是镇上一半的人都来这里了，人们对于这个节日的热情和参与可见一斑。我们一路走着的时候，嘎比不断地跟身边走过的熟人打招呼，停下来握手、说话，时不时地还把我介绍给人们。

我四处张望，到处看到热闹、有趣的场景。街上搭起一个个大帐篷，卖各种各样的食品饮料，我对吃是最感兴趣的，每到一个帐篷，我就凑上前去看个究竟，看他们都卖些什么吃食。有趣的是，大部分食品都跟土豆有关，只是做法不同。

早就了解德国人对土豆的喜爱，但是土豆能做出什么稀奇花样来？一个个看过去，有土豆片配上番茄酱和芝士吃的；有掺了土豆粉、蛋糕粉、甜酒和鸡蛋，烤制成一个个小圆球吃的；有用土豆面摊煎饼的，很像北京街上卖的煎饼果子，不过上面撒的是巧克力和香蕉，或是火腿和芝士；即便是整个土豆也有不同口味的吃法，一种是撒上椒盐和绿葱吃的，另一种是加了酱和佐料吃的；当然那里也不能缺少最通俗的吃法就是炸土豆条配番茄酱。两三口硕大的铁锅支起来，里面盛满了热气腾腾的土豆，几个人围在大锅周围，忙碌而有条不紊地操作，帐篷的外面排起了长队，等候的人们不急不躁，一副怡然自得的样子，旁边设有几张吧台式的高脚圆桌，人们就站在圆桌旁边津津有味地品尝着。忽然一阵香味扑鼻而来，只见一个帐篷外排起了长队，这是用生土豆磨成的粉，掺了鸡蛋、洋葱油炸而成的饼，叫作Kartoffelpuffer，意思是土豆饼，撒上盐或蘸李子酱吃。经不住香味的诱惑，我对着嘎比说："这个好像很好吃吗？"

她会心一笑说："真的是很好吃，我在家常做这个，你应该尝尝。"

于是我俩也加入了等候的队伍。香味阵阵扑鼻，等待让人心焦难耐，当终于排到我的时候，递过去3欧元、接过来的是炸得金灿灿的土豆饼，咬一口，满口留香，还没吃过这么好吃的土豆饼呢，从此我记住了Kartoffelpuffer。

土豆节也是附近农庄、农户宣传和售卖各自农产品的好机会，在街拐角处，一辆封闭卡车正在整袋整袋地售卖土豆，旁边还摆着各种蔬菜，卡车上写着："当然是来自Altendorf威尔哈默农庄的土豆和蔬菜"。长街上一个摊位接着一个，摆着品种丰富的农产品。一些摊位卖农家自制蜂蜜、果酱、甜酒、面包、蘑菇、芝士，有孩子们爱吃的棉花糖和爆米花等等，还有手工制品。一个摊位的地上摆满了五彩缤纷、大大小小、形状各异的南瓜，那种色彩艳丽又小巧的南瓜，常常被人们买来放在客厅或门前做摆设。主人把装南瓜的木条箱用帆布盖起来，上面摆上各种石雕、石像、绿植和鲜花，还以为他在卖艺术品呢，透着摊主对生活的热爱。旁边的摊位，摆着许多木刻作品，它们并不是精雕细刻的饰品，而是大刀阔斧的产物，造型粗犷却是实用的物件，并且有着实用功用，松树的造型、花园里的油灯和蜡烛架、门户边的字牌等，这些花园里实用的手工制品被赋予了些许艺术感，折射出人们淳朴而浪漫的生活情趣。

秋风瑟瑟，人们把自己裹在厚厚的大衣里，携家带口、三五成群地在街上走着、说着、笑着、吃着、喝着，还有坐着轮椅来的，孩子们坐在儿童车里，或是索性坐在爸爸的肩膀上，他们脸上洋溢着轻松、愉快的表情，人们完全沉浸在节日的气氛中。一辆救火车停在集市的尽头，这是镇上的救火队，每当节庆，他们必定是参与者，也是后援军，一旦有需要，他们会一马当先，责无旁贷。

忽然我看到几位穿着鲜艳长裙的女士，她们肩上都斜披着一条醒目的肩带，上面写着"法勒斯雷本土豆公主"，嘎比告诉我她们是不同年份镇上选出的"土豆小姐"，那位年轻的小姐看上去只有十六七岁，她身穿蓝色长裙、头戴钻石小皇冠、身披驼色裘皮短大衣，她看到我拿着相机，就热情地对我说："你想拍我吗？来，拍吧。"说完还大大方方地摆好姿势对着我，拍完照片她又递给我一张卡片："这是我的卡片，给你。"这是一张彩色明信片，图片上她站在民族英雄霍夫曼铜像前，身披土豆公主的肩带，笑容满面，背面是小镇和土豆节的简介以及网站和联络方式，这显然是一张小镇的宣传名片。另外两位女士，一位30来岁，一位四五十岁，她们都是小镇的义务宣传员，节庆活动她们必定是积极的参与者。

今天让我又一次看到了德国人对于传统的保护与弘扬，这不仅是对于以物质形式留存下来的古老建筑的保护，特别是对于像土豆节这样的非物质的传统文化，普通百姓的热衷和参与，那种不事声张地、默默地、却是不遗余力地参与。

（发表于德国《华商报》2014年7月15日第365期）

# 考驾照记

在国内已有近20年驾龄的我，原以为凭我的中国驾照可以在德国轻松换得一本驾照，却大错特错了。他们只接受美国、欧盟国家、澳大利亚、加拿大等西方国家的驾照，其他国家的驾照一概不予接受，必须重新考取。尽管心中愤愤不平，也只得接受现实。让我始料未及的是考取驾照期间几个月的所见所闻，让我感触良多。德国人的道路交通安全意识和守法观念，不仅仅是简单的遵纪守法问题，涉及更广泛、更深层的社会人文层面和道德层面，更有法律及社会保障体系层面。

## 急救学习

首先我需要做的是把国内的驾照做公证，再去一家眼镜店做个视力测试，然后把这两份文件送交所在地交通局，得到他们的批准后，再拿着这些文件去一所驾校报了名，买了一套上网自学交规的材料，满以为自学完了就可以参加交规考试了。然而我却被告知还需要去参加一个紧急救护学习班，取得一个证书后才有资格申请交规考试。

所谓紧急救护，我的理解就是顾名思义在交通事故中可能发生的伤情救助吧，对其必要性我很是不以为然。到了那儿我才知道，这竟然是一个从早9点到下午4点的全天学习课程，让我觉得很是小题大做。那天来了12个人，教员是位30多岁的女士，12个人的座位排成凹字形。一开始让每个人介绍自己为什么来学习，其中8个人是十几岁的青年，因为新考驾照而需要学习，另有4个是中年人，他们当然早已经有了驾照。

有一人是因为从事体育工作，需要经常性地更新有关紧急救援知识，另外三人是自愿来听一次讲座，不为别的，只为着在自己碰到有人需要紧急救治时可以正确地施救。为了这个目的，他们自愿自费还花时间每两年来这里一次，学习更新知识。随着学习一点点地展开，我才了解到原来所涉及的紧急救护不仅仅是在道路上、在驾车过程中，而且还包括在日常生活的大部分场合。

学习分几个单元进行，第一个单元是在公共场所当别人需要帮助时，你应该怎样做。案例一，幻灯片上显示一名妇女倒在马路上，手捂着一只脚，像是崴了脚，表情痛苦，身旁苹果撒了一地，下面的问题是：我能帮助她吗？我会帮助吗？我必须上前帮助吗？教员讲到对他人实施帮助，并非只有在看到流血时才需要，而是应该从哪怕是很小的事情开始，显然这名女士发生了什么情况，路人这时应该上前询问，了解有什么伤情，看是否应该打电话给急救中心，至少可以帮她把苹果捡起来。应该适时地给她安慰，通过轻轻地拥抱或轻轻地抚摸来使她感到好过一些。抚摸也是有讲究的，并不是浑身乱摸，特别是对异性应特别注意，正确的做法是轻轻地抚摸手背或膝盖，这样做会给她些慰藉，而最重要的是你是否真心愿意给予帮助。至少你可以做的是打个电话给警察，而德国的警察管很多事情，包括救死扶伤。

案例二，在公路上有一辆轿车斜着停在路边草丛里，两个紧急黄灯在车后部闪烁着，这时你开车经过，你该怎么办？一名学员回答虽说看上去这辆车好像有点什么情况，但是她不敢上前询问，担心有诈，尤其如果车上有多人时就更不敢，万一是坏人怎么办？为自身安全考虑，她不会上前查看。教员说："好吧，如果大家都不管，可能第二天在报纸上就会有一则新闻报道，说昨天在公路旁的一辆车上，司机因心脏病发作紧急停在路旁,但是有二百多辆车通过,却无人问津,结果此人因贻误抢救时机而死亡,等等。"答案是,应该停车上前查看情况,如果你担心自身安全,至少可以打个电话给警察,告知情况和地点,或者也可以拦截其他车辆,然后与多人一起上前查看情况。也可能你做不了什么重要的事情,可是你总是可以提供些帮助,也可以组织他人实施帮助。对于在困难处境或是伤病中的人,看到有人试图帮助自己,这会是一个很重要的精神支撑,会让他们感觉好过得多,会让他们坚持下去。

案例三,在一个公共厕所内,一名男子晕倒在地,胳膊上留有针眼和血迹,地上散落着针管,显然这是一名吸毒者,那么大家是否都认为不必救助了呢?错,教员说即便这样,还是应该给警察打电话,报告情况,而且一旦你给警察打了电话,就必须留在现场直到警察到达,这无疑会给自身带来麻烦,所以人们往往很难决定该怎么办。可是正确的做法是你应该给警察打电话。

案例四,一名男子倒在一处高台阶中间不省人事,下半身湿漉漉的,旁边扔着一个空酒瓶。这显然是一名醉酒者,表面上看他只是醉了,似乎不存在生命危险,所以不必救治,但是仔细推敲的话,也有几种可能性。如果是在冬天,室外气温太低的话他会冻死或冻伤。另外他躺倒的位置正处于高台阶,如果他醒来翻身,可能会不小心滚下台阶伤及身体。还有如果他是从台阶上往下走的时候不小心跌倒的,有可能在摔下台阶时伤到了脊椎骨或肾脏,以致小便失禁,这也许就是为什么他的下身湿漉漉的原因。如果是这样的话他已经受了伤,应该得到救治。所以答案是无论上述哪种可能,总之应该打电话给警察。

接下来的案例是老年人摔倒在商场的自动滚梯上、孕妇晕倒在商场或者在公共场合老人气喘吁吁呼吸困难等,问该怎么办?答案不外乎是要上前查看情形、决定是否需要拨打急救电话，还是送医院救治，总之不能坐视不管。

第二个单元是如何实施紧急救援。案例一，当你在公路上看到有两辆车相撞时，应该如何实施救助？如果你正在驾车，应该在距事故车至少十米处停车，在车后一百米处设置警示三脚架，顺便说一句，如果你的三脚架因此被别的车压坏了，保险公司会赔偿的。你应该上前查清楚情况，如果伤者意识清醒，可以与之交谈了解情况，然后拨打120急救电话。你应该说清楚发生事故地点、人数、伤势等，并准备被问及其他问题。120服务中心接到电话时，会一边询问，一边同时将有关事故信息输入电脑，并根据所报告的伤情安排相关的抢救设施和医务人员，所以你报告情况的准确性将关系到之后的抢救。打完电话后在等待救护车到来之前，应该回到车旁边，与伤者谈话、陪伴他，这样能给予伤者精神上的支持。如果发现汽车有漏油，则需要将伤者救出车外。讲到此处，我们全体人员来到外面，由教员演示如何从一辆车的司机座位上把已经受伤昏迷的伤者拉出车外。

案例二，假如你遇到一个人正躺在地上昏迷不醒时，应该如何实施救助？你会不会走近他用脚碰碰："哎，你怎么了？没事儿吧？"这就大错特错了，要知道对于躺在地上的人来说，一个站在他眼前的人显得太巨大可怖了，应该尽量拉近与他的距离，正确的姿势应该是双膝跪下来靠近他与他讲话，询问情况。如果此时他处于昏迷，要查看他是否有呼吸，用手卡住伤者一边牙壳，使他张开嘴巴查看他是否咬住了自己的舌头，或者是否舌头掉到喉咙里卡在里面，因为这很危险。之后为了不使他被可能溢出的呕吐物呛住，应该把他安放成侧身卧姿势。教员边演示每个动作的要领，边细心解释其中道理。对于昏迷的人，不能用手拍他的脸使他苏醒，那样的话当他醒来时，因感觉到被人打脸会感到心里很不舒服，正确的方法是触碰他的手臂或肩膀。这时如果周围围观了许多人，你应该立刻组织其他人拨打急救电话。在等待救护车到来的时候，伤者因无法起来只能躺在地上，但是地上太凉，毋庸说在冬季，即便是在夏季里让他躺在地上也是对他不利的。你应该马上找来东西铺在他身下，任何可以隔凉的东西如薄铝板或一块毯子都可以。问题又来了，对于一个昏迷的人如何将毯子铺到他身下呢？你显然不能指望他配合你了。教员为我们演示了正确的操作方法，首先把毯子卷起来，然后你可以绕到伤者的另一边紧靠他的身体把卷着的毯子放下去，注意切勿从伤者的身上夸过去，这是极为不礼貌的举止，从他的头部一边走过去也同样不礼貌，即便对于一个已经处于昏迷状态的人也不应该如此。正确的做法是从他的脚边绕着走到他身体的另一侧。然后将他的左腿立在地上，一手扳住他的左肩，另一只手扳住他的左胯将他的身体向你的身体一边侧转，然后再将已经卷好的毯子铺开在他的身后，再将他侧卧的身子放平在毯子上面。应该注意的是如果毯子太小的话，应该首先顾及到头部和上身，而不是顾了脚而不顾头。如果伤者有知觉，可以一边操作一边跟他讲话，缓解他的紧张情绪。

　　她演示完后，把我们12个人以两人为一组分成了6组，每组在大家面前演练一遍这套动作。一个躺在地上当伤员，另一个则当施救者，试着把一块毯子放到他身子下面。有意思的是这样看似简单的动作，却总是有人做得不得要领，教员就在一旁很认真地指出错误之处，不厌其烦地演示，她真的是把耐心和亲切发挥到了极致。我感受到德国人把对于他人的尊重，看得多么重要，即便是面对一个昏迷的人，也不应有一丝一毫的不尊重举止，哪怕是在对他进行施救的过程中。不仅如此，他们

第二章　　079

还点点滴滴、细致入微地为伤者着想，体现出德国人关切他人、尊重他人的人文关怀。

案例三，对于重伤和有生命危险的伤者，如何实施人工呼吸？这时教室里已经放置了6具人形模特，教员拿出带有人面五官的塑料面罩、牙齿、气管、一个塑料袋代替肺，七手八脚地套在了躺在地上的一具模特头上，给我们演示人工呼吸的要领，边演示边讲解。然后每组发一套已经消过毒的用具，两人一组对着模特演练起来。教员带来的录音机里传来一阵刺耳的汽车刹车声和撞击声，然后她大喊一声"开始"，每组开始练习人工呼吸抢救，伴随着有节奏的音乐，两次嘴对嘴的深度吹气后，紧接着是胸部按压，下压深度要求达到5厘米的30次胸部按压，再来两次吹气，再是30次胸部按压。此时教员挨组查看，指出和纠正错误动作。教员来到我的身旁，指出我按压的部位太低，太靠近胃部，这样大力的按压，会导致伤者把胃里的食物呕吐出来，并再次耐心地教给我如何准确地找出按压位置，当我继续练习时，教员又去给别人纠正动作了。

音乐还在继续，一遍又一遍，数着21、22、23……教员在喊："救护车还没有到，继续。""已经听到救护车的警笛在响了。""救护车到了。""停止。"喔，我们都长出了一口气，10分钟的练习，让每个人都气喘吁吁。这时教员说每个模特的肚子里还有一个仪表，可以测试人工呼吸的效果，看吹进去了多少气，以及测试胸部按压的效果，就是看每个人是否掌握了正确的人工呼吸要领。经过这次的练习，下次当我真的碰到这种需要时，就有了相当的自信，对于救死扶伤也许能发挥些积极的作用。

第四个案例，是伤口包扎。教员拿出一个密封包，内装绷带和一团棉纱布，向我们演示了如何正确地包扎伤口。她向我们纠正了影视节目里经常出现的错误包扎方法，就是他们常常会用一条长布条扎紧伤口，以阻止流血过多，这种包扎也会使整条胳膊血液流通受阻，时间长了会导致组织坏死。之后教员发给我们每人一套一次性的绷带、纱布、创可贴，让我们两人一组，练习给对方包扎胳膊和手指的伤口。至此，为时一天的急救学习完毕，我拿到了证书。

活了几十年，平生第一次接受这样的培训，只因为我想取得一本驾驶执照。路见意外事故，不仅要救死扶伤，而且还要知道应该如何正确地施救，德国把这种教育和培训视为每一个驾驶员必备的常识和素养，在他们取得驾照之前进行专门培训。《德国刑法大典》规定："意外事故，公共危险或困境发生时需要急救，根据行为人当时的情况急救有可能，尤其对自己无重大危险且又不违背其他重大义务而不进行急救的，处一年以下徒刑或罚金。"同时明确规定施救者在救助过程中所受到的财物损失和身体的伤病，由被救者的保险公司赔偿，无保险者则由社区保险赔偿，从而在社会保障体系方面对施救者的利益提供了保障。

### 笔试

取得了急救学习证书后，下一步就是交规考试了，幸运的是我不必去上驾校安排的交规学习班，可以选择自学。他们提供几种语言的试题，因为不会德语，又没有中文，所以我只能选择英语。因为急着要拿到驾照，我草草学了三周，模拟试题测试只能答对60%～70%，对交规的大部分内容都还一知半解的时候，就去考笔试，结果可想而知，主考官看着电脑中显示的我的成绩，摇摇头对我先生说："说实话你夫人的成绩很差，试题原是分两个部分，第一部分是基本交规知识，第二部分是有难度的选择题，可是她连第一部分的题目都没有答对。这说明她还没有掌握基本的交规知识，我建议她回去应该从头学起。"

一番话说得我完全没有脾气，仔细想想自己确实太不重视了，完全没有掌握交规知识。好吧，接下来的几周里，我重整旗鼓，认真地学完了交规全书的所有内容，完成了全部60份模拟试题。这时我这才恍然大悟，原来我是多么不了解德国的交通规则和行为规范啊，那些模拟试题的内容，都是来自于这本交规的的字里行间，道路规则、行为规范、技术问题、注意事项，等等。不好好学习的结果不仅仅是笔试没法通过，更重要的是行驶在路上而不懂得道路交通规则和行为规范是既荒唐又危险的。

笔试试题设计得别具匠心，处处都埋伏陷阱，一不小心就会落入圈套中而答错题，考的就是你对交规全书的内容理解得是否透彻。有一道题是这样的：你需要把拖车停在向下的坡道上，你该怎么做？答案有三个：一是拉上手刹；二是在车轮的前方置一块木楔子垫；三是在车轮的前后各置一块木楔子垫；答案是一和二，三是陷阱，因为在向下的坡道上，在车轮的后面放置木楔子垫就好比雨天打了雨伞又戴顶草帽，画蛇添足，多此一举。所以你若是一二三全选，这道题就错了，一分没有。另一道题是这样的：当你前面的一辆大卡车要向右拐入一个狭窄的路口时，你需要做什么样的准备？答案有三个：一是卡车会猛然减速；二是卡车会很好地转向右边；三是卡车在向右拐之前会先向左偏转。答案是一和三，它的逻辑是：二是最理想的状况，但是你不能指望理想的状况总是发生，而必须做好最坏的打算，让自己有所准备，于是一和三是正确答案。当然如果你只选择了一或是只选了三，这道题就错了。还有一道题问几只鹿在你的前方横穿过公路，这时你该想到什么？选择有三：

一是有几只掉队的鹿会随后跟上来；二是后面没有了；三是鹿群会掉转头再次横穿公路。有了前面的经验，想到最坏的情况，当然答案是一和三。笔试满分是110分，100过关，如果你答错了两道题就悬了。

除了像以上这样大大小小的陷阱以外，还有路障，那就是关于汽车的技术问题，技术问题关我什么事？我只开车又不修车。那不行，只开车也要知道些基本原理的皮毛，因此要各种各样的技术问题一一学来，诸如轿车后面挂拖车或房车、拖车上装载超长超高的货物、开农用机车等等在各种情况下的正确做法和应该注意的问题。你只有认认真真地学了所有有关的技术问题和注意事项后，才有可能应付像下面这样的试题，问：你的车的柴油发动机停了，可是你的油箱是满的，会是什么原因？答案有三个：一、燃料系统进空气了，二、火花塞有问题，三、燃料滤芯堵了，答案是三。另一题问：如果当你在驾驶一辆前轮驱动的车辆行驶到弯道时猛然加速会发生什么状况？答案是车前部会冲出车道。还有一题问：你开车以30公里的时速在弯道行驶，然后又以60公里的时速行驶，离心力会有什么样的变化？答案是：在60公里时速时的离心力是30公里时的四倍。

一个月以后，我信心满满地再次出现在考场，这一次我准备充分，志在必得。我问考官可以带英文字典吗，答说不可以，我心里说考的是交规又不是考英语，如果出现不认识的单词影响理解试题怎么办？相对于他们德国人来说，用外语考交规对我来说很不公平。考试开始了，一看今天的考题，心里有了把握，比我平时学的试题要容易多了，我熟练地答着，但是有一道题在三个选择答案之一中出现了一个生词，而且是动词，它直接影响着我对这个答案的理解，我举手向主考官提问，问她是否知道这个英语单词的意思，她很认真地看了之后，对我说："很

第二章　083

抱歉不知道，帮不了你。"这时我跟她说可不可以请我先生进来问问他是否知道这个英文单词，她犹豫了一下后，还是起身去外面叫我先生进来，她不让我说话，而是由她来问，我先生刚一解释完，她就说"好了，到此为止"，就把他又请了出去。幸运的是，他把这个词解释得很清楚，让我明白了它的意思，所以我当下就选择了答案，交了答卷。主考官看了电脑里的分数，对我笑着点头，我就知道通过了。我得了107分，错了一道题。而那道出现生词的题，我最终答对了。

我拿着笔试通过通知书，兴奋地走出考场。两个多月来的学习，终于画上了一个句号，这一页是翻过去了。而通过这两个多月深入地学习交规，使我越来越多地了解了德国道路交通规则的中心思想以及路上行车的行为规范，它不仅仅规范了机动车在道路上行驶时的规则，同时它还明确规定了机动车应该如何尊重其他车辆和行人的权利。

**酒精**

在德国也有酒驾的问题，让我们看看德国人的解决方法吧。

都知道德国人酷爱啤酒，其实他们对葡萄酒和香槟、Prosecco更加偏爱，还有中度酒和烈酒，要命的是，所有这些酒常常在一个晚上全部喝一遍。亲朋好友聚会，见面先喝香槟，再喝啤酒，饭间喝葡萄酒，饭后还是葡萄酒，聊着聊着又开始喝中度酒，到了深更半夜以为该结束了，主人又拿出烈性酒，就这样喝完一轮又是一轮。公司里遇上谁生日、升迁、获奖、喜庆等等稍微不同寻常的事情，必定开香槟庆祝，所以他们的酒驾问题应该比我们更加严重。据德国联邦统计局公布的数据显示，15岁以上的居民平均每年消费115.2升啤酒，19.8升葡萄酒，3.5升香槟以及5.6升烈酒，也就是说，这相当于每人每年消耗10.5升纯酒精。据统计，在2002年，因酒驾引起的62873起交通事故中，有930人死亡，可见酒驾的问题该是如此困扰他们。

交规介绍了酒精被人体吸收、扩散和排解的全过程，特别指出酒精在人体中的代谢过程是极其缓慢的，而且通过睡觉、喝咖啡、散步、呼吸新鲜空气甚至运动都无法改变这种代谢的速度。只有3%的酒精浓度，就可以使人的神经系统受到损害和减弱，并出现一系列具体表现，如自我评判能力降低，丧失压抑感，风险意识降低，对外界信息的处理时间延后，使视觉变狭窄，进攻性增强，错误判断危险形式，专注度下降，错误估计速度和距离，对空间和深度的感知度降低，对红灯的敏感度下降，身体协调性下降，反应时间更长，等等。交规逐一详细列出酒驾规则以及对违规的惩罚。例如当驾驶员血液中的酒精浓度达到或超过1.1%时，如果发生或几乎发生交通事故，会被判处罚金、吊销驾照，并且被判处一至五年监禁。

### 药物

交规中另一个不吝篇幅、大谈特谈的问题就是药物，因为在德国，每年大约有1570起交通事故是因驾驶员不正确服药而引起的，大约造成50人死亡，500多人重伤以及1500人轻伤。在国内，有谁听说过药物引发交通事故的？并不是我们没有，而是没有引起足够的重视。书中指出在德国有近80%的人不了解某些药物会像酒精一样影响他们的行为，然后逐一讲解了一些对驾车有影响的药物，例如止疼药会使人精神萎靡或者情绪极度波动。另外有些加强肌肉的药物包含镇静剂，会降低人的反应能力。除药物之外，毒品对于人们的驾车行为有着重要影响，这里列举几种主要的毒品成分，包括印度大麻、摇头丸、安非他命、可卡因、迷幻药和鸦片，详细说明了服用方法、对身体的影响和反应，以及对于驾车能力的影响。

### 情绪控制

更有趣的是，除了酒精和药物以外，书中还提到另一个对驾车有着重要影响的因素，就是情绪。情绪大致可分为四种：一是自豪的，有点自尊自大的；二是积极、乐观，例如高兴、兴奋、轻松和愉快；三是不安情绪，例如颓丧、紧张、不耐烦、有压力以及伤心；四是厌恶情绪，诸如烦恼、生气、嫉妒、担心和轻蔑。总的说来，情绪对你的驾驶行为会有负面影响，因为它可以直接导致你的行为冲动。现代社会每个人都面临相同或不同的压力，如果每个人都让各种负面情绪影响自己的驾驶行为，那将是可怕的。交规倡导每个驾驶员都要学会控制自己的情绪。一名有责任感的驾驶员不仅仅能够控制他们手里的车辆，更应该能够控制他们自己。他们不应该任由自己被情绪所控制，而是应该懂得如何掌控自己的情绪。当然，控制自己的情绪也不是一件容易的事情，但却是可以学习的。

第一步就是了解你自己，人们常常不了解他们的态度、动机和感受是如何影响他们的驾驶行为的。只有当你意识到你有着什么样的态度时，才有可能改变它。第二步是换位思考的能力。当你试着用别人的眼睛来看这个世界的时候，那时他们的行为就更加容易解释了。也许别人只是错误地判断了他们在路上的优先权，也许别人刚好发生了什么不好的事情致使他们感到有压力，或者他们肯定不是那个意思……

交规甚至倡导每一名驾驶员都应该自我评估，我是什么样的驾驶员？别人是如何看我的？别人对我的看法对我重要吗？作为一名驾驶员我有缺点吗？为什么会有这些缺点？我意识到这些缺点了吗？总的来说我是一名好驾驶员吗？还是其实跟别人也没什么不同？最后，交规给出了一个理想驾驶员的标准，他/她应该是冷静的、在精神上是以一种合作的姿态、随时防备的，并且是有环保意识的。

**道路规则**

德国有五千多万辆机动车，显然有必要建立严密的交规体系，基本规则就是两条，要求所有驾驶员始终保持高度注意力以及考虑他人。具体说就是所有道路使用人，包括司机、行人、自行车和摩托车等，都必须确保他们的行为不给他人造成危害和危险，并且不妨碍他人，同时尽量避免给他人造成不便。第一条：始终保持高度注意力，就是时刻观察周围，提前发现危险源，发现他人的错误，随机应变。第二条，不给他人造成危险。举例来说，并线时别到他人、开快车、与前车太近、不开车灯、车抛锚时没有适当地设置警示三脚灯、开车门时不注意旁边经过的车和人、驾驶不合格车辆上路等等，这些行为都有可能酿成事故，给他人造成危险。第二条：考虑他人，就是没有人因为你的行为而受到任何伤害或者不便。比如说无故鸣笛、用力关车门、踩油门玩儿、排放系统故障、开车兜风、停车以后长时间让发动机转动等等，这些行为或者给他人造成不便和干扰，或者破坏环境。

德国的道路交通依赖于一个信任体系，即每个道路使用者都遵守道路规则，同时依赖于他人同样遵守。德国的道路使用规则关注弱势群体，特别是儿童、老年人和残疾人，对校车、学校所在地等都特别规定让行和慢行，而对于老年人和残疾人，要给予特殊的考虑和帮助，必要时要减速慢行或停车让他们通过。笔试题目里，有这样一道题：当你看到一位使用轮椅者正在过马路，发现他的轮椅上马路牙有困难时，你应该怎么办？三个选择答案分别是：一按喇叭警告，二开车绕过他，三立刻停车，走出汽车帮助轮椅者。正确答案是三。相信我们大多数人会觉得不可思议，然而这就是德国的道路使用规则。遇行人道绿灯时，左拐和右拐的车辆必须停下来让行人先通过。而我国《道路交通事故处理办法》是这样规定的：机动车与非机动车驾驶人、行人之间发生交通事故的，由机动车一方承担责任。看似倾向弱势一方，实则不分青红皂白、混淆是非曲直。在德国对非机动车一方同样有着严格的规定，他们一样要遵守交通规则，违者一样受到重罚。例如，如果自行车没有安装前后灯则将被罚款，因为在黑暗处会因为别人看不到你而引发事故。同样因为行人或自行车违规而造成的交通事故，非但过失人不会得到任何赔偿，而且所有事故引发的损失全部将由过失人承担与赔偿。所以并不是说谁是弱者谁就可以无法无天而不受责罚，而是谁的责任谁承担，这样就从制度上保证了公平和公正。

## 路考

路考我本来是很自信的，在国内开了近20年车、在美国开了一年，并且常常被我先生称赞车开得像德国工程师一样好。在教练的指导下，经过几次必要的路上练习后，就信心满满地去路考了。在德国路考一定要有国家资质认定的监考官来监考，以保证质量。路考时，我的教练坐在驾驶副座上，监考官坐在后排座位，指令不断地从后排座位传来，"前方红绿灯左转""前方转盘第二个出口出""停车，倒车入位"……一切进展得很顺利，当我以为就要结束的时候，监考官发出了一个很令我诧异的指令："急刹车。"我踩了刹车，车停下来后，监考官说："这不是急刹车，你知道急刹车吗？"

"嗯，知道。"我有些犹豫地答。

"可这完全不是急刹车。"

"你真的要急刹车是吗？"我问道。

"是啊，给我看看你的急刹车，再来一遍。"

当我启动发动机的时候，我的教练在一旁告诉我加速到五十公里时速听指令，我照做了，听到"刹车"的指令后，我下大力踩下刹车，惯性使车前行了大约三四米后停下，我回头看着监考官，他跟我的教练用德语讲话，我看得出他不满意，好像是在严厉地责备他，我们在练习的时候的确没有练习过急刹车，他们还在说话，我插话问："有什么问题吗？"

监考官转过头来对我说："你的急刹车做得很不好。"

"什么？很不好，为什么？"

"急刹车是在紧急情况下必须采取的措施，你必须将车在最短的距离内停下来，否则你就可能伤到别人，可你做得不够好。"

我很不服气地说："可现在毕竟不是真的紧急情况啊，所以我没办法做出来，这不是可以演练的，而只有当你遇到了这种紧急情况时，才会做出来，而平时是做不出来的啊。"我据理力争，看得出监考官虽然不同意我的说法，但却对我不乏同情。路考结束，我的教练请我步出车外，由他们两位单独在车里讨论，他们说了半天，我看到监考官一直在对我的教练说着什么，表情非常严肃，这会儿，原本自信的我感觉有点紧张了，难道他会因为我的急刹车不理想就不发给我驾照吗？若真是那样，我一定不服，一定会跟他较真儿。一会儿我的教练出来了，让我进去，我进去后，监考官对我说："恭喜你取得了驾照。""哦。"我长出了一口气，"因为你其他各项都做得优等，尽管你在急刹车这项上没有完全达标，我还是决定给你颁发驾照，希望你……"后面他还说了一堆话，我什么也没听见，因为已经不重要了。我终于如愿取得了一本德国驾照。

## 驾驶在德国的道路上

这本交规的一开始就说道，每一个在使用道路的人，无论是机动车驾驶员、自行车还是行人，都要意识到你加入了一个庞大的体系，在这个体系中，你要始终遵守规则，同时你可以依赖所有人都遵守同一个规则，这是一个互相信任的体系。当我驾驶车在德国的道路上时，更深切地感受到这样一个可以信赖的体系。在德国的城乡到处都有大量的无信号灯路口，车辆在这些路口的通行完全依赖于人们对规则的遵守，自觉地按照交规规定的优先等级，依次、有序地通行。记得刚获得驾照时，因为长期习惯于国内的驾驶风格，每当行驶在具有优先权的主干道上、并且看到前方支线道路有车辆快速行驶至路口时，出于谨慎总会下意识地减慢车速，以防该车在我前面突然拐入主干道。可是这些车辆都是停在路口，等待我以及紧跟在我之后的车辆先行通过后才会拐入，这正是交规中所要求的，尊重他人路权并且避免给别人造成不便，这里所谓的不便就是因为你的出现让别人不得不踩刹车。很快我也明白并且习惯了这样的游戏规则和思维方式，就是你可以指望每个人都遵守规则，而你也遵守同样的规则，每当你驾车行驶在道路上时，或骑车或步行，你就融入了这样一个可以互相信赖的体系。

## 速度

在国内开了多年车,却对速度限制没什么概念,除了在高速路上注意不要超过最高速度限制外,在其他道路上从未留意也没有看到过很多速度限制提示,而在德国则不同,对不同车辆、在不同路段的时速限制都有详尽的规定,例如在城镇界内时速不得超过50公里,在闹市区、村庄和社区内时速不得超过30公里,而居民区内时速则不得超过步行速度即4—7公里,等等。很多人都听说德国的高速路不限速,其实不尽然,有的高速路是不限速的,而其他高速路则在不同的路段上有不同的限速,并且对于不同的车辆也有不同的限速,规定得极其详尽。此外,在崎岖多转弯、狭窄的道路、前方是桥梁、路口或铁道等情况,都会有限速变化,你需要时时关注限速路牌,并时时做出调整。如果你没有按照规定、超速行驶,后果则很严重。一位朋友因为去参加业余合唱团的排练,一路上心情大好,高歌猛进,一不小心在限速50公里的道路上开了80公里时速,结果没几天她就接到罚单,扣3分和148欧元的罚款,要知道德国新的交规规定每人每年只有8分。另一位朋友在30公里的限速区开了50公里,被罚款85欧元。

在德国的道路上,我所感受到的是一个祥和、安全、有序、可信赖的道路环境。他山之石可以攻玉,德国的经验和体系是否值得我们借鉴和学习呢?

(发表于德国《华商报》2014年第365-367期)

# 霍夫农场

霍夫农场（Der Hof）就坐落在我们村旁，起初我并没有对它特别在意，以为它与德国千千万万座农场并无差别，然而之后才了解到原来它是如此非同凡响，也让我对它肃然起敬。

一次，邻居夫妇请我和先生吃饭，席间问起中国人的饮食习俗，我先生告诉他们中国人特别爱啃骨头，什么鸡爪、鸡脖、猪蹄、猪尾这些德国人厌弃的部位在中国全都是宝贝，他们听了很吃惊。夫人安卡是霍夫农场的餐厅主管，她说他们农场每月要杀一次猪，每次这些部分都会被扔掉。我说下次不要扔掉了，拿来给我好了，她问我要什么，我说除了猪头和内脏以外其他都要。此后每次农场里杀猪后，她会拎来一个袋子，有猪蹄、猪尾或猪耳送给我们，有时候还有鸡架子。这些猪蹄胶质极其丰富，肉质鲜美，是我的最爱。父母哥嫂来德国时，吃了这猪蹄后都说比国内的猪蹄要好吃。先生说："知道吗，霍夫农场的猪可是绿色有机的噢。"原来是这样啊，难怪这么好吃呢。安卡曾好奇地问我怎么吃，我索性邀请他们夫妇来吃我做的猪蹄，我买了些猪肉掺着猪蹄做了梅菜黄豆炖猪肉，把骨头剔出来做汤，他们说好吃，之后安卡也学会了做猪蹄炖汤。

一日经过霍夫农场时忽然看到张贴的海报，下个周六是农场开放日，这才知道农场每年仲夏都会择日举办农场开放日，这正合我意，这天我带着好奇心也来到霍夫农场。只见平时清静的乡间公路上，汽车络绎不绝地驶进农场小道，小道上车来人往，很多人骑车或步行前来，农场特地在外面开辟了很大的停车场,人们携家带口、络绎不绝地到来,老人坐着轮椅由家人推着也要来看看。

在农场入口,一个中年男子迎面走来,很热情地跟我先生打招呼并握手寒暄,"很久不见啊,怎么样?近来还好吗?身体还好吗?多保重啊,我还有事,要去那边,再见!"

"这人是谁呀?"我问。他说:"不认识,可能是农场里的病人吧。"

回头再看,果然那人的举止怪怪的,他一路边走边跟人握手、谈笑风生,再看看那些他打招呼握手的人,都是一脸茫然的表情。一整天到处都能看到这人转来转去跟人握手谈笑。我很纳闷这里怎么会有病人呢?

### 农场主角是"病人"

原来在1999年,一个叫布兰德的家族想建立一个专门安置照顾智障患者以及残疾人的农场,但是因为资金有限,于是他们决定以俱乐部的方式吸引更多的人一起投资。之后他们成功集资建起了农场,并出任俱乐部主席。一些投资人家庭中就有智障或残疾患者,在农场建成之初被农场收治的就是这些病人。现在农场收治了16位智障和残疾患者。因为床位有限,另外还有7名病人不能在农场留宿,而是每天由家人接送。无论留宿与否,农场对所有的智障和残疾患者都提供医疗服务包括治疗与康复,照顾他们的日常生活起居,另外还有心理辅导、娱乐游戏活动,等等。对于病症较轻的、有一定劳动能力的患者,还要分配一些力所能及的活计,农场支付给他们每人每月180欧元作为零花钱,可供他们自由支配。每位患者家庭每月需要向农场缴纳一笔费用,而事实上德国政府每月提供给每一位病人一笔不菲的救济金,这足以补偿患者家庭所支付的费用了。

农场里到处可以看到病人的身影,在室外搭建的大棚子里,有一支邀请来的乐队正在演奏流行乐。一位七八岁的男孩儿正起劲地随着音乐舞动着,他的好几位家人在一旁拍手喝彩,一看便知他是一个唐氏症患者。唐氏症是一种遗传病,会导致包括学习障碍、智能障碍和残疾等高度畸形。患者有一个共同的特征就是无论男女种族,一律长相一样,因此也俗称"国际人"。唐氏症的发生完全是偶然的、随机性的,事先毫无征兆,没有明显的家族史,即使健康夫妇也可能生出唐氏儿,每700个新生儿中就有一个唐氏儿,全世界每20分钟就有一个唐氏儿降生。我先生的一个侄女去年十月份刚刚生了一个唐氏症女儿,去年夏天我们还特地去看望过她,当时她正身怀六甲,丈夫是刑法专业博士生。年轻的夫妇正满心期待着这个小生命的到来,却怎么也没想到孩子出生后被告知是一个唐氏症患者,这对他们的打击是可想而知的。现在若问他们对孩子长大以后有什么打算恐怕为时尚早,但这是他们迟早需要考虑的事情,我想一个像霍夫农场这样的地方,可能就是这个患儿将来的一个理想去处吧。

我在打网球时认识了邻村一位叫兹碧拉的中年妇女,她曾经几次对我说起她儿子在霍夫农场工作,我的邻居安卡是她儿子的顶头上司。农场开放日这天,我也见到了兹碧拉,她指着身旁一位病人模样的年轻男子对我说:"这是我儿子卡尔。"我一看这卡尔原来也是一位唐氏症患者,我在跟兹碧拉用英语讲话,谈到关于卡尔的情况时,卡尔在一旁用熟练的英语应答。我说:"咦,你听得懂英语。"他说:"我在南非生活了7年,当然听得懂英语了。"兹碧拉告诉我,她前夫供职于德国大众汽车集团,被派往南非工作,卡尔就是在那里出生的。后来我听说几年前兹碧拉的丈夫离开了他们，现在他们母子相依为命，卡尔就住在霍夫农场，兹碧拉隔三岔五地骑车从邻村经过我家去霍夫农场看儿子，而兹碧拉自己是个兔裂唇患者，这一家真是不幸。不过看起来卡尔在这里算是一个病情较轻的患者，下午5点我看到他换上了工作服，帮着工作人员拆帐篷，看他的身手显然他的体力没有问题。

这天在农场里到处可以看到病人工作的身影，在咖啡厅吃蛋糕时，看到两个女病人很认真地在收拾旁边桌上客人用过的餐具，她们显然清楚地知道自己在做什么。此时在另一张桌上，一位男病人坐在那里，双手抱肩，不停地前后摆动，双眼直勾勾地看着天花板，一旁是一对中年夫妇，男的在看书，女的在吃蛋糕，我猜他们是这病人的家属，来看望他。他们之间并没有任何交流，只是各自静静地在做自己的事情，我想即便是没有交流，哪怕只是在一起坐一会儿也是陪伴。20分钟后，我们起身离开时，那病人还在那儿前仰后合呢，他的双眼始终就没有离开过头顶上那块天花板。像这样的病人，无疑需要被治疗和照顾，而这也正是霍夫农场的日常工作之一，就是负责所有病人的医疗康复及日常生活起居。

### 绿色有机食品

除了照顾病人外，霍夫农场的重要活动是经营农场，包括饲养禽畜、种菜种果、农副产品加工和销售。最值得一提的是，他们生产的所有产品都是绿色有机食品。在德国绿色有机食品这一标签可不是轻而易举可以获得的。在霍夫农场建立之初，他们就锁定了生产绿色有机食品这一目标。当初买下这块土地后，按照要求必须要闲置7年，7年里在这块土地上什么都不能种植，以此来保证土壤中任何可能的农药化肥和其他有害物质都已经降解，没有残留。然后对于蔬菜瓜果的种植、禽畜喂养以及农场的日常经营管理，要按照一整套严格的标准和程序进行，有一整套文件记录和档案，并且经常不断地有监管部门前来检查核实。对于有机猪的宰杀也有着严格的规定，他们不能自己宰杀，而是要送到具有宰杀资质的屠宰场。按照双方约定，对方在早上6点时开始为他们宰杀，因为之后都是安排非有机猪的宰杀，错过了这个时间人家就不再安排有机猪的宰杀了。经过了十几年的发展，霍夫农场不但能自给自足，还开始出售自产品。在小商店里，我看到琳琅满目的食品，从肉类食品到鸡蛋，还有自制的香肠、火腿，从自种的各种蔬菜水果到自制果酱、果汁、菜汁，自酿蜂蜜等，所有这些都是绿色有机食品。

## 快乐饲养

在农场入口处的一则广告吸引了我的注意，广告上几只猪微笑着说："我是快乐的猪猪。"因为农场里的猪蹄常常出现在我家餐桌上的缘故，来看看农场里猪猪们的生活是我一直以来的心愿。在一大片开阔地带上，电网围起了两个足球场大的一块地方，一群白鹅在里面悠闲自在地走来走去，旁边同样大的另一个场子里饲养的是鸡。现在这里有350只鸡，几百只鹅和鸭，看着它们无忧无虑悠闲自在的样子，比起那些被圈在狭小笼子里的鸡和鹅们，它们幸福太多了。在足有上千平方米的猪圈里面大约有十几头黑猪，成年的猪们撒了欢地在里面随便折腾，这里拱拱、那里拱拱，高兴了跑一圈，欢快极了，母猪带着另外一群猪仔们在边上闲逛。另一个猪圈里一群嫩粉色的小猪仔来回奔跑不停，欢蹦乱跳、你追我赶、嬉笑打闹，样子十分憨傻可爱，它们看起来真的是很幸福快乐的。安卡说最近母猪又生了15个猪仔，半年就会长大，可以宰杀了,他们已经做好了计划,15只猪仔可以维持农场15周的猪肉供应。霍夫农场从建成当初的10头猪,到今天已经拥有了60头。

## 农场开放日　精心准备　不遗余力

农场开放日无疑是推介宣传农场的有效方法,为此农场做了大量的准备工作。在室外搭建了帐篷,帐篷内设置长条桌椅,人们在这里喝啤酒、吃烤肠、炸土豆条、拌土豆沙拉,还有一支三人乐队在演奏流行音乐助兴。作为餐厅主管的安卡,带领着团队工作了好几天,烤制了十几种不同的蛋糕,制作了大量的土豆沙拉,用了50公斤土豆,因为去年开放日土豆沙拉中间就全部卖光了,所以今年要准备更多,结果土豆色拉还是中途就售罄了。

孩子们在这里最开心了,因为给他们安排的活动最多,可以观看鸡、鸭、鹅、猪,在马厩看马,在骑马场看马术表演,还有画花脸、攀高、小丑表演等活动。马厩旁边有一些硕大的马草堆,十几个孩子在草堆里上蹿下跳、追打玩闹,在广场中央,一群孩子和家长围着一个小丑打扮的人,他教孩子们用长型气球做成各种动物。

在驯马场里,一场特别的马术表演正在进行,是邀请来的残障病人的演出。我是第一次看到残障病人的马术表演,他们互相配合着在行进的马背上做出各种动作,虽然动作并不是十分高难度的,但他们做得一丝不苟,完成得圆满,赢得满堂喝彩,看了真让人感动。他们身为残障者,却没有自我放弃,而是展现出发奋图强的精神风貌,无论对残疾人还是普通人都是一种激励。残疾人也可以有用武之地,也可以为他人带来欢乐,也可以发光发热,哪怕只是一点点微弱的光和热,也可以成为对社会有用之人。

重头戏来了，在大家各自玩耍正欢时，忽然传来阵阵击鼓声，由远而近，人们都驻足观看。只见一队穿着整齐制服戴着大壳帽的鼓乐手正向人群走来，在最前面领队的是指挥，他手里长长的指挥杆正有节奏地上下舞动，鼓点就随之流淌出来。这一队十几个年轻男女走到场地中央列队排开时，人们才看清了这是一支管乐队，由几支长号、圆号、小号、一架钢管琴和几支圆鼓组成。他们演奏了几首吹奏乐，在演奏中不断变换队形，一个女孩在队伍前面伴着音乐挥舞着一面队旗，像是在跳旗舞。所有人都围着乐队观看，小孩子们索性坐在了地上，曲终时掌声热烈，人人都笑意盈盈。无疑这支乐队为今天的开放日增添了欢乐的气氛，可谓锦上添花。这支铜管乐队与安卡有着诸多关联，安卡的老公是其财务主管，安卡的小女儿在里面吹圆号，安卡的孙子是鼓手。他们曾多次在欧洲比赛中获奖，今天他们来此纯粹是友情出演，而农场为今天的开放日也是调动了一切人力物力，尽心尽力到了极致。开放日圆满成功，不但推介宣传了农场，也获得了不菲的经济收入。

## 广开财路　多种经营

在平日里，霍夫农场也绞尽脑汁、别出心裁地举办一些活动，来增加收入。一个周末，他们举办了一场讲座，题目是关于蜜蜂，中间安排了一个早午餐。他们事先散发了宣传单，人们纷纷打电话预订座位，结果54个座位居然全部订满，许多后来打进电话的人没能订到座位。在讲座过程中他们还介绍了农场出产的有机食品，结果引来众人蜂拥前去小商店购买，又为他们赢得了额外的收入。从长期来看，这次讲座的广告宣传作用更为显著。附近退休赋闲在家的人很多，如果能经常性地组织些他们喜闻乐见的活动，他们是愿意掏腰包的。这样既满足了社会需求,丰富了人们的生活,也为农场赚得收入,是双赢的事。

农场不仅请进来,还走出去,他们不但在自己的小商店销售自产品,还销售到外面。从2016年一月份开始,他们已经在两个城市的超市设立专柜销售自产品,最近又在位于沃尔夫斯堡东边的古老小镇Vorsfelde开拓了第三个市场。另外2016年圣诞节有人从农场预订了160只鸭子。2016年霍夫农场的收入比上年增长了40%,而2015年比上年增加了30%。现在他们需要增加人手来完成越来越多的经营活动。

### 成就斐然

霍夫农场成立16年来,一直以服务智障和残疾患者为主旨,而且身体力行,贯彻始终,反映了德国社会对智障和残疾人弱势群体最深切的人文关怀。他们为国家提供了26名雇员的就业岗位,为社会提供了健康有益的绿色有机食品,满足了社会需求。他们不仅妥善收治了23名智障和残疾患者,为他们解决了医疗康复问题,还在一定程度上满足了他们的工作和娱乐等需求。每一位智障和残疾患者背后都涉及一个家庭,妥善安置他们,不仅仅解决了他们自身的问题,更重要的是解放了一个家庭,解决了社会问题。曾听到人抱怨说,其母为智障患者,家里人只得轮流请假照看,长期以来成为家庭重负。在这方面霍夫农场做出了典范。他们虽然没有丰厚的盈利,却经营得有声有色,于国家、于社会、于家庭、于个人,都意义非凡,可谓成就斐然。

(发表于德国《华商报》2017年2月1日第426期)

# 村里的奶农

偶然听说在我们村里有一家奶牛农户,可供村人每天喝到新鲜牛奶,这个消息令我很兴奋,改日我们提着几个瓶瓶罐罐兴致勃勃地来到这户农家。

这家牛奶农户坐落在村边,一座很普通的房子,房顶上新换的红瓦。按过门铃后,一位40来岁戴眼镜的中年妇女出来接待了我们,她就是女主人赫尔戛,当她听说我们希望参观农场时欣然同意。

我们来到房子的东面一个硕大的木质牛棚里,巨大的屋顶上布满了采光窗,因此这里亮堂堂的,铁栏杆把牛圈在了大棚的两边,中间为运送食草的车留出了一条土路。一位工人正在从一辆农车上装载的巨大草滚上铲下草料分给牛群,牛群纷纷把头伸出栏杆外津津有味地吃草。每一头牛耳朵上都有一个标牌,上面写着数字,连小牛犊都有标牌,她说这是欧盟规定的,农场里每头牛都要登记在案,欧盟以此对各国牛奶产量加以控制。我看到地上牛的食草里有一粒粒的东西,问她那是什么,她说是玉米。哦,早就听说德国有一种很硬的玉米是专门喂牲畜的,原来德国的牛吃玉米呢,我简直要对它们另眼相看了,因为我是极其爱喝牛奶的,那么吃了玉米的牛产出的牛奶,该是多么有营养啊!大棚的一隅,铁栏杆分开圈着十几只小牛犊,当所有的小牛犊都很乖地待在自己的圈里时,却有一只黑白相间的小牛犊在自己狭窄的空间里上蹿下跳地折腾,一刻也不老实。这些牛犊一出生就被带离了母亲身边,孤独无助地被关在这里,饲养员会定时用奶瓶来给它们喂牛奶。赫尔戛与我们说话的时候，走过去把一只手指伸进其中一只牛犊的嘴里，让它尽情地舔舐着，哈喇子直流。此时在大门边，一只黑猫正趴在一个盛满牛奶的塑料桶上，贪婪地舔着里面的牛奶。我指给她看，她笑起来说："这是给牛犊们预备的牛奶，猫儿也饿了，吃点就吃点吧，哈哈哈。"

从这座牛棚出来，又来到了第二座大棚，这是一个半敞开式的棚子，里面圈有几十头牛，在最顶头有一只小牛犊，赫尔戛说这是昨晚刚出生的小贝贝。听她这么一说，我就上前两步想好好看看它，旁边的母牛立刻向我这边走过来，两眼直勾勾地瞪视着我，生怕我会做出什么伤害到它宝宝的举动，我只好马上退后。赫尔戛告诉我们这里一共有280头牛，有三种不同类型，一种是黑白相间的奶牛，一种是黄色或白色的用于食肉的牛，第三种是用于配种的公牛，它们体质健硕、肉质优良，卖给其他农场用于配种。这里的规模算是小型农场，其他农场有500—600头甚至1000头牛。她还告诉我们农场南面两块广阔的草场也是农场的，顺着她手指的方向看过去，只见两块绿茵茵的草场上，牛群正闲适地卧在草地上休息，一只小牛犊站在妈妈的胯下仰头吃奶。每吃几口它就会用头撞一下妈妈的胸口，再换一个奶头接着吃，那动作可爱极了。我问那是为什么，她笑着答说那是因为那个奶头里没有奶了，它就会换另一个奶头吃。一位正在哺乳期的妈妈告诉我，吃妈妈奶的婴儿都有这种动作，叫作撞奶。

从大棚出来，看到旁边整齐码放排列着一个个巨大的草滚，每个直径大约在一米左右，用白色塑料膜严严实实地包裹好。这些都是用特殊农机收割并卷滚、包装一次完成的，这是为牛群储备的过冬食草，数了一下足有200个。再过去还有两个用苫布盖住的草滚堆，每个都有十几个草滚，并未用塑料膜包裹，想必是冬季来临前的食草储备吧。赫尔戛说他们没有足够大的土地，一方面在夏季里用来放养牛群，另一方面种植足够冬季食用的草料，这也限制了他们农场的规模。

他们原本居住在村子里面，那时只有一个牲畜棚和少量的奶牛，22年前他们买了村外面这块土地，盖起了两个牛棚和这栋房子，3年后他们搬出了村子来到这里居住，农场也得以扩大。赫尔蔓的丈夫在管理着农场，另外雇用了两个半日制帮工。听了让我很吃惊，农场里只有两个全职工人在干活，一定够他们忙的。赫尔蔓在镇上一家药店工作，并且常常需要出差，只要她在家就会帮忙。他们的两个女儿刚刚大学毕业，在大学里学的是农业，她们在家里时也会帮忙农场的活计，将来她们会继承家业。

赫尔蔓还告诉我们，一般德国人家的房子因为夏季凉爽少有安装纱窗，而他们的房子则需要特别安装严密的纱窗。因为农场飘过来的牛粪味把各种昆虫飞鸟吸引到房子的周围，使得屋檐墙面沾满了鸟粪和昆虫尸体，每隔几年他们就需要用高压水枪来清洗。鸟儿们总是把草叼到房顶上，所以他们常常需要清理房顶上的草。按照相关规定，他们在自家花园里的种植活动也受到限制，不能像一般人家那样喷洒杀虫剂、除草剂等含有化学成分的药物。

参观完农场，我们来到储存牛奶的房间，看到一个硕大的椭圆形金属容器，连接着各种测试仪器，对各种指标数据进行检测，里面储藏着当天挤出的新鲜牛奶。赫尔蔓拿来一个大塑料量杯，打开容器下方一个阀门后，牛奶就流进量杯里。她说每天下午5点半以后，就有牛奶厂的罐车来把当天的新鲜牛奶收走，罐车还要去很多其他农场收集，可能要跑上百公里，然后回到牛奶厂后，牛奶会经过混合、高温消毒等程序，装盒出售，变成了完全没有营养的"白色液体"。我听了以后很惊异，原来我们从超市里买到的盒装牛奶，就是她说的这种没有营养的"白色液体"啊，好可怕啊！

我们买了两升，问多少钱，答说76欧分一升，一共1.5欧元，我们给了2欧元并表示不用找了。她说可以用记账式，月底一次支付。我看到容器上贴着一则告示：生牛奶请煮开后再喝。可是我明明看到量杯里还剩下一些牛奶时，她先生倒进杯子里一仰头就喝了，不怕牛身上的细菌吗？我先生说，他父亲早年也是这样，刚挤出的牛奶直接就喝，也从未生过什么病。赫尔戛笑说，其实严格地说婴儿喝的母奶，也是没有经过加热消毒的。真是的啊，想想新疆、西藏等少数民族的人们，不是祖祖辈辈喝自己挤的牛奶，吃自制的奶制品，照样身强体壮的吗？这种原始的、传统的奶制品，虽然有可能会掺入些许细菌，但同时也是极好的营养滋补品啊。按照欧盟的规定新鲜牛奶需要高温消毒，所以他们只是按照规定贴出告示，而他们自己既不这样认为，也不这样做，他们祖祖辈辈都是按照自己的方式生活过来了。

我问村里有多少人来买牛奶，她说有十来个，只有这么少吗？对于一个拥有800多户人家、2000多人口的村庄来说，其实只要有一半的家庭来买他们的牛奶，就会是一笔不小的收入。但是赫尔戛说，很多人并不知道，就像我们之前也不知道一样，而且严格地说不符合欧盟的规定，所以他们只能很低调地行事，村里人来他们这儿买牛奶的，就是想要喝新鲜的牛奶，他们就卖给人家。因为农场只有两个人，有时候照顾不过来，村人来买牛奶时，他们要放下手里的活计，过来操作一下，只卖一两个欧元而已。不过他们马上就要购进一套设备，方便村人自己操作购买牛奶，只需要在记事本上写下买了多少升牛奶，月底结账即可。

从农场出来往回走的路上，我说："以后我们常来买他们的牛奶吧，可以记账，月底结算，这样很方便的，不用每次带零钱。"先生却说："我们还是每次给他们钱比较好，这样他们可以当时就拿到钱，不用等到月底，另外，我想每次多给一些，他们经营农场实在太不容易了。"听了他的话我点头称是。之后他给我讲了一个故事：在德国北部有一户奶农，当政府部门前来按照欧盟的规定给他的奶牛登记时。遭到了他的抵制和拒绝，后来他们再来时带来了警察，准备强行登记，这时这位农户气急了，开来了他的拖拉机试图驱逐警察，被警察当即逮捕。他被判有精神问题被强行送入精神病院，在那里他被强迫接受"治疗"，以后他再也没有离开那里，他的家庭因此遭受巨大的打击，而他们的农庄也就此一蹶不振。

这故事听了让人心情沉重，我不由想起两年前看到的报道：来自16个国家的奶农涌入布鲁塞尔欧盟大楼前抗议游行，来自德国的奶农们驾驶着400台拖拉机，历时18个小时开到布鲁塞尔。他们在欧盟大楼前竖起十几樽奶牛雕塑，挥舞着各式彩旗，大声呐喊抗议："你们的政策毁了奶农的生活！"45岁的德国奶农Steidele Martha说，在牛奶生产配额制实施前，牛奶的价格是每升40欧分，但现在奶价却降到了每升28欧分，这样一来我们农场几乎是入不敷出。对俄罗斯的贸易制裁使欧洲奶制品供应过剩，造成牛奶和奶酪、黄油等奶制品的价格太低。

德国农民协会主席鲁克维德（Joachim Rukwied）说："大部分农场主面临着生存问题。"从2003年至2013年，德国农场的数量减少了大约32%。尤其是那些小农场，仅靠农业种植难以生存。下萨克森Rheinland-Pfalz省议员说，因为欧盟的农业政策，下萨克森省小农户的生存遇到了极大的困境，这种状况急需改变。

几个月后，在农场入口处出现了一个鲜奶自动售货亭，在村口也出现了"鲜奶有售"的路标,这是农场投资1.5万欧元新购进的设施,从此人们可以在上午9点到晚上8点之间来到售奶亭,从自动售奶机里购买冷藏的鲜奶。你只需带着瓶子前来,如果你忘记带瓶子,这里还预备有清洗干净的瓶子,1欧元一只,你只需往投币口塞入硬币,新鲜的牛奶就会源源不断地流出,价格是每升1欧元,虽然比超市的价格高了一点点,可是这是真正的富含丰富营养的鲜牛奶,而不是"白色液体"。酷爱喝牛奶的我,自然就成了这里的常客。

(发表于德国《华商报》2017年10月15日第443期)

# 乡村小学英语课访问记

一位在国内做小学英语教师的友人对我说，很想知道在德国小学里是怎样教授英语的，我想帮她圆了这个愿望，于是找到邻居好友、退休的小学教师英格，在她的一番联络安排下，就有了这次小学英语课访问。

我所访问的是位于德国北部沃尔夫斯堡市附近村庄卡尔巴拉（Calberlah）小学四年级班的一节英语课。这天我如约来到学校，只见一座漂亮的三层楼房，楼前设有几处儿童游乐设施，供孩子们课间休息时玩耍，国内小学没见有这种设施。一层楼道一隅，整齐地并排放着许多滑轮车，很多孩子是滑着滑轮车上下学的，在德国很普遍，而在国内小学生里是没有的。在二层教师办公室找到了卡梅尔老师，她40来岁，高个短发，很热情，她正准备着上课所需的教具，上课铃声响起，她抱起装满各种教具的两个大纸盒子和一台录音机，我帮着抱起一摞钟表模型，我们一边说话一边就向着教室走去。她告诉我班上有15名学生，年龄在9岁—10岁之间，在德国，孩子们6岁开始上小学，三年级开始学英语，这是他们学英语的第二年。她还告诉我，德国小学英语教学更加注重听懂简单、基本的会话，前三年要求听、理解和说，内容主要是日常生活所涉及的基本会话、表达和词汇，对于写则不要求，只是让学生照着写，而不要求默写。

走进教室，我看到可爱的孩子们围坐在摆成方形阵型的书桌后面，好奇地看着我这位与老师一起走进来的造访者，老师请我在教室后排一张椅子上就座。环视四周,我看到在教室前方装有一个洗手池,墙上装有一部幻灯机和一个大屏幕,靠墙的一排桌子里放了学生们的书和学习用具。与国内不同的是,在德国乡村和城市学校的校舍、设施以及师资没有什么区别。

老师说:"我们现在开始上课。"学生起立,音乐响起,老师和学生一起随着音乐唱起了《早上好》英文歌,做各种动作、转圈、做手势等等,歌词无非是早晨好,你好我好大家好这样的问候语。

唱完,老师说:"我们今天有一位客人来访,请她做自我介绍。"我站起来说:"我来自中国北京,北京是中国的首都,我在中国的朋友是一位英语老师,她很想知道在德国小学生是怎样学习英语的,所以我们今天来访问你们的英语课。"老师问:"大家听懂了什么?"学生有的说"中国",有的说"听到了北京",老师说:"她说北京是什么?"学生答不上来,老师接着说:"她说北京是中国的首都,我们没有学首都这个词,德语是'Die hauptstadt',还听懂了什么?"一位学生回答说:"她还说了朋友,是不是说老师是她的朋友?"这一段英语显然对同学们来说有点太难了,老师用德语解说了一遍。

接下来就开始了今天上课的内容,第一个环节,老师拿出事先准备的很多小纸条,让一位同学帮忙放在教室内各个角落的桌子上,音乐响起,学生们开始围着课桌走动,音乐停止时,学生们止步,拿起就近桌子上的纸条,两人一组按照纸条上的问题展开对话,这样进行了几次,以这种方式复习以往学过的句型和词汇。我发现这种桌椅的摆放阵型,使教室中间有一个很大的空间,便于老师在授课过程中组织不同的活动,同学们也可以走动,增加了课堂活跃度,相比死板地始终坐在原地不动,更有利于学生饶有兴趣地投入学习。

第二个环节是学习数字,老师带领学生们从一念到十,一边大声说出英语数字,一边用双手比划着表示数字。这时我想起遇到的西方人都是这样用双手比划十以内的数字,比如六就是一只手张开五指代表五,另一只手伸出拇指代表一,加起来就是六,每次看到他们这样来比划数字总觉得很笨,原来他们是从学校里学来的。国内学校里不会教这么简单的东西,我们都是从社会上、从家里学到的。这时我举起手说:"在中国,人们只用一只手就可以表达十以内的数字,如果可以的话我愿意给大家演示一下。"老师听后大喜:"那太好了,请你来做给我们看看。"说完她就坐到了学生的位置上和学生们一起观看,于是我开始给他们演示从一到十的单手表示法,大家兴致勃勃地跟着学。同学们冰雪聪明,一学就会,接下来老师念"One, two, three……",学生们全部改用中国式的单手表示法跟着老师念,这也是今天一个意外收获。

第三个环节是学习时间表述法,老师拿出事先做好的纸制钟表,两个人一组拿一只钟表,先听一段两个小朋友关于时间的简单对话录音,听完老师把对话的内容讲解一遍,接下来又听了几段录音对话,老师通过问答和解说来反复教授、复习巩固时间表达句型。他们的授课非常注重对话练习,一半的上课时间是两人一组在练习对话,使每个人都有很多练习的机会。整个课堂老师基本用英语授课,在有难度之处加德语解释。在此之前,我遇到的德国学生,不论什么年龄,都可以流利地与我进行英语会话,年龄大的讲得更加自如、内容更加丰富些,总之都能够将学校所学运用于日常生活,看来这与他们在学校英语授课的方式有关。

最后课程结束,全体起立,随着音乐唱《再见歌》,同样是有动作、有转圈、手脚并举。这里课程时长45分钟,课间休息5分钟,每两节课后休息20分钟，此时正是上午第二节课结束后20分钟的休息时间，学生们呼啦啦吵嚷着、欢笑着跑到外面的游乐设施上玩耍，原本安静的校园一下子喧闹起来。我抱着纸钟跟着卡梅尔老师回到办公室，她问我有没有时间一起喝杯咖啡，我欣然接受了邀请，跟着她来到旁边一间小房间，这里备有咖啡壶、茶具、咖啡、茶、点心等小食品。我们端了咖啡和一碟点心回到教师办公室，在这里的会客区坐下来，边喝咖啡边谈话。

她说："今天的课对于同学们来说太有意思了，来了一位中国客人，还教他们中国式单手数字表示法，他们今天回家后会跟家里人谈起这件事的，所以每个家长都会知道今天班上来了个中国人。"我们都开心地笑了起来，在那一瞬间，我忽然感到今天的访问又多了一层意义，就是让同学们继而通过他们让各自的家人了解了一点点中国。老师接着对我说她有一个愿望，就是为她的学生们寻找在中国的笔友，说他们很想找到来自于中国的笔友，可以互相通过邮件通信往来交流，这对于他们开阔眼界、了解外界世界很有益处，问我们能否帮她这个忙。我问同学们用英语写邮件是否会有一定的困难，她说她会给他们辅导，同时这也是她授课的一项内容。我说我一定帮她实现这个愿望，我想中国的小朋友们也一定会很乐于跟德国小朋友们互相交流的。

两个月后，我先生应邀在北京为河北省重点中小学英语教师做"英语的起源与发展"讲座，最后我来到讲台上，用幻灯片给在座的200多名老师们讲述了德国小学英语的授课方法以及这次访问，并告诉了他们卡梅尔老师的愿望。在结束之前我说："我有求于在座的各位老师们，如果在你们的学生里有愿意与德国小朋友成为笔友的，请与我联系，我会安排他们与德国老师联系。"当时就有十几位老师找我，有的是为他

第二章　109

们自己的孩子,有的是为他们的学生,他们都表达了学生们愿意与德国小朋友成为笔友的愿望。

  一周后,我从二十几位候选人中遴选了八位年龄相仿的同学,推荐给卡梅尔老师。至此,八位河北省的小朋友与德国下萨克森省吉坊(Gifhorn)区的卡尔巴拉小学的八位同学之间就架起了空中桥梁,开始了鸿雁传书的通信交流。

(发表于德国《华商报》2017年11月1日第444期)

# 家庭聚会

我先生家有个延续了20年的传统，就是一年一度的家庭聚会，20年前他父亲家的长者们决定亲戚们每年聚会一次，包括堂兄弟姐妹、表兄弟姐妹、他们的配偶以及孩子们。这些亲戚们分布在德国各地，由于我和先生属中德婚姻、先生的女儿嫁给丹麦人，以及先生的侄女交了意大利男友，给这个家庭聚会又增添了些许国际化色彩。

他们每年选定夏季的一个日子，各家轮流做东，一般选在某个周日，加上周五、周六的迎来送往一共三天。而做东的一家不仅要负责客人的一日三餐、酒水饮料、蛋糕点心咖啡等，有的还会安排在当地参观游览活动，如果家里没有条件住宿的话，则安排在附近的旅馆。如今，当年的孩子们已经长大成人、成家立业、为人父母，他们带着配偶、孩子加入进来，自然给这个家庭聚会增添了新鲜血液。

我第一次参加这个家庭聚会是在2010年，当时来了老中少三代共26人，几位年轻人把正在交往的男女朋友也带来了，十几个年轻人坐一桌，长辈们坐一桌，好不热闹。此前因为我先生在北京工作的原因，使他缺席了两次。而这一次他是在遥远陌生的中国工作生活了三年后，尤其是还带来了新婚的中国妻子，这一切对于亲戚们来说无疑是新奇的，他们迫不及待地想听他的中国见闻，而他自己也是急不可耐地想要分享他的中国经历和感受。所以这一次的聚会很自然地就成了我先生的中国见闻"讲座"，以至于他自始至终都唱了主角，话题涉及中国的风俗、习惯、文化、饮食、政治、经济、人文、地理等诸多方面。

一直以来，德国媒体对中国的报道非常有限而且片面，往往负面报道居多，我先生很早以前就关注中国的发展，阅读了大量关于中国历史的书籍和文献。因为德国大众汽车集团在中国的业务发展，他从20世纪80年代就频繁往来于中国，亲眼所见中国近年来的发展变化，对中国的进步和成就赞赏有加，而对西方一直以来对中国的否定持批评态度，因此他看中国的眼光与一般西方人有所不同。他尤其擅长在讲述的过程中幽默风趣地描述，他最喜欢讲的桥段就是我们在北京的结婚登记。

我们的结婚登记并没有像很多中国人那样选择一个良辰吉日，一天早上，我们忽然心血来潮，反正结婚文件早已准备妥当，索性今天就去登记吧，我们先找个照相馆拍了一张结婚照，然后来到民政局。结婚登记处的接待人员是位女士，"文件呢？"她冷冷地问道，接过我们递过去的文件，她就不再理睬我们，只顾往电脑里输入信息。我和先生都满心庄重甚至有点诚惶诚恐，而她却几乎眼皮也不抬一下，一脸冷若冰霜的表情，自顾自地一直在往电脑里录入数据。我和先生有点像被浇了一瓢冷水一样，你看看我我看看你，耐心地等着她输完，偌大的屋子里没有人说话，只有她敲击键盘的声音。

大约十几分钟后，她打印出两份结婚证书递给我们，紧绷的脸上还是没有一丝松动，"核对一下。"我们核对无误交给她，她说："完了。"

"完了？"我俩面面相觑，不相信似的，就这样完了？结婚登记如此人生大事，我们郑重其事地来了，仅仅十几分钟就草草了事，被她区区两句半话就打发了。这件事让他久久耿耿于怀，他说："我们的结婚登记就这样简单地结束了，很让我失望，他们一没有问我是否愿意娶她为妻，二也没有问她是否愿意嫁给我，三没有让我们交换戒指，四也没有让我们互相接吻（哄堂大笑）。总之什么也没有做，就告诉我们，你们已经结婚了。噢，我真不敢相信，而且她只收了我们9元人民币，你们知道是多少欧元吗？"他比划着，做不可思议状，"9毛欧元，我就结了一个婚，从民政局出来后我们在旁边一家蛋糕店买了几块蛋糕，还要100多元人民币呢。"

他一直对这件事难以释怀，只用九毛欧元就完成了一件人生大事，似乎有失郑重。有趣的是，当我们去德国居住地当地政府部门报告并登记结婚事实的时候，他们只需在电脑中做一个记录，记录这个德国人已经在中国正式结婚，只是一个记录程序而已，竟然收取我们40欧元，当时相当于400元人民币。我先生绘声绘色的讲述引来在场亲戚们的笑声和议论。另一个他津津乐道的话题就是第一次去香港，就被当地的接待人员请去吃鸡爪，他看着眼前的鸡爪不知从何下嘴，而对面那个人却吃得津津有味。他的中国见闻，给这次家庭聚会带来了新鲜内容，无疑成为这次家庭聚会的重头戏。

在家庭聚会中，虽说聚餐是一项重要内容，但他们并不会像我们那样在吃饭这件事上面大动干戈、花很多的精力和时间，对于德国人来说吃什么并不很重要，重要的是大家聚集在一起、其乐融融地谈话聊天。一年轮到由先生的妹妹做东，因为她家房子大，大部分来客都被安排在房子里下榻，我们被安排住在地下室一间带浴室的卧室。主人在外订了德式西餐，送餐上门，大家以自助方式用餐。在堂兄家那次，晚餐则做得很简单，每人两根烤香肠加煎鸡蛋，女客们自己动手做了一个土豆泥，一个蔬菜沙拉，开了两个红菜罐头，仅此而已。不过轮到我家做东的那年，来了大小23口人，我如临大敌一般，中国人的好客使我信誓旦旦地要把来宾的胃照顾好，还要让他们品尝到一二中餐。于是我独自一人承担下这些人几顿的餐食，外加下午咖啡和各种零食小吃，三天下来我几乎所有的时间都在厨房里忙乎,期间不断有客人来到厨房招呼我快去加入他们,我只能去点个卯就马上抽身回厨房继续忙碌。三天下来,客人们倒是吃得心满意足,但是先生却十分不满,他告诉我在德国客人们会更希望女主人与他们一起吃饭聊天,分享在一起的时光,而不是放下客人不管、自顾自地在厨房里忙碌。这使我认识到中德文化的另一不同之处。

虽说吃饭并不重要,可是有一件事情却马虎不得,那就是下午的咖啡时间。德国人喜欢下午喝咖啡,特别是有客人或朋友来访时,内容尤其丰盛。有一年家庭聚会开始的时间定于周五下午的咖啡时间,大家到齐后,首先是开香槟,大家举杯庆祝一年一聚。主人准备了草莓、蓝莓和黑森林三种口味的蛋糕,还用鲜奶制作了一大盘奶油,他们喜欢把奶油抹在蛋糕上吃。德国主妇们都能做一手漂亮地道的蛋糕,这是她们日常生活中的经常性节目,不仅仅是生日、宴请、派对时才会做。我先生告诉我他奶奶最拿手的是黑森林蛋糕,要做七层之多,一层巧克力一层樱桃,这样层层叠叠上去,那味道之美妙是可以想见的。只是太麻烦了,现代人因为不胜其烦,就简化了制作程序,味道当然就不如以往。

另一项活动也是家庭聚会不可或缺的,就是在当地的游览参观。在堂兄汉斯家那次,他们夫妇安排了参观在科隆的美国福特汽车厂,作为工程师汉斯在福特工作了几十年。第二天大家一起参观了科隆大教堂,晚饭后,大家又去森里散步,所有这些看似平常的活动,与亲人们一同分享时就有了一番不同寻常的意义。大家一年一度聚在一起,分享一些轻松快乐的时光。此时他们很随意,哪儿都可以席地而坐,光了脚屋里屋外满地走。天气好时,大家在院子里草地上铺一块毯子,孩子们在上面爬来爬去玩耍,大人们晒着太阳聊天,肚子饿了就在冰箱里翻找东西，弄一大盘面包、芝士、鸡蛋、火腿端到院子里吃。在蛋糕咖啡时间里，四个大蛋糕风卷残云一下就被吃得光光，谁也不客气。晚饭后，大家又是喝酒聊天直到深夜。三天的聚会结束后，大家又各奔东西。

亲戚当中老一辈的都退休赋闲在家，而年轻一代的忙于事业、生养孩子、交男女朋友等社交活动，然而他们总是能够安排好一切，抽出时间从德国各地赶来参加每年的家庭聚会，最远的从丹麦哥本哈根往返驱车1400多公里，足见这份亲情在他们心中的分量。每一次的相聚，气氛总是那样的融洽、温馨，虽然老一辈的已经老去，新的一代又为这个家庭注入活力，新老交替，年轻的一代努力维系家族、维系亲情，血浓于水，一代又一代，生生不息，让我看到了德国人重家庭、重亲情的人文情怀。

然而今年的家庭聚会，因为几位亲戚的缺席而呈现出前所未有的惨淡景象，更糟糕的是，这种情况恐怕今后也无望改善了。汉斯的老伴儿患老年痴呆症2年了，自从发病后在家里由他照料了2年，那是几乎24小时的照顾，一次一不留神就被她自己跑到街上差点走丢了，没办法汉斯只能送她去了昂贵的医护养老院，有专人24小时看护。住在柏林的堂妹莫妮卡去年患乳腺癌，做了乳腺切除手术后，正在医院做放疗，之后还有做化疗，在与癌症做斗争。另一位是我先生的妹夫伯德纳，他已经连续3年缺席了家庭聚会，近来听说他已经在远离自家的波罗的海码头小城与一位情人同居了。

明年的家庭聚会将会怎样呢？后年呢？

# WTA世界第一出自我们俱乐部

7月底的一天,我正在俱乐部里像往常一样与球友们打球,局间休息的时候,莫妮卡对我说:"你知道吗,刚刚新的WTA世界第一,小时候曾经和她的妹妹一起在我们俱乐部训练过两年?"

"啊,真的吗?"这消息太令人震惊了。

"是的,当时她们姐妹每天在这里训练,我还认识她们的母亲,我们碰到后常常会聊几句,那捷克姑娘叫什么来着?"

"普利斯科娃。"

"对对,普利斯科娃,我记得她们当时的教练叫穆勒,报纸也报道了,就贴在了告示牌上。"

于是打完球,我特意跑去告示牌想看个究竟,果然看到了当地报纸《沃尔夫斯堡新闻》的一篇报道剪贴,标题为:"从法勒斯雷本到网球世界第一的宝座"。文章说:15年前普利斯科娃姐妹曾在法勒斯雷本网球俱乐部进行训练,现在这对25岁的孪生姐妹的网球职业生涯来到了巅峰,其中卡洛琳娜·普利斯科娃WTA世界排名第一,姐姐克里斯蒂娜·普利斯科娃名列第37位。在她们的成长道路上一个重要的里程碑,无疑是她们在德国下萨克森省法勒斯雷本网球俱乐部的训练经历,在那里她们获得了下萨克森省网球冠军赛10岁以下女子组冠军。报道还刊登了她们当时的获奖照片。

这消息令我很兴奋,回家后上网查看,发现德国网球杂志也发表了报道标题为:"接客人:冰女王"的文章,从而了解到了更多详尽情况。

普利斯科娃姐妹在2001年跟随妈妈从捷克来到了德国下萨克森省小镇法勒斯雷本，加入了法勒斯雷本网球俱乐部，也就是我所在的俱乐部，当时隶属于下萨克森省网球联合会的网球教练汉斯穆勒成了她们的教练，他在接受采访时说："虽然当时她们只有10岁，却已经展现了出众的才华，她们在网球方面的才能远在其他人同龄人之上，她们在一众小球员中是打得最好的，她们自己在网球上也倾注了很多精力。"一位当时常常与她们姐妹一起打球的小伙伴林妮娅皮塔森说："当时这对姐妹就显示出了她们在网球方面的过人能力，她们几乎总是以大比分之差赢得所有的比赛，她们的大力抽球使我们都难以招架，在场上她们打得很有侵略性，而在场下她们为人都很友好随和。"现在如果你把她们姐妹与其他世界顶尖选手比较，发现她们总是那样冷静、沉稳和自我控制，极少流露出情绪，因此获得"冰女王"之称，而她们的这一特点在15年前就已经显现。

在她们的成长经历中，另有一人功不可没，那就是捷克人彼得瓦德嘉，他当时在法勒斯雷本网球俱乐部任教练，十几年前他在捷克故乡遇见了普利斯科娃姐妹，之后他开始训练她们，当他准备离开捷克前往德国时，她们追随他一起来到了德国下萨克森省的法勒斯雷本网球俱乐部，他为她们制定了周密和严格的训练计划，每天从清早开始体能训练，之后她们去上学，放学后再返回球场，跟随小组进行技术训练，如此这般每天要训练几个小时。周末她们则参加各个地区俱乐部间的比赛。此外还有其他教练也参与对她们的训练，每位教练训练的侧重点不同，一位叫佛卡耶卡的教练负责她们的体能、步伐和移动训练，对她们进行各种跑、跳、交叉步和移动训练，而这些训练是她们在捷克时所没有接触过的，也是她们在这里学到的最多的内容。当时两姐妹的德语能力也很不错，所以能跟得上所有的训练。

两年之后，她们回到捷克布拉格，就此与俱乐部失去了联系，但是这里训练过她们的所有教练都很看好她们并一直关注着她们日后在职业网坛的发展。彼得瓦德嘉现在瑞士做教练，他在接受采访时说："直到现在我还保留着普利斯科娃姐妹15年前的一些训练时的照片和视频，我把这些资料做成了一个记录文献寄给了卡洛琳娜·普利斯科娃，作为一个礼物祝贺她荣登WTA世界第一。"虽然她们姐妹在后来经历了其他教练的指导，她们不会忘记在这里曾经的经历和训练过她们的教练们。报道文章的最后结束语是这样写的："即使这对姐妹现在已经获得成功，成为世界知名的网球运动员，她们并没有忘记当初在法勒斯雷本网球俱乐部的训练和成长经历。"

在德国网球运动的发展有着丰厚的基础和历史，这有赖于他们有一个覆盖全国的完备的体系，这个体系最基本的单元就是各个基层的网球俱乐部，它们覆盖了德国从城市到乡村的全部人口。每座城市都有很多网球俱乐部分布在各个地区，在乡村每个村庄都有一个网球俱乐部。以我所居住的两千多人的村庄为例，村里的网球俱乐部有两块室外红土场地和一个酒吧，村人自愿付费加入俱乐部成为会员，会员推选一位或多位会员作为经理管理俱乐部。村子周边2~3公里有几个村庄，同样每村都有网球俱乐部，其中一个村子的俱乐部拥有5块红土场地。对于我来说，村里的网球俱乐部因为会员人数少，特别是缺少水平高的女会员，所以我舍近求远加入了十几公里以外的小镇法勒斯雷本的网球俱乐部，每天驱车20分钟去打球，也因此让我拥有了更广阔的一片天地，有更多高水平的球友，在那里我参加了四个不同组别的网球活动，常常参加俱乐部组织的活动和年度赛事，在今年的年度冠军争夺赛中获得女子组冠军，并且应邀加入了俱乐部40岁女子组网球队，代表俱乐部参加德国网球联合会组织的积分赛。

法勒斯雷本是一座历史悠久的小镇，德国国歌词作者、诗人霍夫曼·冯·法勒斯雷本就出生在这里，小镇正是以他的名字命名的。法勒斯雷本网球俱乐部成立有40年之久，拥有300多位会员、十块室外红土场地以及三块市内场地，市内场地地面铺设地毯，球落地后弹跳低、前冲力强，很接近草地的效果。俱乐部还设有一个网球产品专门店，男女淋浴间、卫生间，以及一个餐厅。会员们打完球洗过澡后，都会在这里坐下来喝咖啡、喝啤酒聊天，有些会员则会在这里吃午餐或晚餐。经常会有会员在这里举办生日派对、家庭聚会、早餐会、同学聚会等活动。每年夏季俱乐部要在这里举办球赛+烧烤的活动，以及夏季音乐会，遇有重要的足球赛事，会员也会聚集在此喝啤酒观看比赛。

我们俱乐部的会员年龄，最小的从4~5岁到80多岁，最年长的女子会员是一位86岁的前德国3000米长跑冠军，她虽年事已高，却精神矍铄，仍每周与教练打两次网球，她是我们的榜样。很多年长者们的球龄已有几十年，而年幼的初学者一茬接一茬。俱乐部里有少年组男女队、30岁和40岁组男女队，他们都是俱乐部里的佼佼者，代表俱乐部参加由德国网球联合会组织的赛事活动。地区内各俱乐部间的比赛为第一级别，跨地区在省内的比赛为第二级，跨省的比赛为第三级，与全国范围内的同级别俱乐部队比赛。这些比赛都不是个人赛，而是俱乐部队的比赛。普利斯科娃姐妹在15年前就是代表我们的法勒斯雷本俱乐部参加了下萨克森省的比赛，并获得了冠军。

所有这些比赛都是与职业比赛一样的三盘两胜制，只是低级别的赛事没有裁判，采用信任制。每个队需要打三场单打和两场双打比赛，全胜则积5分。所有俱乐部队的积分都记录在德国网球联合会的系统中，可以轻松地在网上进入系统查看。所有这些比赛都是由德国网球联合会的统领下的各省和地区分会组织，不同级别的赛事由不同级别的分会负责组织安排，自下至上、由低到高、井然有序地进行，这个机制已经延续了几十年。我应邀代表俱乐部参加过四场30岁女子组赛事和两场40岁女子组赛事，都是第二级的省内比赛，输赢皆有，也见识了德国业余网球中的代表水平，更加感叹于德国业余网球机制和体系是如此的完备。

在德国，在这个机制下，那些顶尖的、才华突出的选手，得以在各级别比赛中很快地脱颖而出，受到来自各方面的关注，包括赞助商，德国网球产品商家的星探，常常就出没于各个俱乐部和赛事活动，搜寻那些顶尖的、前途无量的选手予以赞助。在我们法勒斯雷本俱乐部里，我就见到过两位正在训练的16岁和19岁的少女，打得非常好，她们聘用了职业教练定时训练，其中一位的父亲在教练训练结束后还陪同女儿练习，人们告诉我说，这位父亲是前德国职业足球队员，她们都准备将来进军职业女子网坛。

近年来在世界网坛涌现出了一大批德国网球选手，其中突出重围杀入领军阵营的不在少数，女子选手以前WTA世界排名第一的科贝尔为首，男子选手则以不满20岁的新生代球手、最新ATP排名世界第7的亚历山大·兹维列夫为代表，他们无一不是从德国的网球体制中脱颖而出步入职业网坛的。在德国，像我们法勒斯雷本俱乐部这样的网球俱乐部何止千千万万，它们是德国网球运动的基层组织，一批批优秀的业余网球选手从这里崭露头角，迈向职业网坛，它们是德国职业网球选手的摇篮，也是我们这些业余网球爱好者的家园，因为网球是我们终其一生的酷爱和追求，网球让我们的生活更美好。

（发表于"网球之家"公众号2017年9月18日期，获得由大众网球（国际）论坛主办的《网球让生活更美好》有奖征文优秀奖）

# 别样村庄

在京城里长大并生活了几十年、迷恋这里一切繁华和文明的我,从未料想过有一天会生活在乡村,而当我真正领略了德国乡村的美好之后,也彻底颠覆了我对乡村的认知,才体味到什么叫作别有洞天。

第一次来到我先生在德国的家,没想到是在一座村庄里,这使我感到很困惑不解,不能想象这样一个有才干、有学识、有事业的人,在来中国之前的几十年竟然住在一个远离大城市的小村庄里,这里静得每天像什么都没有发生过一样。村里居住着2200人,800多户人家,仅有一个面包店、一个美容店、一个工具店、一个园艺店、一个小餐馆,还有一个啤酒吧,差不多就这样了。然而随着时间的推移,渐渐地、一点一滴地我发现了这座村庄的不同凡响之处,就像手剥竹笋那样层层揭开。

让我惊讶的是,这么一个不起眼的小村庄,已经有千年历史了。在德国常常看到一座村口竖着一块牌子,上面刻着年代,比如邻村Ohnhorst村口的牌子上刻着"1007年～2007年",说明这里有文献记载的历史年代,在德国像这样有历史的村庄比比皆是。我们村口立着一块木牌子,上面刻着以下字句:"在此地1485年建了一座水车磨坊,1905年停止使用,1973年拆除。"每次经过这里,我都禁不住会想,如果这座水车没有被拆掉该有多好。我想象着水车被水流推动着,一轮又一轮缓缓地滚动着,潺潺的流水声与水车转动的吱吱嘎嘎声交相呼应、不绝于耳,将是怎样的有趣啊。相隔十几米处竖立着一座石碑,上面刻着:"Wasbuttel在1969～1988年曾进行过土地调整,以适合农耕机械化。"村里重要的变迁——留有记载、有迹可循。这里依然保留着许多古老的农庄和农舍，那种集住宿、粮草储备为一体的高大的木结构建筑，是这一带传统的农舍。千年以来，越来越多的人家落户在此地，村子的规模越来越大，而在老村原址附近，还留有许多参天的古橡树，沧海桑田，世事变迁，这些古树就是最好的历史记忆。

## 消防俱乐部

像每一座德国村庄一样，村里有一个消防俱乐部，成立于1905年，会员分活跃会员和非活跃会员，那些因为工作的关系不能经常参加培训和救援活动的属于非活跃会员，所有会员都要缴纳会员费。2005年消防俱乐部决定建造一座新的消防站并购置新设施，那时他们只有一辆老式消防车，他们购买了建筑材料和新设备，包括两辆新消防车。所有会员以及很多村民都参加了义务劳动，我先生因为工作不能参加劳动就捐款，有钱的出钱，有力的出力，新的消防站很快建成了。我先生收到村里消防俱乐部的来信函，说他已经是他们二十五年的会员了，准备为他颁发证书。

每周六中午12点整，村里会响起长长的鸣笛，那是消防站的鸣笛试验，为的是确保警笛处于正常的工作状态，而如果其他时间听到鸣笛就是有情况。消防俱乐部并不只救火，而是包括所有的灾难和突发情况时的救援，例如交通事故、地震、洪水等，也并不是只为本村服务，而是整个地区，甚至整个国家。当有严重灾情发生时，各村、各城市、各社区的消防站会听从该地区消防总站的指挥，前往灾区救援，此时各消防俱乐部在岗的会员们无论正在吃饭、睡觉还是在做什么，都会第一时间赶到消防站集合，换上制服、备好设备出发赶往事发地点进行救援。一天，凌晨1点多，熟睡中的我忽然听到连续的鸣笛声，从未听到这种声音的我惊慌地问老公："这是什么声音？"

老公泰然自若地说："是消防警笛。"

"发生了什么事？"我问。

"不知道，可能是失火，也可能是水灾，你今天没看到湖水都快溢出来了吗？"两周以来这里几乎每天下雨，河流、运河以及湖水水位都在高位，很可能是哪里有水情。

"好像是邻村的警笛。"他说。

"这你都能听得出来？"

"当然，我们村的警笛比这要响多了。消防员们现在得赶紧爬起来，赶到消防站听命呢。"

"现在吗？"

"任何时候，只要警笛响了。"

第二天早上警笛又响了，一个多小时以后，我家邻居安卡匆匆赶来借水泵，一问原来昨晚的警笛就是邻村消防站发出的，是因为安卡的农场地势低洼被水淹了，消防员去了以后用沙袋堵住了门口，可是因为连降了两周的雨，很多地方告急，各处的水泵都在忙于抽水，所以安卡特地来我家借水泵，然后她穿着雨衣胶鞋急匆匆地走了。

在德国，除了大城市的消防站是职业的、由市政出资以外，其他以村庄和社区为单位的消防俱乐部，都是当地集资而建、由志愿者组成。消防俱乐部是遍及全德国的应急救灾组织，他们有着完备的管理和运营体系，因为其中不仅有退休人员，还有众多在职人员，他们要工作、出国旅行、度假、外出探亲访友等，一旦有情况只能来三两个人怎么行？所以他们有着一个完备的运行机制，确保每天有足够的人员在岗听命。

第二章　123

## 射击俱乐部

村里有一个射击俱乐部，成立于1868年。在德国每座村庄都有射击俱乐部，最初的历史要追溯到19世纪初叶，当时拿破仑占领了德国全境，德国人民在各地各村自发成立了射击俱乐部，旨在全民皆兵，抗击法国侵略者。射击俱乐部从那时起一直延续至今。这里每周的训练活动安排满满，训练项目有射箭、手枪、长枪和气枪，还有枪械常识课程，参加者有男女成年人，还有青少年训练课程，每年有常规的比赛活动。

在德国，无论到哪个村庄，常常会看到一些房子外面挂有圆形或椭圆形的徽标，这是这所房子的主人在射击俱乐部的比赛中拔得头筹的奖牌，有的人家里有几个。每年一次俱乐部举行射击比赛，并且分年龄组选拔出当年的射击国王和射击王后，另外每年一次在春夏季各个射击俱乐部的佼佼者聚集一堂，举行射击比赛，由各个村庄轮流做庄主办。所到之处在村子周围选一片开阔地安营扎寨，搭建帐篷，建成一个临时游乐园，附近村子的乐队都汇集于此联合演出，吸引了很多村民也参与其中，音乐、啤酒、跳舞、狂欢、通宵达旦，成为一项在当地颇有影响力的活动。

## 体育俱乐部

村里有一个一百多年历史的体育俱乐部，也是在拿破仑侵占德国以后由民间发起的，旨在全民健身、抗击法国侵略者。一天我正在家里，忽然听到外面传来鼓乐声，渐行渐近，像是游行，一定是什么庆典活动，我拿起相机冲出门外，这时我看到一支游行队伍由远而近正向我走来，打头阵的是一支鼓乐队，后面跟着男女老少浩浩荡荡一行人，身穿制服的消防队员押后，最后面的是消防车，人们告诉我是村里的体育俱乐部成立一百周年庆典活动，游行队伍绕村一周。体育俱乐部坐落在村子南边，经过一次扩建后，现在的规模很大，在它的旁边是村里的小学，学校的体育课就用俱乐部的场地，这里有羽毛球场、体操厅、会议厅、音乐厅、餐厅、淋浴室等设施，在它的外面是足球场和拥有两块室外红土场地及一个酒吧的网球俱乐部。体操厅里每周有固定的活动，周一，我的女友伊纳丝带领十几位女士做健身操，周三一位来自中国河北的太极大师教授太极拳。

体育俱乐部室内室外空间宽阔、功能多样，村里的各种文娱活动大都在此举办。去年在音乐厅举办了合唱节，邀请了来自我们地区不同村庄的十几支合唱队，演出当天，两层的观众席座无虚席，十几支合唱队轮番上台演出，精彩纷呈。俱乐部的餐厅常常被村人租用开生日派对或其他活动，村里两年一次的夏季葡萄酒节时，所有的活动会移师室外，在室外广场搭起一个商亭，售卖啤酒饮料、烤肠和面包，村人演出小节目，然后是跳舞。每年一次的跳蚤市场和圣诞市场也都会在这里举办。除此以外还有一些非常规的文娱活动。

## 古老校舍

村里有一所60多年前建的小学校，是这一带最古老的校舍，后来村里人口多了，又建了一座规模很大的学校，这里因荒废而年久失修，几年前村里集资把它修葺一新，欧盟赞助了一部分资金，其余的资金由政府专项拨款，在改建的过程中村里的人们都义务地参加了劳动，改建后的建筑外表保留原状，而内部则是全新的内装，现在这里成为村里的活动中心，一层有一个很大的咖啡厅，旁边是一个厨房和卫生间，两间小会议室和村长办公室，二层是一个拥有木地板的大厅，用于演奏音乐、放映电影等活动，大厅里摆放的一架钢琴是村里一户富裕人家捐献的，旁边有几个小房间是电脑室和办公室，还有一间厨房和卫生间。

  一个由村民组成的五人小组义务承担起了这个活动中心的日常管理和经营工作，另外有12人负责组织安排各项活动，他们提前筹划好活动内容，每三个月印制一份日程表，散发到各家信箱中，村民可以按照各自的兴趣爱好前来参加。每周有固定的活动安排，如英语、西班牙语和意大利语组，烹调组、唱歌组、电脑组、母婴组、妇女组、棋牌组、戏剧组、自行车组、园艺组、手工组、木工组、编织组、老年早餐组、阅读组、历史组等等，内容丰富多彩、涉及广泛，丰富了村民的日常生活。我参加了英语组，每周二晚有十几个人来参加，其中不仅是我们村的人，还有来自邻村甚至10公里以外小镇和村庄的人。同一天晚上，在我们隔壁的咖啡厅里正在进行的是烹调组的活动，那个组有20多人，常常听到他们那里锅碗瓢盆叮当作响，一阵阵香味扑鼻而来，知道他们在烹调、品尝美食，阵阵欢声笑语，好不令人艳羡啊，如果不是时间冲突，我定会参加他们那一组。我的朋友英戈是一个合唱团的成员，几十年了，她每周三下午带领几位唱歌爱好者唱歌。

  然而要维持这个活动中心的运转需要很多资金，这些资金都是由村民们自发捐献的。每次来参加活动时，他们会自愿地往一个小钱盒子里放硬币，一欧元、两欧元、五欧元不等，积少成多、日积月累，成为维持活动中心正常运营的重要的收入来源。

## 村里那些事

  每次去村里的活动中心，都会看到每个房间桌上摆着可爱的鲜花，每每如此，一问才知道一位住在附近的80多岁女士每天在她自家院子采摘鲜花，配成花束，装点每个房间的每张桌子，每周换不同的花种。为此，活动中心特地印制了一本收藏了她所有插花的画册。

一位邻村的木匠，就职于一家传统的手工定制家具厂，他们只做手工打造的家具，购买者往往需要等上几个月甚至一年才能拿到货，他利用厂里的废料做成一个个小家具，诸如小咖啡桌、儿童椅、花盆架等送给活动中心，并无偿修理活动中心的木质家具，他爱好烹饪，活动中心的烹饪组就是由他牵头的。

村里有两位90岁高龄的寡妇姐妹，她们每天依然在自家院子里忙碌各种活计，依然耳聪目明，身体硬朗，记忆力惊人。活动中心的负责人蕾娜特采访了两位老人，她们凭着记忆叙述了村里的历史沿革和世事变故，并提供了许多珍贵的老照片，蕾娜特还采访了村里其他老人，编写了一本图册——《Wasbuttel往昔》，由活动中心印制出版，记述了两个世纪以来村里的变迁以及大事记，是我们村乃至这个地区珍贵的历史资料。

村里最大的一户农庄主，曾经的一个大家庭现如今只有76岁的琼斯一人独居此处，几年前她决定在她家的农舍库房办一次家庭展览，为此她找出家里收藏的老物件、老照片，附上说明文字。有些物件老旧了需要修理，她用锤子、榔头敲敲打打修好，付出了许多辛苦和劳碌。展览开放了一个周末，村民络绎不绝地前来参观。珍贵的实物展示了这户富裕人家200多年间的生活境况，老照片记录了当时这个家庭的生活和社交场景，包括日常生活、出行、家庭、友人聚会、婚礼、葬礼等。实物中最为亮眼的是七辆私家用车，其中两辆是冬季乘用的马拉雪橇，五辆马拉乘用车，宽大的两排包厢里配有皮座和油灯，每个细节都无比精美、奢华，令人大饱眼福，藉此琼斯被评为当年村里的特别贡献村民。

每个周末活动中心都会安排些重量级的活动，一次原本按计划是一个三人的戏剧表演，但是其中一人胳膊摔断不得不取消演出。蕾娜特找到我问是否可以开一个钢琴演奏会来补缺，我应承了下来。我准备了一个月，演出那天来了二十几位观众，大部分是老年人。下午2点先是咖啡时间，大家在活动中心一层咖啡厅里喝咖啡，品尝几位观众带来的自制蛋糕。3点钟演奏开始，完全没有演出经验的我，竟然一切顺利地完成了一个小时的演出，演奏了十几首中外乐曲，每当曲终，观众都报以热烈的掌声。演出结束后很多观众来向我表示感谢，活动中心还贴心地在钢琴旁边摆了一个插满鲜花的美丽花篮。一个月后蕾娜特找到我说："这次演出收到了很好的效果，我们想请你明年夏季再开一次钢琴演奏会。"我欣然接受了邀约。这一次因为事先排入了计划，我的演奏会被写入活动中心三个月的日程里，印刷成册散发到村里各家。演奏会前一周当地报纸还做了预告报道，演出当天这家报纸派了一名记者，事后刊发了带照片的报道文章。演出前的咖啡蛋糕时间，一个投币盒在人们手中传递，一枚枚硬币被投入到盒中，一位我邀请来的朋友投入了10欧元。想到自己不但可以通过音乐给村人带来欢乐，同时也能以这种方式为村里社区筹资贡献一份绵薄之力，我感到十分欣慰和自豪。

村里的故事讲也讲不完，这就是我们的别样村庄。

# 教钟纪念日

我们村坐落在德国中北部,村里有一座很小的教堂,人们叫它Chaple,建于1745年,当时村里只有几十人,它大约只有几十平方米,是我见过的最小的教堂。可是麻雀虽小,五脏俱全,特别是那架管风琴也是我所见过的最小的一架。如今村里已有两千余人了,这座小小的教堂承载着村人的信仰和寄托。一日,人们发现教堂屋顶的教钟出了问题,不再准确报时,这钟还是当年教堂初建时安装的,一定是太老旧了,该换一座新的了。可当它被拆卸下来时,人们发现那钟只是部分部件受损而且是可修的,于是它被送去一个专业公司来维修,花了三个月安装了新的敲钟设备,村里为此支付了4000多欧元。等到那钟再次敲响之时,村里为它举办了一场隆重的纪念活动——教钟纪念日。

消息提早就发出去了,我的邻居安卡是村里的积极分子,她会在各项活动中大显身手。我去找她,告诉她我很乐意帮忙,她很高兴。就像每一次活动一样,村里对这次活动有周密的安排,很多主妇自告奋勇负责制作蛋糕和饼干。德国主妇的蛋糕名闻遐迩,每个女儿都被母亲传授制作各式蛋糕、饼干的秘诀,结婚后又会从婆婆那里得到毫无保留的真传,一代代传授下去,经久不衰,成为传统。有人负责邀请乐队;有人负责安排布置活动现场;有人从家里带来咖啡、牛奶、白糖,负责现场的咖啡供应;有人负责制作关于教堂和教钟历史知识的幻灯片……每个项目为一组,每组由若干人组成。而安卡是负责儿童节目的,我就跟了她这一组。

纪念日安排在周六，活动的举办地点是村里的活动中心。教堂就坐落在活动中心正前方50米处，这里空间不很开阔，要举办一个能容纳几百上千人的活动，恐怕施展不开。旁边是姓霍托普的一个大户人家，村里向霍托普家征询可否借他家的院子一用，结果获得慷慨相助，不但院子可以用，索性院里最大的、原本用作仓库的房子也打开、布置好，供老人、体弱者休息，以及存放当天需要的物品。这天我们相约12点半来到这里时，院子里已经聚集了很多人，这里布置了长条桌椅，人们喝着啤酒、吃着烤香肠，一支请来的流行乐队正在演奏。更多人正在络绎不绝地到来，他们携家带口，有拄着拐杖的、有坐着轮椅的、有坐着童车的、有坐在爸爸肩膀上的……

因为有任务在身，我们没有耽搁，直接来到活动中心二层厨房，有一个同组的主妇先到了，紧挨着厨房的一个房间已经布置好铺了白布的长条桌。安卡打开带来的大包，拿出事先在家里制作好的一大盆面，这是要做饼干用的，又拿出一堆做饼干的用具和模具，这是专为孩子们准备的。我们做着各种准备工作，不一会儿，第一波孩子们由家长带着来了，他们是两三岁到七八岁的儿童，被请来参与制作饼干。过程很简单，将安卡事先和好的面团，分成一个个圆球，将圆球用擀面杖压平压薄，然后用特制的钟形模具在面片上压出钟的形状，再将它们一个个放入烤盘，然后放进烤箱烤制，十几分钟后饼干就成型了，这是最简单的饼干。这时还可以在饼干表面抹一层橄榄油，将彩色小糖粒粘在饼干上，再放入烤箱快速烤制，便可制作出更具花色的饼干。饼干做好后装入纸口袋，口袋上写好制作人的名字，送给那个制作的孩子。我的任务就是辅导和帮助孩子们制作饼干，如此简单的任务，而我却有些诚惶诚恐，因为不会德语的缘故，担心孩子们不懂我的话。但是孩子们冰雪聪明、可爱之极，他们领会了我的意思，明白该做什么，非常认真、非常投入地做着。有些两三岁的孩子弄得满脸、满身都是面屑，有的孩子还会把生面坯放进嘴里吃，父母却在旁边笑着对我说："不碍事的，不要紧。"孩子们沾着满身面屑，忙着跑来跑去，父母们站在一边笑眯眯地看着，很满意的样子。望着孩子们认真地、饶有兴致地学着制作饼干，和他们拿到饼干时的高兴劲儿，我真的很有成就感。孩子们一波一波地到来，又一波一波地走了。领到饼干的孩子们，由家长带着来到旁边的大厅坐下来，拿出自己做的饼干吃起来，家长会在旁边说："喏，我们教堂的教钟和这是一样的，新修好了，又可以敲钟了，你不是听到了吗？当当当……"如此寓教于乐，孩子们吃着自己制作的钟形饼干，自然也记住了教堂的教钟。

　　与此同时，一层的咖啡厅里人来人往、好不热闹，大家互相打招呼、握手问候，然后坐下来喝咖啡、吃蛋糕、边聊天。厨房里五六个人在忙着煮咖啡、往咖啡厅里端咖啡，他们收起用过的咖啡杯和盘子，送到厨房去洗净、擦干，又忙不迭地送进咖啡厅摆放在桌上。人们走了一拨又来一拨，又走一拨又来一拨，用过的杯盘被不断地送进厨房，转眼被洗净擦干又摆在了桌子上，迎接新到的客人，他们就这样连轴转地干着。

　　咖啡厅的一角大约有二十几个各式蛋糕摆放在桌子上，它们出自各家主妇之手，桌子后面十几位十几岁的男女青年站成了一排，他们是负责分派蛋糕的。客人们端着盘子指着自己喜欢的蛋糕，"给我一块这个，再来一块那个……"一块、两块、三块，随便要，不用付钱，然后端着蛋糕在桌子边坐下，咖啡每桌都有一壶，喝完了还有新的呈上来，厨房里正在不断地煮着。有一个硬币罐，也正在客人们手里传来传去，一枚

第二章　131

一枚的硬币被投放在罐里，一欧元、两欧元甚至更多，这些钱就作为村里的公用基金。而今天所有付出劳动和拿出各种东西的人们，都是义务的，没有报酬。村里的所有活动都是以这样的方式，人人参与，人人出力，只有从外面邀请乐队的费用要由村里的基金支付。

相比之下，此时教堂是最安静的所在，那里正滚动放映着幻灯片，详细介绍教堂的历史沿革，特别是教钟的渊源。一支5人弦乐队正在演奏着舒曼的《梦幻》，他们是村子所属的Gifhorn区音乐学校的弦乐队，被邀请来此助兴演奏。舒缓的音乐为无声的幻灯片做配乐再合适不过了。

一只教钟旧貌换新颜，看似平常之事，被人们这样郑重其事地举办了一个教钟纪念日，安排了丰富的活动，全村从孩子到青年到成人都饶有兴致地参与其中，人们身体力行地做出了各自的贡献，在娱乐中传统被不知不觉地传承与发扬了。

（发表于《世界博览》文化栏目2014年第14期）

（发表于《欧洲新报》2014年5月版）

# 村里的英语角

偶然得知我们村里有个英语角,每周二在村里的社区活动。

一个周二晚上,我来到这里,一楼咖啡厅里有十几个人,桌上摆满了蛋糕、咖啡和美食,一问才知道这里是烹饪组,说英语角在二楼。后来英语角搬到一楼,与烹饪组一墙之隔,每次都听到他们那里锅碗瓢盆阵阵作响,香味时时扑鼻而来,心里禁不住对烹饪组的向往,只可惜两个组时间冲突。来到二楼,第一个房间里面有四个男人在学习电脑操作,原来是电脑组,说英语角在前面。第二间里面,七八个人前面的桌上摆满各种植物,原来是园艺组,他们指着隔壁房间说在那里。敲开隔壁房门,看见围着长桌坐着七个人,我说:"我可以参加你们英语角的活动吗?""当然可以,欢迎啊!"菲利科斯热情地说,他是发起人兼组长。一位叫彼得的男子带了一瓶红葡萄酒,另一人带了一盒南瓜子,彼得从楼下的厨房里取了托盘,托着八只高脚玻璃酒杯上来,给每个人倒了杯酒,大家碰杯。一个大个子男人要我给大家介绍自己的情况,我简单地介绍说:"我来自中国北京,我先生和你们一样是这村里的村民。"我着重表示对这个英语角很感兴趣,想知道每次的活动内容是什么。大个子说今天的内容是讲笑话,由他负责,他从杂志上找来了一些笑话,打印出来每人发一份,从彼得开始每人念一段,有不懂的提出来,大家一起讨论。这是一则笑话,题目叫"火车旅行的好处"。一列有两个发动机的火车正穿越加拿大,忽然听到列车长广播道:"女士们,先生们,我有一个好消息和一个坏消息要告诉大家,坏消息是,我们的两部发动机都发生了故障,我们会被困在这里几个小时,好消息是幸好你们不是在飞机上。"另一则笑话的题目是"当下列事情发生时你知道你已经老了"。当那个你搀扶着过马路的老妇人是你妻子的时候;当买生日蜡烛的钱多过蛋糕的钱时;当你的牙齿不再跟你一起睡觉时。这个笑话是我念的,念到这里大家都笑了,可是我没有明白最后一段,"当你的牙齿不再跟你一起睡觉时"是什么意思,别人告诉我说老人睡觉之前总是喜欢把假牙摘掉的,我才恍然大悟。开头的几个笑话好像是引子,把大家的笑话全都引了出来,大家一个接一个地讲着自己的笑话和趣事,彼此开着玩笑,笑声朗朗,气氛欢愉。

这时候我知道高个子叫弗莱德曼,住在邻村,是名警察,有人开玩笑说,大家今晚都喝了酒,回去开车会有麻烦的,弗莱德曼用双手捂住眼睛说:"我什么也没有看见,什么也没有听见。"别人问:"嘿,警察先生,你什么时候退休啊?"他说:"再过三年,我55岁时就可以退休了。"另一个人说:"哼,还不一定呢,要是默克尔继续当总理,你就要等到65岁才能退休了。"他提高声调说:"我可不想再干那么多年才退休。"一位女士问他:"如果你55岁可以退休的话,你做什么?每天挖你家的花园吗?"据说他家的花园很漂亮,他说:"哦,不会的,我会很忙的,我现在有三个孙子孙女,马上还会有更多。"我问:"你会照顾他们吗?"他说:"会的。"有人马上插嘴说:"他有五个孩子。"他很骄傲地点点头。马上又有人说:"德国平均每个成人有1.3个孩子,你可是大大超标了啊。""喔,当真,嘿嘿。"今天的英语角,真是愉快的经历,我们吃着瓜子,喝着葡萄酒,讲着笑话,聊着天,开着玩笑,在愉快轻松的气氛中,两个小时飞快地过去了。临走时,弗莱德曼问我:"你下次还来吗?"我说:"来,我很喜欢。"他高兴地笑了说:"那太好了。"

从那以后只要我没有去外地，就会去参加英语角的活动，英语角给我最大的收获是见识了德国人的另一面，曾经以为德国人是严肃的、古板的，甚至是乏味的，在这里我见到了他们幽默、诙谐、不拘一格，甚至是风流的一面，也见识了各式各样的人物，听到了很多趣闻。一天，忽然来了一位非常漂亮的年轻姑娘，个子大约1.65米，我猜想她大约20多岁。菲利科斯请她自我介绍时，她说她13岁，在场的所有人都惊得目瞪口呆，面面相觑，大家都以为她已经是一位熟女了，谁也看不出她竟然才13岁。另一天，来了一位高个子女学生，她16岁戴副眼镜，她很爱说话，只是一说起来就停不下来，尤其是喜欢在别人讲话时打岔，弄得一些人对她侧目，据说她得了健忘症。

对于每次活动的内容，组长菲利科斯总是要煞费苦心地想出主意来，除此之外大家集思广益、出言献策。保罗每次都会带一本厚厚的书，有点像"十万个为什么"那样的科普读物，遇到没有合适的话题时，就会念书里的小知识，例如打雷是怎么回事，大家一起讨论。卡尔每次都提前写好一个大纲，写下一周大事件，他会念出来供大家讨论。

每次活动都有人带来红酒和小食，常常有两个人同时带来红酒，而彼得几乎每次不落，退休前他在村里经营一家小餐馆，显然他很享受英语角的活动，几乎每次都来。这一天又有两个人都带了红酒，村里86岁的老妇人海伦娜带来了一包芝麻饼干，我问她的英语怎么会那么流利？她说年轻时老公被大众汽车集团派驻加拿大10年。这时旁人说："海伦娜，你今天气色真好啊！"我留意到她今天化了淡妆，脖子上系着一条花丝巾，整个人显得精神矍铄，完全看不出她的实际年龄，她卖了自己在村里的房子，租住在另一家由传统农舍改装的公寓里，虽然她的住处离活动中心只有几百米的距离，她还是开车过来，因为回去时不愿意走夜路。她说她先生已经过世十几年了，如今她交往了一位70多岁的男朋友，两人常常相约一同出游，平时也常常相聚相守，日子过得平实而快乐，说到这儿她开心地笑出声来了。从旁人频频点头和脸上的表情可以看出，很多人已经知道这事，大家很欣赏她开朗乐观的态度。

76岁的玛瑞安来自村里一户大家族，如今她是家族里唯一留在村里的人了，丈夫逝世后她独自一人生活，她的妹妹早在50年代就移民美国，现在也成了寡妇，孩子们都在美国工作生活，姐妹俩每年跨洋互相探望一次，当妹妹来探望她时，玛瑞安就带她来英语角坐坐，这里的老人们都记得她，她会讲一些美国的事情。这些日子正值大西洋上的飓风桑迪袭击了加勒比海多国后，又在美国东海岸新泽西州登陆，至今已经造成一百多人死亡，经济损失无法估量，住在纽约皇后区的她，给我们讲述了那边的灾情，纽约断电、公共交通瘫痪，她和所有在纽约的亲戚都住在一位亲戚的大房子里，安全地躲过了这场灾难。

英语角的参加者不仅有我们村的村民，也吸引了几位外村甚至镇上的人前来参加，因为并不是所有的村都有英语角，那些喜欢说英语的人们就很自然地从四面八方聚集于此。秘鲁女人安娜住在十几公里外的村子，在德国居住了二十几年，说一口流利的德语，她讲英语时总是找不出适当的词汇，需要人在旁边帮忙提词。她说现在孩子大了，她想出去工作，可是发现很难找到合适的工作，最后终于在一家超市的面包房找到一个职位，上班后她发现不仅是很辛苦，而且那里的人很难相处，她们说话很快，让她完全跟不上节奏，不能及时领会她们的意图，而她们也嫌她反应迟钝，干活慢吞吞的。面包房每天早上4～5点就开始工作，制作当天的面包，早上7点开门后，上班的人们会来买当天的新鲜面包，所以早上的工作很紧张，而她跟不上大家的节奏也很苦恼，在英语角里大吐苦水。安娜是个热心人，她组织几个秘鲁女人在我们村里搞了一次秘鲁日，集资帮助秘鲁贫困儿童，那天她们身着秘鲁民族服饰，制作了特色菜肴，带来了手工艺品，还表演了秘鲁音乐和舞蹈，吸引了村里很多人前来，虽然她们的菜和手工艺品卖得很贵，但是人们似乎并不在意，还是踊跃掏钱购买，当天她们募捐到不菲的一笔金额。

来自吉房（Giforgn）镇的70岁的迪姆，有着浅棕色的头发和两撇小胡须，他总是以调侃的口吻、风趣的语言加上滑稽的表情和肢体语言讲述奇特的故事，在座的人跟他一唱一和地配合着，总是引得大家开怀大笑不止，整个房间笼罩在欢乐、轻松的气氛中。他说他在社交网站上交往过很多女人，那些女人也是各式各样的，他认识了一位爱好跳舞的女士。一次去她的练功房找她的时候，又认识了她的女友，她们两人带他去了一个组织，那是一群崇尚死后葬在大树下"树葬"的人们，六个人一组葬在一棵大树下，据说费用不菲，他们正在募集申请者。女友的女友也是一位风姿绰约的单身女郎，他后来就阴差阳错地与她约会了。第一次带她去自己家，碰到女邻居，这位女邻居也是位风情万种、有着众多追求者的单身女郎，平时她对他总是拒人于千里之外的态度，那天却显得格外亲切友好，让他春心萌动，心里想着下次一定要试着约会她。就这样他游走于几位女士之中的故事，以及那位女邻居约会各路男士的风流韵事，被他以调侃和煽情的语言讲述出来，逗得大家笑得前仰后合。就是对现场的几位女士，他也是开玩笑加挑逗，她们并不恼怒而是跟他玩文字游戏。他是这个英语角里的大活宝，每次有他就会热闹欢乐，笑声不断。不过并不是所有人都欣赏他，一次村民哈约偶然带着妻子来体验，当天正巧组长出国休假，因为迪姆他的英语好指派他代理组织活动。之后哈约私下里说，因为不喜欢他的自以为是，决定不再来参

第二章　137

加活动了。

英语角里的氛围也并不总是这么轻松和谐的，尤其是当讨论关于政治话题时，这里的男人们尤其爱讨论政治，每当国际国内发生任何事件、丑闻或纠纷时，这里必定会有一番激烈的讨论甚至争执，这里简直就是一个时事政治的晴雨表。组长菲利科斯总是以压制性的口吻、极其严厉的表情和肢体语言表明，他是这里的主宰，他的话带有不容置疑的权威性，很多持不同意见的人见他这样就不再争辩了，因为人们都不想弄得脸红脖子粗。不过有一次，我还是挑战了他的权威。

那是2015年9月底，俄罗斯应叙利亚总统的请求对叙利亚境内的伊斯兰国目标进行定点轰炸，引发美国和西方盟国的批评，在英语角里照例引发一轮讨论。麦吉说："俄罗斯的目的显然是要借此施加其在中东地区的政治影响力，对解决叙利亚问题毫无帮助，俄罗斯一向如此。"我说："不排除有这一面，但是我也看不出美国及其西方盟国在叙利亚问题上的举动对那里的问题有什么建设性的帮助。"菲利科斯马上反驳说："阿萨尔政权对人民实行暴政，违反人权，对这样的政府就应该取缔，西方对它的轰炸是正义的。"我冷笑了一声："哼，违反人权，我可以轻而易举地列出美国政府在国内违反人权的一大堆事实，哪个政府没有违反过人权啊？"此时麦吉言辞激烈地说："阿萨德对平民使用化学武器，这涉及人的尊严、尊严！"她提高了嗓门，我镇静地说："谁可以证明是阿萨德使用了化学武器而不是别人栽赃啊？没人能证明，况且即便是他使用了化学武器，难道就要推翻这个政府？就应该把一个好好的国家炸得七零八落、片瓦不留？难道就不能有更好的解决办法吗？""这事关民主，民主，你懂吗？叙利亚需要一个民主的政府，阿萨德必须下台！"菲利科斯说这话时像一贯的那样，面色泛红，双眼咄咄逼人，口吻不容置疑。"民主、民主，你们满口都是民主，难道这世上除了这一种标准就再无其他吗？中国在你们看来不是标准的民主国家，但是那里的人民安居乐业、生活幸福。尼泊尔也不是一个民主的国家，可是那里据说是全世界幸福指数最高的国家，还有很多国家都不是你们所谓的民主国家，可见民主只是一种方式而已，并不代表一切，所以不能仅仅以民主为标准去强加到别人头上，任何国家的人民有权决定自己的政治体制和社会制度。"我的声音并不高，但字字千钧，义正词严。我说完这番话，谁也不再说什么，但我知道我们谁也说服不了谁，大家仍然各执己见。

事后这番争论引起了我的思考，我认识到涉及政治话题的争论往往是徒劳的，除了自己你并不能说服任何人，只会使大家因为激烈的争论而更加隔阂，更糟糕的是气氛被搞得不和谐了。因此，从此以后我不再热衷于政治话题的讨论。在此之后就爆发了难民危机，有关难民问题的争论就一直伴随着我们的每一次活动，而我只听不表态，我看着他们一边是菲利科斯为代表的支持派，另一方是卡尔为代表的反对派，争论不休。所谓反对派并不是反对难民本身，而是反对默克尔政府的难民政策。以至于有一天英戈提出我们不要再讨论这个话题了，可是无济于事，关于难民问题的争论仍然在继续着。

村里的英语角是一个微缩社会，在这里我见识了形形色色的人和事，也了解了德国人的另一面。

（发表于德国《华商报》2018年3月15日第453期）

# "五一劳动节"的歌声

4月底5月初的北德,依然春寒料峭。

一早就听说"五一劳动节"这天在村里社区活动中心将有一个管乐队来表演。早上八点钟,不远处传来奏乐声,那是100多米以外的妮塔家,一定是乐队在她家门口开始演奏了。她是镇上合唱团的成员,在村子里也是活跃分子,每周在村里活动中心有一个"跟妮塔一起唱歌"的活动,她弹吉他带着几个人一起唱歌,这个活动已经办了几年,现如今她的队伍也从原来的3个人猛增到了15个人,今天这个奏乐活动从她家开始毫不奇怪,这会儿她一准跟着音乐高声歌唱呢。

我们赶紧收拾好出门赶往社区活动中心,正走着就听到身后响起了奏乐声,回头一看,一辆敞篷农用机车正向着我们驶来,车上坐着男男女女十几个年轻人,正起劲儿地吹奏着音乐,我们停下脚步等着机车驶过来。机车在我们身边停下来,这时周围的住户也纷纷走出房子围拢过来,其中一位是村里前任村长的遗孀,村长去年10月猝然离世,据说她受到了很大的打击,70多岁的她有一段时间不能一个人待着,因此妮塔去年秋季去希腊料理家事时,把她也带去了,多少是个陪伴。村长去世后,我还是第一次见到她,只见她身穿一件粉色的外套,脸上带有笑意,精神也不错,看来她已经走出心中的阴霾,恢复了正常的生活状态。

这时候人们围绕在机车周围,欢喜地听着奏乐,音乐声一停,人们拍手鼓掌,然后上前与车上的乐队成员打招呼。我看到乐队成员们都身穿绿色连帽队服，很多队员还穿了保暖外套、戴着帽子，今天不但气温低，而且风很大，他们一大早坐在敞篷车里在村里各处巡游演奏，好不辛苦。一位高大的男士从车上跳下来，手拿相机要给我们拍照，这时我才看清车的外延车身上挂了一圈照片，都是这支管乐队历年"五一劳动节"在村里演出时所拍摄的纪念照片，人们仔细地翻看这些照片，回忆往年这一天的情形，发现照片中有自己身影时，惊呼着指给家人看。短暂的休息后，队员们又都上了车，农机车继续在村里各处巡游演奏。

我们继续向着社区活动中心走去，准备在那里迎候乐队的到来。这时活动中心外的小广场上已经聚集了一些村民，大家都穿着保暖外衣、戴着帽子。没让我们等待太久，奏着乐的农机车就再次出现了，机车停在了小广场上，然后乐队一支接一支地演奏乐曲，都是德国传统的脍炙人口的乐曲，有进行曲、有老歌曲，有的庄严、隆重，有的轻快诙谐。这时候，活动中心负责人安德莉娅女士向人们分发事先印制好的歌词，人们随着音乐一起唱起来，这情形在阵阵寒风中格外暖人心脾，此时安德莉娅的先生正举着相机把这情景用镜头记录下来。

演奏结束后，人们三五成群地打招呼、寒暄，这时安德莉娅走过来跟我握手。我们半年没见面了，她还是那么清瘦，原本1.8米的身材就显得更加瘦高，虽然她已经年过60了，但五官仍然非常清秀。作为村里社区活动中心的负责人，她是这项活动的组织者，她告诉我说今天来的人并不多，因为很多人还在休假未归。

奏乐结束后，乐团成员被邀请走进社区活动中心。这里正在进行着每周日的例行早餐聚会，前来参加的人员，每人带来自家的食物，摆放在一起就是一顿丰盛的早餐。咖啡厅里几乎坐满了，吃完早餐的人们在喝咖啡聊天，有人在厨房里准备盘子刀叉，有人忙着往餐桌上摆放咖啡壶、黄油、牛奶、白糖给刚进来准备吃早餐的人们，乐队成员们排着队等候取食。一位三四十岁的高个子男人对我说："我们是来自邻村Meine的一支管乐队，每年'五一劳动节'都会来你们村演奏，这个传统已经延续了30多年了，明年你还会看到我们的，哈哈哈哈……"说话的是乐队队长。平时并不经常碰面的人们，此时互相问候、一起聊天。咖啡厅里吃早餐的、喝咖啡的、聊天的，这个"五一劳动节"过得热闹、温暖、实在。

中午时分，乐队队长一声招呼，队员们准备离开了。农机车再次发动起来，"突突突突……"载着他们离开，村民们纷纷向他们挥手道别，再见了，明年"五一劳动节"再见！

（发表于德国《华商报》2018年5月15日第457期）

# 我的"独门绝技"炒面

在中餐那众多令人眼花缭乱的各式菜肴中,有一款最朴实、贴心,也是我最钟爱的,就是炒面。记得70年代末上大学期间,常常与同学相约去校园外街头小馆,吃一盘肉丝炒面,然后带着一个无比满足的胃返回学校继续学习。当年那种温暖、贴心的感觉在心中久久不散,历经风雨沧桑,没想到几十年后在异国他乡的德国,我得以把一道小小的炒面发扬光大、闻名街坊邻里,而且竟然演变为一个颇受追捧的"独门绝技"。

在北方长大、对各种面食着迷和喜爱的我,在初来德国生活时颇感失落。不甘落寞的我,自己动手丰衣足食。我试着用最普通易得的意面,替代手擀面,用家里仅有的干黄酱替代酱油,用牛肉猪肉混搭肉末替代肉丝,用洋葱、胡萝卜等青菜替代圆白菜做了一次炒面,结果大获成功。不仅味道不打折扣,这些异国食材加上自己配置的酱料,反而使炒面增加了异域风情,使它别具一番风味,令我心中大喜。

那年父母来探望,吃了我的炒面后十分喜欢,喊着下次要亲眼看我怎么操作。其实过程非常简单,超市里最常见的500克装意大利面,水开下锅,兑水两次,灭火盖盖儿焖2分钟,炒肉末放糖、胡椒、酱油调味,水调豆瓣酱、干黄酱、自制辣椒酱,多功能电炒锅一只,辣椒碎洋葱丝下入热油中,冰箱里的任何青菜,豆芽、青瓜、倭瓜、黄瓜、南瓜、西葫芦、胡萝卜、圆白菜、白菜、盖菜、菠菜、油菜,信手捻来切片扔进锅里,意面、肉末和酱料下锅,炒勺挥舞一番,只几分钟一锅鲜

第二章　143

香浓郁的炒面就新鲜出锅了。

　　家人朋友围桌而坐，一只炒锅升腾起股股青烟，散发出阵阵香气，即炒即食，从头吃到尾炒面始终是热热的。既省去了独自厨房操作的辛苦，又增添了融融之乐，更重要的是那份贴心、踏实的味道，味蕾满足之后是心里的满足。父母来时我们吃过多次，屡吃不爽，他们感叹："想不到炒面被你这样一做还真是别具一番风味呢，我们以后也可以这样做着吃。"父母的褒奖，是对我的莫大鼓舞，从此我便一发不可收拾，各种场合、各种情景，只要需要我这个看家本领就有了用武之地，无论是忽然造访的朋友，还是不请自来的邻居，到了饭点儿我都会弄出一锅炒面来款待。

　　邻居安德莉亚和她的两个女儿爱吃镇上中餐馆的炒面，有时打电话让人送外卖上门，吃过了我的炒面后说这是她们吃过的最好吃的炒面。一次与几位德国女友聚会，我提议给她们做炒面，她们十分高兴，于是我自带锅具、食材，在女友家支起炒锅、挽起袖管三下五除二做了一大锅炒面供大家分享，她的两个上中学的孩子也加入其中。朋友英戈70岁大寿时，租用村里活动中心的餐厅，邀请了80多个客人，一些好朋友带了自制的菜，我的炒面自然不可或缺，从不吃辣的德国人过来跟我说："好辣啊，但是好吃。"看着没多一会儿就底朝天的炒锅就知道他们也喜欢。邻村里居住的警察朋友威尔弗莱德50岁生日派对，我也贡献了我的炒面。一次家里有一个热力项目研讨会，把热力公司的人和几个感兴趣的朋友邻居也一同请来，老公说之后要准备一个便餐，我立刻想到的是我的拿手炒面，此外还做了炒饭和汤。邻居安卡因为当天约了两个朋友聚会不能来，但当她听说我准备做炒面时，当即改主意。她跑来跟我说："你能给我做三个人的炒面吗？我到时候来取。"原来她们原定去一家希腊餐馆聚会，但是她觉得我的炒面比希腊菜好吃多了，就把聚会地点改在她家，吃我的炒面。那天我不但给她做了足足三个人量的炒面，还为她们做了一小锅中式番茄鸡蛋紫菜葱花汤。第二天我去取锅时问怎么样，她说她们吃得好满足。

就这样我的"独门绝技"炒面，不但满足了自己和家人，在我们村里、在我的朋友圈里也享誉四方，所向披靡。

（发表于德国《华商报》2016年11月15日第421期）

# 遭遇鼹鼠

我对鼹鼠的了解，来自于80年代末期捷克著名动画片《鼹鼠的故事》，电视画面中一只愣头愣脑的小家伙从地底下钻出来，它忽闪着大眼睛，支支吾吾、咿咿呀呀、憨态可掬，一下子吸引了当时只有两三岁的我女儿的注意力，她目不转睛地看得如痴如醉。播完之后，她喊着还要看，于是我就录制了很多集，常常在女儿的要求下陪她一起观看，这才了解到这是一个极具童趣、娱乐、轻松的片子，它同时兼具幽默、夸张、抒情的特点，对儿童颇具诱惑力，连我这个大人也被深深吸引了。它时而是小画家、小工匠、小音乐家，时而又摇身变作小园丁、摄影师、化学家，甚至还当过电影明星、小裁缝。它天生胆小、心地善良，却又充满好奇心，时常冒出些机灵聪慧的小火花。"鼹鼠的故事"系列动画片包括小画家《鼹鼠和伙伴们》《鼹鼠和电视》《鼹鼠做裤子》《鼹鼠和宇宙飞船》《鼹鼠和雪人》《鼹鼠当医生》《鼹鼠和雨伞》《鼹鼠和玩具汽车》《鼹鼠和老鹰》《鼹鼠和兔子》等等，让人百看不厌，我数不清曾经陪女儿看过多少遍。毫无疑问，它不仅给我女儿的童年带来了欢乐、幸福时光，而且鼹鼠那可爱、憨厚的形象已经深入我心中。据说"鼹鼠的故事"系列动画片中的《鼹鼠做裤子》，还获得威尼斯电影节银狮奖，之后其他以小鼹鼠为主角的多部影片陆续在全球十几个国家获奖，根据影片改编的图书也随之风靡全球。多年来，小鼹鼠的故事一直深受孩子们的喜爱，以小鼹鼠为主角的系列图画书在世界各地获得了极高的评价。

一天我和先生在花园里散步，忽然他大喊："有鼹鼠！""哪儿呢？哪儿呢？"他指给我看，只见草坪上几处新掘出的小土堆，走近查看，土堆大约高出地面二三十公分，松松地摊在草坪上。"好久没有鼹鼠光顾了，记得上一次还是几年以前，也是这样，它们在地上到处挖洞，很快就把你的草坪搞得一塌糊涂。你要是在地里种了东西，它们都给你祸害了。走，我们去房子后面院子看看。"果然那里也有几个土堆，他蹲下来仔细查看鼹鼠的洞穴，他解释道："在洞穴通道中的鼹鼠必经之处把钳子安好，神不知鬼不觉，鼹鼠再来时，它会使劲钻过去，咔！"他的大拇指和食指比划出一个钳子的形状，嘴里铿锵有力的一声"咔"，双眼冒出凶光，我心里不禁一抽。此刻我脑海里闪现出《鼹鼠的故事》中那可爱、憨厚，头上顶着三根毛、嘴里不时咿呀呜呜的小鼹鼠模样，心有不忍，"非要杀死它们吗？"我问。"哼哼，难道由着它们把我的花园搞烂！？"此言一出，我也觉得自己有些明知故问，一会儿先生取来工具，一把长长的、像拐棍一样的木棍，一头带有弯型把手，另一头有着铁皮包裹的尖头，他把尖头插进土中，试探着寻找洞穴的交叉口，这个过程并不复杂，很快就找到了。"哈哈，在这里。"他用铲子挖开地表土层，在洞口处设下了夹子，再把长长的木棍垂直立在地表做标记，以防有人走过不小心踢到钳子，然后再把原来掀开的地表土层连带着草一起原样盖在洞穴上面，好像这里什么也没发生一样。如此这般地又设置了第二个夹子，一切就绪后，他站起身拍拍手上的土，"嘿嘿，这下它在劫难逃了，很快就会把它抓住，到时候你就看好吧。"他胸有成竹、势在必得。"就设两个夹子吗？"我问。"嗯，别看这么多土堆，实际上都是两三只鼹鼠干的。""哇，它们这么能干啊！"我不禁感叹。"可不吗，你可别小看它们，它们能挖着呐。它们的两只前爪长长的、嘴巴尖尖的,生来就是为了在地下挖土用的,像掘土机一样,工作效率很高,速度也很快。不过我们会一个一个地逮住它们的,哈哈。"

  第二天,我正坐在钢琴前聚精会神地练习德彪西的《月光》,先生走进来神秘兮兮地在背后说:"你想看鼹鼠长得什么样子吗?"我立刻停下来,抬起头看他:"怎么?你逮住它了?"他点点头,向我一招手,我跟着他来到院子里昨天设置钳子的土堆旁,他指着钳子说:"你看,钳子的口大开着,说明它夹住了东西,你想看看吗?"我还在犹豫着是不是要看一只无助的鼹鼠被夹得鲜血淋淋的样子,他已经掀开了那块草坪,拿出了夹子,忽地一下高举在我眼前。我本能地躲开,双手捂住眼睛,从指缝中看见一只黑色皮毛的小东西,它显然已经死了,尸体僵硬,使我略感安慰的是并没有血迹。我胆子大起来,放下双手仔细观察它,只见它体长大约十几厘米,两只前爪很长很尖,脚掌向外翻,像两只铲子,这就是为什么它适于掘土吧,而后肢却显得细小,身子矮胖,外形像鼠类,看不到眼睛,据说它的眼睛很小,隐藏在毛发中。想必它是被夹断了骨头、伤及脏器而毙命的。眼前的这只鼹鼠,让我联想起动画片《鼹鼠的故事》中那个憨态可掬的小鼹鼠,它们还是有很多相像之处,只是眼前这只却毫无可爱可言了。

  鼹鼠是一种昼伏夜出的哺乳动物,白天住在洞穴中,夜晚出来捕食,主要以地下昆虫为食。鼹鼠的外形特点非常适合在狭长的隧道里自由地奔来奔去。隧道四通八达,阴暗潮湿,很容易滋生蚯蚓、蜗牛等虫类,这就给它们提供了绝美的食物。鼹鼠成年后,眼睛深陷在皮肤下面,视力完全退化,再加上经常不见天日,很不习惯阳光照射,一旦长时间接触阳光,中枢神经就会混乱、各器官失调以至于死亡。遇到危险时,它们以尖叫震慑敌人,然后伺机逃脱,其声似蝉鸣又似鸟鸣。鼹鼠也吃农作物的根，由于它喜好挖洞、伤害农作物，故为害兽；花园、草坪更不能任由鼹鼠祸害，所以人们对之赶尽杀绝，毫不留情。鼹鼠啊鼹鼠，你为什么要与人类作对呢？

　　这以后三四天里每天都会在院子里看到被鼹鼠挖出的新土堆，就是说还有鼹鼠出没。照此下去，想必不多时我们的花园就会地道纵横交错，而地上满目疮痍了。我忽然明白了先生为什么会对鼹鼠如此这般恨之入骨，必欲清除之而后快了。几天后，第二只鼹鼠落网了，隔了几天是第三只。两周后，鼹鼠终于不再光顾我们的花园了。

（发表于德国《华商报》2013年9月15日第345期）

# 邂逅维斯提尔堡

造访维斯提尔堡（Westerburg）纯属偶然，一个早春的周日从原东德城市哈尔伯施塔特（Halberstadt）市返回的路上，不经意间看到"维斯提尔堡环水城堡"的路标。老公在这一带居住了几十年，从未听说有个环水城堡。一时兴起，我们决定去看个究竟，于是立即掉头拐进小路，向着城堡方向驶去。

路上没有车辆，一条柏油马路直通远方的天际，路两旁是大片大片黄灿灿的油菜花，大地时而被翠绿色的谷物间隔开来，时而又被鲜艳的黄色覆盖，鲜黄与翠绿的色彩就这样在道路两旁交相辉映，连绵不断地在远近的田野和山坡上绵延，红瓦白墙的村庄就点缀在其间。再往上是像海浪一样翻卷的白色云朵，映衬在蔚蓝色的天空中，道路边是两排开满粉色鲜花的苹果树，一直延伸到道路的尽头。此情此景，令人感到像是身处世外桃源、人间仙境一般。

在这如梦如幻的景象中，车子开到了路的尽头，一座被水环绕的城堡的外围门楼赫然映入眼帘。这里四处静悄悄，不见人影，只听见枝头的鸟儿在歌唱。停车场上只停着两辆车，可见没人知道这地方。一种得意正悄然地在心里滋长，因为我最爱探古寻幽。走进这座古堡，它的神秘面纱也一点一点被揭开来。

只见一条护城河环绕着一座城堡，河岸上密布的丛林挡住了视线，只有一座两层高的门楼是唯一的去路。门楼上面挂着几个牌子，其中一个是四星级饭店的标牌，原来现在这里是一座饭店。进了门楼，看到一座环形楼宇，楼宇围绕着一个院落，地面和楼宇的墙壁用碎石砌成，院落中间有一口石井。环形楼宇与一座高耸的防卫性圆锥形城堡相连，城堡的另一边则与一座方形的宫殿相接，从高空看整座建筑物由三个不同几何形状的建筑组合而成。方形的宫殿是历代维斯提尔堡的主人王宫贵族的住所，圆环形的楼宇是仓库及佣人住宿和供圈养牲畜之用，以及作为防御工事的圆锥体城堡。整座建筑物形式非常独特，三栋建筑功能迥异，却非常完美而和谐地连为一体，浑然天成，整体显得古朴而优美。

维斯提尔堡地处德国萨克森—安哈特州中北部，是一座古老的、保存完好的环水城堡，已有近1300年历史。它始建于公元780年，当时这里是一片沼泽地带，那时这里隶属于哈兹（Harz）行政区。第一次有文献记载维斯提尔堡是在1052年，当时的德国帝国皇帝亨利三世，把这个城堡赠给了哈尔伯施塔特（Halberstade）市的主教。接下来这座城堡几经易主，不同的主人对城堡进行了改造和扩建，1618年—1648年德国30年的宗教战争期间，城堡被瑞典人攻击，但并未损坏。1631年维斯提尔堡又被卷入战争，天主教帝国军队占领了城堡，同年瑞典团上校安德烈亚斯古斯率部队围攻，维斯提尔堡竟幸免于难。1701年它归属于普鲁士国王的财产，1807年拿破仑占领德国后，城堡归于拿破仑的姐姐。拿破仑战败后，城堡重新归属普鲁士国王，直至1945年二战结束。

1945年4月维斯提尔堡被美国和英国军队占领，7月又被苏联军队占领。二战后初期，城堡被用于安置大批从德国东部地区被驱赶和丧失家园的民众，之后这里归于东德，被用于幼儿园、学校、医院、人民公社办公室、农夫居住以及牲畜圈养等。1989年德国统一后，2000年Lerche家族买下了城堡，重新修缮后，改造成饭店和SPA疗养中心。这里有巨大的泳池和SPA池，人们慕名来这里疗养身心。

经过历史的洗礼和岁月的沉淀,今天维斯提尔堡已经演变成一个纯粹的休闲、度假、娱乐的去处。这里经常性地组织各种富有特色的活动,如中世纪晚餐会,宾客身着中世纪服饰,在拱形屋顶的餐厅里,点燃蜡烛,喝着中世纪时期的饮料,吃着中世纪特色的菜肴,席间人们也尽量模仿那个时期人们的行为举止。餐具只有刀具和勺子而没有叉子,肉食是大块的,食客可以自己动手从大块的肉上面切下小块食之,还有人弹奏当时的乐器娱乐众人,这一切仿佛要把人们带回到几百年前的中世纪时期。

穿越时空旅行,人们身着1618年—1648年30年宗教战争时期的服装,表演当时的生活场景,及当时的德国军队和瑞典军队演习的场景,展示当时的军队服装以及射击表演。

除此之外,周末还安排有交谊舞会,有南美的Salsa舞会、拉丁舞周、阿根廷探戈、舞厅舞等,爱好交谊舞的人们从德国各地聚集到这里,尽情地享乐其中。

夏季则是文化活动最为丰富多彩的季节,这里会安排室外音乐会及戏剧表演,有北方哈兹山戏剧团演出的《罗密欧与朱丽叶》,"音乐历史之旅——穿越时空的长笛演奏",邀请当地交响乐团演出夏季音乐会,演奏著名音乐家的古典乐曲,包括莫扎特、施特劳斯、柴可夫斯基、爱德华·埃尔加、马克斯·布鲁赫、德彪西的曲目,还有歌剧演出"莫扎特之夜""意大利之夜"等专题音乐会。我想象着,在环形楼宇围绕的庭院里,在夏季的夜空中,回荡着意大利歌剧"普契尼"中托斯卡的咏叹调,抑或是德彪西的钢琴曲《月光》,那该是怎样的美妙无比啊!

傍晚,我们来到维斯提尔堡的餐厅准备享用一顿晚餐,餐厅的布局很特别,墙壁开了很多拱形门洞,门洞外又套着门洞,拱形屋顶纵横交错。餐厅里不点大灯，而是在墙上挂满烛火一般的小灯，市内光线昏暗，而那互相交错的拱形门洞里，透出点点烛火，好似中世纪时期烛光闪烁的景象，墙上的画像里是中世纪的妇人，这里的一切布置都充满了浓郁的中世纪的神秘感。在这样的氛围里，无论吃什么都会混进一种神秘的味道。

至此，我们的维斯提尔堡探古寻幽之旅算是完美收官，真是意犹未尽。他日定会择机重游，那或许是一个夏日的室外古典音乐会之夜，再续与维斯提尔堡之约。

（发表于德国《华商报》2017年9月1日第440期）

# 世界杯在德国

德国人一向是深沉、内敛的，甚至是严肃、古板的，然而世界杯让我看到了他们激情澎湃、热情奔放的一面。德国人酷爱足球，这无疑是他们的狂欢日，世界杯期间，德国各地到处洋溢着一种亢奋的氛围。由爱足球到爱国，足球就像是一个腾飞的火球，飞到哪里，哪里就燃起了爱国激情，以致整个德国上下迅速成了一片欢腾的火海，到处是激情燃烧的火焰。据报道，德国有3500万人观看了比赛，创造了新纪录。另一方面员工每每因熬夜看球导致次日消极怠工，也让雇主们忧心不已，据调查，50%德国球迷表示，但凡有德国比赛，第二天上班时就会开小差，2%请病假翘班，只为看足球。据说2010年南非世界杯期间，德国因球迷无心工作造成的损失达80亿美元，相当于GDP下跌0.27%。

笔者6月下旬驱车从德国中北部南下到巴伐利亚州，又经由不同路线返回北部，沿途各地看到德国国旗处处飘扬，无论是乡间小院，还是城镇的大街小巷，国旗飘扬在一个个小院房前院后、一个个公寓的窗口和阳台、一个个酒吧小馆的墙上、一辆辆驶过的汽车上。人们的生活用品一夜间都变成了国旗三色，雨伞、草帽、帆布椅、编织袋、背包、眼镜、丝巾，等等。汽车成了人们最钟爱的国旗载体，街上驶过的车辆上国旗飘飘，有人在爱车上插满了国旗，几乎车的所有部位都可以用国旗装饰，车顶棚、两个后视镜、前机箱盖、后窗，甚至加油箱盖巴掌大小的地儿也包裹了国旗，这是我多年来不曾见到过的景象。德国人的爱国情节一向被深藏心底，毫不张扬，而这一次他们充分释放了多年来压抑的爱国热情，让那豪迈的民族自豪感毫无保留地释放和张扬了一回。

此情此景，让我不由得想起4年前上届南非世界杯德国对西班牙的那场半决赛。德国驻京大使馆邀请所有在中国的德国人及其家属一同观看比赛，正在北京的我与约两三千人参加了活动，香槟、啤酒、德国面包、小吃，分发德国国旗和以国旗三色制作的围巾和网球护腕，室内外设置了三块巨型屏幕，比赛开始前放映了史上德国队参加世界杯的纪录片。大使和夫人与人们一同观看比赛，虽然最终德国队以0比1负于西班牙队，但活动自始至终气氛热烈而有序，他们并不大喊大叫，而是在精彩之处报以掌声和喝彩，全场齐声唱起了德国歌曲，那种民族荣誉感和集体主义精神，让我印象深刻。另一次是2008年欧洲杯德国对西班牙决赛那场，当时我正在德国，只有2000多人的村庄，在村里的网球俱乐部设置了大屏幕，人们聚集在一起，喝着啤酒观看比赛。虽然最终德国队败给西班牙队屈居亚军，而享受足球、其乐融融的氛围，让我看到了德国人对足球的热爱。

今年的世界杯，我感受到了完全不同的氛围，一种久违了的、热烈而广泛的爱国情怀和民族自豪感。6月17日下午4点，笔者正从德国大众汽车总部所在地狼堡市中心经过，中土运河以北绵延6公里的大众汽车集团公司，还没到下班时间，然而此时路上车水马龙，提前下班的大众职员车辆正源源不断地从路北数公里的露天停车场每一个出口驶出，汇入川流不息的车流。街上人们行色匆匆地朝着各自的方向快速奔走，每个人心中只有一个念头，就是尽快赶回家，在晚6点之前和家人、朋友一起，守在电视机前观看德国对葡萄牙的首轮比赛。德国对阿尔及利亚那场，笔者正在巴伐利亚州菲黑塔赫度假村逗留，当晚在河边木屋外架起了大屏幕，来此度假的人们更愿意聚集在一起边喝啤酒边观赛。每一

第二章　155

场德国队参赛的比赛，都牵动着人们的心。第二天在班上、邻里间、网球场、酒吧里，人们还热议着、回味着。我能感受到人们的热切期望，对自己的球队更是无比爱戴和无条件支持。那些万人空巷的夜晚，那些激动人心的时刻，那一个个匪夷所思的进球，魂牵梦绕，多少翘首企盼的等待，终于德国队不负众望地捧得大力神杯。那一刻，整个德国沸腾了！在柏林勃兰登堡门球迷大道，50万球迷迎接英雄凯旋的场景，使庆祝活动达到了高潮。那些自发从二三百公里以外各地赶来的人们、破晓前便开始聚集在此的球迷们，欢唱着"这就是冠军！"等待他们爱戴的英雄。一位来自柏林的51岁架子鼓老师激动地说："我们配得上这个冠军！我们的小伙子们值得拥有荣誉！他们有最强的意志，这是其他任何对手都比不上的！夺取世界冠军是德国历史上新的一天，今天之后，我们的国家获得了新生！"他的话代表了德国人民的心声。毫无疑问，世界杯冠军不仅给德国带来了荣誉，更激发了德国人空前的爱国热情。

赛后第一时间，德国电视媒体采访勒夫时，问他是否考虑续约，勒夫说："现在不是讨论这个问题的时候，现在应该是庆祝胜利的时候。"回到德国后他一直被媒体追着问同一个问题，他说："我不明白，我的合约还没有到期，怎么现在该讨论合同续约的问题吗？"德国球迷大都是勒夫的粉丝，也许这就是为什么人们一直关心他的续约问题吧。而德国妇女却并不像大多数中国女球迷那样迷恋他的外表和气质，我问过一些德国妇女："中国女球迷大都认为他很帅，你们怎么看？"她们似乎并不以为然，倒是一致看重他的执教成绩。过去的十年，在104场比赛中，勒夫执教的德国队赢得了77场胜利，这是德国队教练史上最好成绩。德国政府向勒夫和两位助教弗里克和赫迪拉三人授予了一项特殊荣誉——用他们的名字命名一条街道。勒夫出生在黑森林的舍瑙镇，当地政府将会用勒夫的名字命名一条街道，赫迪拉和弗里克也享有同等荣誉。从庆典以及政府的举措来看，德国队的英雄们享受到了无比隆重的欢迎仪式，他们配得上这样的奖励和人们的赞誉。

世界杯结束了，而人们那被点燃的爱国热忱却久久不息，国旗依然处处飘扬，有关足球的话题仍然被人们津津乐道。德国媒体刊文写道：德国队获得冠军，在许多因素中，我们更看重以下两点的启示：

一、我们加在一起会很强大。只有巨星并不能带来成功，很明显地德国队团结一致，没有人因为不能上场而抱怨，没有人对主帅勒夫的排兵布阵指手画脚，没有内讧，每个人都沉着、积极、全力以赴地投入，这种效应被德国队员们一次又一次地证明了。合作原则胜于像洛宾、梅西、内马尔、C罗这样的巨星。

二、德国队完全置身度外于恶意、怨恨、幸灾乐祸。当他们在大胜巴西队之后，真诚地安慰巴西队员和教练，而并未表现出得意扬扬、傲慢无礼的场景，令人印象深刻。对对手的尊重，缘于内心的强大。

文章最后说以上两点对人们的影响，借由足球传达而注定将超越足球的范围。

德国队的精诚合作，是各方一致公认和推崇的制胜法宝，然而合作才能取胜的道理尽人皆知，怎样才能做到最好的合作，恐怕才是问题的关键所在。正确的态度和坚定的信念，最是难得。勒夫说："德国队必须在巴西无怨无悔地面对一切艰难险阻……""带着抱怨和烦躁会必输无疑，以消极的态度去比赛是不会成为世界冠军的。"德国队员正是有了这种不畏艰难险阻和失败挫折、坚忍不拔的精神力量，在面对困难处境时，才能有沉着冷静、专注执着、坚持不懈的意志力，这种信念贯穿全队每个队员，也得到了勒夫的充分肯定："球员们总是表现得非常勇

第二章 157

敢,无所畏惧。"而这种品质并不是一蹴而就的,是勒夫经过十年精心调教和理念灌输的成果,他们也经历了无数逆境和挫折的磨炼,终于百炼成钢。

世界杯带给我们什么启示?每个人都有自己的思考,德国媒体Kopp也有着另一番见解,他们写道:

每次德国获得世界杯冠军都是与德国国内一个重大的改变联系在一起:

1954年,经过1945年二战结束后,开始了一个"经济复兴"的奇迹。

1974年,在"1968年革命"之后,社会两股力量的博弈最终平息。

1990年,东西德国重新统一。

除了1974年,另外两次都是开启了德国的重要阶段,今天我们也可以期待在不久的将来会发生什么。美国国家安全局以及其在德国的间谍丑闻最近频频曝光是第一个暗示,也许德国将开始摆脱美国人和英国人的控制和占领。很多预言表明德国将自由,并且将成为一个积极角色的楷模,而且对他国将无负面影响。

德国获得世界杯冠军,除1974年以外,总是发生在中国的马年,2014年又是一个马年,而在这些年份总是伴随着巨大的社会变迁。当然有人会说这只是一种巧合,而另一些人则会警觉,所有的事物总是相互间有着某种关联,甚至像足球这样"微不足道"的事物,而足球带给人们的影响没有人能否定。

文章说另外还有一点,就是德国对巴西的半决赛,每一个观赛的人都能感受到一种震撼。在世界杯半决赛,而且是对巴西,甚至是在巴西主场,在赛前是绝对让人料想不到的,每个观看的人都觉得不可思议,特别是当10分钟内进了4个球时，每个人都惊呆了。而7比1这个比分，可能预示着某种事物的变化。我相信我们得到了一个讯息，而这绝不是人为操纵的，从命理学的角度来看7这个数字，它在《圣经》中是一个魔幻数字，7个好年景紧接着是7个坏年景，1比7可能意味着我们期待着仅仅7年的混沌无序之年，而不是两倍的14年或者三倍的21年。我们期待着在不久的将来可能发生的事情将会改变现状，也就是说可能发生的事情是许多人们无法想象的。还是7这个数字，似乎7月份在许多预言中是一个有决定性事件发生的时间，曾几何时马航MH370与波音777型机，都有7这个数字，是巧合吗？

　　文章发表一周之后，另一起大事件发生了，马航MH17客机坠机，同样是777型机，而这起事件的背后是否隐藏着更大的政治阴谋？它对当今世界格局有着怎样的影响？

（以《德国人用足球释放爱国热情》为标题发表于2014年《世界博览》热点栏目第15期）

第三章

# 盖尔斯塔尔

盖尔斯塔尔（Geiersthal）是德国南部巴伐利亚山区的一个小镇，我和先生本是来巴伐利亚州的一个叫作维希塔赫（Viechtach）的城市办事，这是我第一次来到巴伐利亚州，它的名气即便是对于像我这样对德国地理一无所知的人也是如雷贯耳，此行对我来说期待已久。

一路上我先生驾车，而我则前后左右四处张望，两只眼睛不够用，为了能更好地观赏沿途风光和风土人情，我们特地不走高速路而专走普通公路，盘坡绕村、高低起伏、穿过村庄田野、小镇，饱览各色美景和风土人情。6月初，这里虽仍然是春季，夏季要到6月21日才开始，然而28度的炎热气温一点也不比夏季逊色，阳光明媚，白云朵朵，田野里的黄牛和奶牛们懒散地吃着草或卧倒在地上打盹，马儿们则三三两两地在草场上或吃草或散步，有的则站着睡觉。除了只有房前屋后的小片土地种了些蔬菜瓜果外，大片大片的土地上种的都是草，我很纳闷为什么不种粮食、蔬菜或者水果呢？先生告诉我说那草可不是野草，而是专门种植用来喂养牲畜的，主要是牛和马匹。牲畜的食草量很大，为了储存大量的草以备过冬，每家农户都有很大的仓库，与牲畜房合二为一，草长高了的时候就收割、晒干，然后卷成一个个巨大的草垛卷，再罩上塑料袋运到仓库里储存。哦，原来常常看到田野里一个个巨大的草卷，却不知是做什么用的，现在明白了。先生还告诉我，德国人当今的膳食中，习惯性地喜欢大量的肉食而少有蔬菜和水果，这也是为什么种植蔬菜较少的原因。有人研究过，一块土地种粮食、谷物可以养活的人数，与种草喂养牲畜可以养活的人数相比较，前者竟然是后者的三倍之多，可见一块土地就能养活的人口来说，种粮食、谷物和蔬菜要比喂养牲畜效率高很多，这听来倒是蛮有趣的。想想中国这样众多的人口和这样有限的土地，恐怕我们到什么时候也都还是会以种植粮食、谷物和蔬菜为主吧。在德国也很少看到种植玉米的，因为玉米是我的最爱，什么时候看到都一定会买来一两根，立刻大快朵颐起来，吃起来满口留香，而在德国也极少看到有卖玉米的，问起来才知道原来玉米也是用来喂养牲畜的。他们竟然拿这么好吃的玉米去喂牲口，难怪从不见有卖玉米的，他们的牲口也太幸福了吧！

在路上看到一块给游人的示意牌，上面有典型的巴伐利亚山区房屋内部的结构示意图，大屋顶下面，分成三个部分，左边的部分是居住区，几间卧室、厨房和卫生间，中间是牲畜棚，右边是仓储，放置粮草。当漫长寒冷的冬季来临时，不管外面再怎样的冰天雪地严寒，任何牲畜都不愁挨饿，有足够的粮草过冬。看到此，我想起这两年一到10月底12月初，就有报道说新疆因大雪提前来临，牲畜被冻死以及粮草紧缺的情景，政府紧急组织救援，调运粮草，看到电视里牛羊被困在一米多深的大雪中，我就想不知道它们该怎样度过漫长的冬季，很替它们担心呢。

不远处一座小山峰上耸立着一座损毁的古城堡，据说城堡始建于1340年，由当地一个姓氏为Nurburg的家族建的，这个家族在当地很富有而且有势力，它的势力不断扩大，后来被当地的公爵联合了其他家族打败了，城堡也在战争中损毁，只剩下仅存的石砌底座和外墙，高高的塔楼也成了一座中空的石头建筑。登上15米高的塔楼，远眺四周，才明白这座城堡所处的重要地理位置，它处于这个地区的最高山峰，而且位

第三章　163

于中心位置，周围的景象一览无余，方圆一百多公里的山区，中间是较平缓的地带，密集地建了村落和小镇，一色红色瓦顶的房子，显得整齐美丽，周围是郁郁葱葱的巴伐利亚群山，层层叠叠、绵延起伏、错落有致，虽然最高的山峰海拔也只有1100米，没有雄伟的高山峻岭，却胜在它的田园风光，让人流连忘返，就如同一位少妇，虽没有惊人的美貌，却以她特有的雍容和甜美气质，倾倒芸芸众生一般。那一份怡然自得的恬静和美丽，也是十分具有诱惑力的啊！

晚餐后，我们开车在附近转悠，正是傍晚7点多，德国的春夏季，白天很长，直到晚上9点多天才开始渐黑。忽然一座装饰一新的饭店赫然出现在眼前，旁边是一座教堂，前面有一条小河，周围有三三两两的人走动，这在总是安静的德国乡村是很少见的，我们决定停车在附近走走看看。车停在了饭店后面，转出来时看到了一个牌子，写着盖尔斯塔尔（Geiersthal），才知道这地方的名字。我们细细地端详眼前的建筑，这是一座三层的木质小楼，典型的巴伐利亚式古典建筑，我先生推算至少有300多年了，但是修饰一新，完全看不出它的实际年龄。外墙上写着水疗按摩、桑拿、蒸气浴、理疗，饭店旁边开设了室外酒吧，几个巨型遮阳伞下是一张张桌椅，已经落座了很多客人，他们三五成群地喝酒聊天抽烟吃饭，显得非常轻松快乐，享受着这初夏黄昏的宁静与惬意。服务员们手托着托盘在桌子间穿梭往来，桌子上的蜡烛星星点点闪烁跳动，像夜幕下的萤火虫，在村里走了一圈，安静得很，没有人走动，房子里大都没有电灯，想必人们都去了饭店的酒吧了吧。饭店旁边的小溪边，一个穿黄色T恤衫的小男孩儿在草地里来来回回地找寻，他的脸被焦急扭曲了，快要哭出来了。上前询问时，他两手张开一下，摸摸脑门，一下又捂住脸，一下又无奈地抛开去两边，同时脸上抽搐，表情丰富而又复杂。他说他丢了脚踏滑轮车，那是他爸爸刚给他新买的，这可怎么好啊？看他那样子，我们赶忙帮他四处寻找，其实那脚踏滑轮车就静静地躺在他身后的一棵小树后面。当我们告诉了他以后，他马上跳到小树后，扶起脚踏车，脸上顿时释然地绽开了笑容，同时又后怕似的解释着、道谢着，一边脚滑着车离开了。我们散步走向旁边的高坡，站在高坡上放眼望去，这一带地处丘陵地带，绵延起伏，满眼绿色葱葱，大片大片的绿草地，野花绚烂点缀其间，清一色的红色瓦顶的房屋有序地分布在绿色的田野间，一直延伸到远处。在它的尽头是夕阳西下，天边被染成橘色，一派无比宁静祥和的乡村田园景象。

大教堂也像是新修缮的一样簇新，对于这样一个普通的村庄来说，这座教堂显得大了些。教堂旁边的一个用花岗岩砌成的半圆形纪念坛，引起了我的注意，走近细看，才看清原来是战争纪念碑。石碑中央刻着象征德国军队的十字徽章，以及一个戴着钢盔的军人头像，石碑上刻着在1914年～1918年一战期间，这个地方战死的军人名字，一共有64人。另一块石碑上刻着1939年～1945年二战期间这个地方战死的军人名字，数了数一共有149人，这让我惊讶，想不到这样一个小地方竟然有149名军人死于二战，而这还不包括平民。靠着中间石碑的地下斜放着一个由白色鲜花和绿色植物编成的花圈，今天并不是周末或是什么特殊的日子，想来定是有人每日来此献鲜花。纪念坛虽不大，只有一米五左右高的石碑显得格外低调，然而那种庄严肃穆和悲壮氛围，让人久久不能释怀。事后一直不能忘却此事，我想象着德国会有多少军人在二战中战死，又有多少平民死去。这引起了我的好奇心，随后在巴伐利亚州几处游走探访，发现每一个村庄的教堂旁边都修建了战争纪念坛，如出一辙地设有刻着死亡军人名字的纪念碑。所有的纪念坛都被人精心维护，被绿色植物和鲜花围绕、簇拥。后来我每到一处都有意识地查看，发现各地都是如此。

好奇心的驱使下，我开始查阅资料了解二战中德国的死亡人数，以下就是我了解到的：德国有200多万人死于第一次世界大战。第二次世界大战中，德国有450万人死亡，而1945年二战结束后，德国有850万人死亡，其中有100多万人死于饥饿，这中间大部分是平民。原因是战胜国英、法、美迫使德国签署和平条约，条约内容包括：德国割让15%的领土给波兰、丹麦、比利时、意大利和法国，所有工业、矿产都拱手交给英、法，交出所有军舰、坦克等重型武器，及民用飞机、轮船等。除此之外，还有大笔战争赔款。德国拒不接受这样的和平协议，随即英、法、美等国对德国实施经济制裁和食品封锁，联合国对德国实施制裁和食品禁运。面临周边战胜国的包围，在不到一年的时间里，德国由于粮食自我供应和生产严重不足，而有100多万人因饥饿而死，面对空前的困境，德国政府不得不妥协，同意在不平等的协议上签字。

2010年10月5日，德国媒体异常低调地以小篇幅报道了德国终于在第一次世界大战结束九十二年后，在支付了最后一笔赔款之后，连本带息全部付清了第一次世界大战的战争赔款。而德国在第二次世界大战中的死亡人数增加到500万人，其中大约150万人死于战争结束前盟军对德国的轰炸，近1000多个城市遭到轰炸，盟军的目标是彻底摧毁所有人口在千万人以上的城市。

（发表于德国《华商报》2017年3月1日第428期）

# 为逝者的纪念

在德国，每座村庄、每个小镇、每座城市都有墓地，葬着本地逝去的人们。无论所到何处，我都会去墓地走走看看，那里会有意想不到的故事。

在我每天开车经过的一段崎岖蜿蜒的乡间小路边，竖立着一个很小的白色十字架，十字架上写着"玛丽娜"，十字架前总是摆放着一束五彩的郁金香。这里曾有过一场车祸，无情地夺去了一位花季少女玛丽娜的生命，她的家人以这种方式纪念她。

一日，我和先生去拜访他住在科隆附近小镇Overath的亲戚，午后喝过咖啡、吃过蛋糕，我们出去散步。走过大片森林，穿过潺潺小溪，在返回的路上经过教堂时，看到教堂后面被郁郁葱葱的绿树掩映的一大片地方，我问先生："那边是什么？"

"是村里的墓地。"我一听是墓地兴致就来了，想看看德国的墓地是什么样子，拉着先生就往墓地走去。

墓地坐落在山坡上，茂密的树林围绕，四周有围栏，里面意想不到的开阔。绿茵茵的草坪覆盖着高低起伏的山坡，绿植都被精心修剪过，树木排列有序，地上没有落叶，干净整洁，鲜花处处盛开。如果没有墓碑，这里跟普通花园没什么两样，然而一排排墓碑顿时给这里增添了肃穆的气氛。每个墓地大小、材质、设计各异，有的壮观、有的简朴，有的简单得只在墓碑两旁各栽种一棵松柏；有的只在墓碑下、碎石子铺成的墓地上放一块心形石头算作墓石；而有的除了墓碑、墓石外，还有雕像，周围还有石栏杆围绕。而相同点是每一处墓碑前都栽种了鲜花和绿植，有的还有盆栽的或插在花瓶里的鲜花供奉，看来这里常常有访客，带着鲜花前来悼念亡人。处处盛开的鲜花，让人感到脉脉温情，寄托着生者对亡灵的无限追思和怀念。细看墓碑上的刻字，大多数碑文只是简单的名字和生辰，有的还有某某缅怀和牵挂的字句，有的则有更多的信息，例如逝者生平、所经历的重大事件、死因、生前成就、职位、头衔等，有的还镶有照片。我不由得借着这些信息推断起死者的身份和生平，跟先生边讨论边从这些墓地中走过，一个个墓碑看过去，有种穿越时间隧道的感觉。生老病死、岁月流逝、历史沿革，恍若隔世。

举目望去，前方高坡上有一片异常壮观的墓地，走上前才看清这并不是某个人的墓地，而是一个集体墓地，有两块半圆形的墓碑并排排列，石面有些许斑驳，显然年代已久，墓碑上除了字迹外，没有任何雕饰。上面刻着"我们社区战死的军人"，第一块墓碑上写着1914年～1918年，下面是一列名字；第二块墓碑刻着1939年～1945年，下面也是一列名字。噢，原来这是战争纪念坛，上面记载的名字是一次和二次世界大战中战死的军人，他们曾是小镇上的居民，在这里出生、长大，这里有他们的亲人。他们不仅是军人，更是儿子、丈夫、父亲、孙子、兄长、情人、未婚夫……站在墓碑前，看着碑上铭刻的一个个名字，想到他们曾经是一个个鲜活的生命，曾经生龙活虎地活在这世上，他们本该有着美好的生活，然而他们却魂飞烟灭在战火里、在炮弹下、在监狱里、在战俘集中营……纪念坛极其低调、毫无渲染，却无比凝重和悲怆。我被它深深地打动，久久不能自拔。

忽然一个疑问油然而生，是不是每个小镇、每个村庄都有这样的战争纪念坛？从此带着这个疑问，每到一村、一镇、一市，我都要去寻访那里的墓地，去求证。此后，在每一处、每一地我都看到了一样低调、一样悲壮的战争纪念坛，数一数上面的名字，就知道那里有多少人在两次战争中战死，有的甚至还记载了死亡的年月和地点。在我们村的墓地里，也看到了同样毫无雕饰的、青色花岗岩砌成的战争纪念坛，一派肃穆凝重的气氛。不同的是，这里有三块墓碑，第一块墓碑上刻着一战的时间：1914年～1918年，下面有9个人的名字；第二块刻着二战时间1939年～1945年的墓碑下面有22个名字；而第三块墓碑上方刻着"纪念那些被驱赶的战死的军人"，下面有34个名字。他们并不是本村的居民，他们来自那些战后被从家园驱赶来到本村定居的德国家庭。二战后德国领土的四分之一被割让，原本在那些土地上世袭生活的居民有1500万人，被驱赶而流落到德国各地定居下来。因为失去家园，他们的家庭中战死的男人们无处留名，而这块墓碑就是为他们当中的34位而设置的。我感叹德国人对逝者的尊重以及对为国捐躯者的感念，无论来自何方，亡灵都会被妥善安置、悼念。善待故人，就是善待我们自己。我感叹德国人细腻的人文情怀，更加感叹万恶的战争，使多少生灵涂炭、家园被毁，给多少人带来无法忘却的创伤和悲哀啊！

在德国，墓地是由社区管辖的，我们的一位邻居退休后，被社区聘用负责管理所辖几个村庄的墓地。他的职责是维护墓地的绿地、花草、树木、道路、花坛、围栏，等等。因为工作量大缺人手，他又介绍了另一位刚退休的邻居过去工作。墓地的一切被维护得井井有条，这不仅是对逝者的崇敬，更使健在的亲人们感到慰藉。哪家有人故去，就在这里买一块地，然后请人设计、制作。墓地因面积的大小、位置的远近而价格各异。村里的一户有名望的大家族，在墓地中心位置购置了一大块地，一块巨大的山形花岗岩原石竖立着，上面刻着"侯彤普家族"的字样，左边是一棵松柏，右边是一丛鲜艳的野菊花。在它的前面有七块抛光的黑色花岗岩长方形墓石，分布在铺满绿色植物的家族墓地中，每一块墓石上刻着一位家族成员的名字和生辰，既格调高雅、大气，又不过分奢华、铺张。这里的每一块墓地，无论大小、设计如何，无一不是被精心维护的，都栽种了绿植和鲜花，墓碑一尘不染。有一处墓地异常简朴，墓碑是一块未经抛光和修饰的花岗岩原石，前面没有墓石，只有小鹅卵石铺就、花岗岩原石片围绕的一个小长方形，中间是一丛盛开着白色小花的绿植，墓碑上刻着"伊尔萨安娜1909年～2007年"和"玛丽亚吉萨1910年～2007年"。喔，这两位都是近百岁的女士。先生告诉我她们来自村里一个富裕的大户人家，拥有大片土地和农场，一位是这家的女儿，另一位是儿媳，她们的墓地是这样的朴实无华。

我的脚步在一处墓碑前停住了，只见圆形花岗岩墓碑中间刻着大大的十字，十字中心镶嵌了一个面容稚嫩的少年的大幅照片，下面刻着"安迪霍夫曼"，1990年7月2日～2007年3月4日，可怜他去世时只有16岁啊。墓碑上刻着一行字"每一次心跳都离你更近"，这听起来多么令人心碎啊！那刻骨铭心的痛苦，只有这孩子的至亲才能体会吧！再往下看，长方形同色花岗岩墓石的中心，一丛绿色植物拥抱着朵朵橘黄色小花；墓碑旁竖立着的一个铁架上，挂着一对铃铛，或许是这位少年安迪生前心爱之物？紧靠墓碑摆放着一盆鲜花，墓石两边各有一瓶鲜花，像是才放上去的，或许少年安迪的家人常常带着鲜花来看望他。墓石上摆放着三个带有翅膀的石雕天使，一个石雕上刻有"爱远大于死亡"的字样，另一个则刻着"我们深深地爱你"。石碑前摆放着两盏带有玻璃罩的煤油灯，现在是白天，而煤油灯都在点燃着，我想长明灯寓意长相守吧。看着这一切，令我这个毫不相干的陌生人也不禁为之动容。他的父母亲人们，该是怎样的痛惜，怎样的不舍啊！无法想象，他们怎样在漫漫岁月中苦守一生。而他们期待着，期待着在天堂与他相会的那一天，"每一次心跳都离你更近"。

改天，正在村里散步的我，在离家不远的一处房前忽然愣住了。因为我赫然看见这同样的照片被放得很大，镶嵌在这座房子的外墙上，与之并列的还有一排大幅照片，是那个叫安迪霍夫曼的少年从婴儿时期开始每个阶段的照片，直到他离世。我心里顿时一股酸楚涌上来，又想起了墓碑上那行字："每一次心跳都离你更近。"哦，我明白了，这少年无时无刻不是活在这家人每一天的生活里，他们每天都在长相思、长相守啊！

（发表于德国《华商报》2014年1月1日第352期）

（入选《当代优秀华文文学作品选》）

# 汉娜的故事

先生的堂姐戈恩都拉住在200多公里外，叫作自由石（Freyenstein）的小镇，原本他每年都去看望她，可自从他来中国工作以后便疏于联系，一晃几年过去了。一日，先生忽然临时动议要去看望堂姐，而且执意要来一次突袭式的访问。当我们到达时，堂姐正和丈夫在院子里干活，当她看清来人后，跑过来与我先生拥抱在一起，嘴里喃喃地说着："这么多年没有你的消息，还以为你已经死了呢。"说着眼泪已经流了出来，伴着泪水的却是笑容。

她招呼丈夫克劳斯过来，大家彼此寒暄的时候，我打量着这院子，大约有800平方米的四方院子，房子建在一角。这种布局鲜有人家采用，不美观却很实用，可最大限度地利用每一寸土地。院里种满了各种蔬果，土豆、洋葱、番茄、生菜、青椒，还有苹果、樱桃、梨和核桃，与一般德国人家那种芳草萋萋、百花竞放的院子相比真是大相径庭。人们喜欢在自家院子大做文章，总是不吝代价、不惜工本地精心布置，试图营造出一个别具一格的花园，却没有人会在自家院子里种菜，倘若谁家真这么做了，一定是生活窘迫。

我们被请进房子里，堂姐打电话叫来住在附近的哥哥，并拿出自家烤制的、没有奶油的蛋糕，端上咖啡，大家围桌而坐，边吃边聊，气氛融融，我这个外人也能感受到他们之间那种浓浓的亲情。此时，我观察着屋子，客厅面积大概只有十几平方米，陈设简朴而拥挤，都是老式家具，没有沙发和电视，餐桌设在靠窗的位置。我惊奇地看到餐桌上面竟然铺着塑料桌布,这是几十年前中国家庭普遍用的东西,而近年来我在任何地方都没有再见到过。两个多小时后,我们告别了堂姐一家驱车返回。在路上我问先生:"堂姐家的家境不是很好吧?她现在已经退休了还是在工作?老公是做什么工作的?"我问了一大堆问题,先生给我讲了下面的故事。

堂姐的祖母汉娜与我先生的祖母是亲姐妹,后者早在1940年就死于癌症,那时她们一家人住在柏林,而汉娜一家住在原德国东部瓦尔塔(Warthe)河边一个名叫Freiberg的村庄,翻译过来就是自由山。1756年~1763年发生了法国、俄国和奥地利与普鲁士和英国之间著名的"七年战争"。长年战乱之后,国家百废待兴。瓦尔塔河两岸一带是地势低洼、从未开发过的沼泽地,人烟荒芜,为了振兴农业和经济,普鲁士国王腓特烈二世颁布了一系列法令,鼓励和吸引有专业技能的人们移居到这里垦荒,承诺土地奖励政策,对于那些有技能和有诚信的、勤劳的劳动者颁发土地所有证,因此吸引了很多人来到此地定居。汉娜的祖辈就是那时在自由山定居下来的,并且他们也获得了腓特烈二世颁发的土地证书,我先生还曾经保留了那份土地证书的复印件。汉娜的祖先们在这片土地上挖沟渠排水、勤恳拓荒,在他们以及无数像他们一样定居在此的移民的辛勤耕耘下,这片土地渐渐变得肥沃富饶起来,人们也因此变得富庶。

汉娜一家盖起了一栋大房子,当时这里的每个家庭都养育好几个甚至十几个孩子,汉娜兄弟姐妹共有12人,她是最小的一个。家里每个孩子结婚时,都会得到父母赠予的一万德国马克金币,足见他们当时富裕的程度。以至于当战后他们来到当时德国中部的柏林一带时,看到柏林当地人们的生活情景,惊讶地发现柏林人竟然这么贫穷。这是因为比起他们所在的东部来说,柏林的土地相对比较贫瘠,需要更多的土地、更多的劳动付出才能获得同等的收益。他们一家在此过着富足的生活直到二战结束。

1945年2月,根据美苏英签署的决定战后世界新秩序以及战胜国利益分配问题的《雅尔塔协议》,德国25%的领土割让给周边国家,德国的Ostpreusen、Pommern、Schlession、Brandenburg东部以及Silesia地区划分给波兰。由于担心这些地区世代居住的德国人以后会反抗,波兰于1945年及1950年先后大规模驱逐境内1400万原住德国居民,他们的储蓄、房产及一切财产被没收,被赶出家园,强制迁移。没有人愿意离弃自己生长的土地,那些倔强的、不愿被驱逐的德国人,成为波兰人发泄对纳粹仇恨的对象。据德国联邦统计局20世纪70年代调查确认,在德波边界奥得(Oder)河以及尼斯(Neisse)河以东地区,约有3300个城镇乡村发生过德国人被枪杀、抢劫、凌辱,甚至被活活烧死的暴行,而受害的多是无辜的老人、妇女和儿童。当时汉娜44岁,一天她看到波兰军队开进街区,挨家挨户驱赶住户,随即她的家里也闯进一伙波兰军人,他们被告知立刻收拾东西滚蛋,这房子连同房子里的所有物品都被没收了,他们只被允许带一些随身衣物。在持枪的波兰军人面前,他们战战兢兢地收拾了些衣物,胡乱地装进一个大包。汉娜的丈夫想去顶层阁楼拿他心爱的手表,那里有他几十年间收藏的各式名表,却被波兰军人勒令:"把东西放下,走人,不然就开枪打死你。"然后他们就不由分说地被赶出了房子。临走前,汉娜往院子里那一棵高大的栗子树下最后望了一眼。

在暴力威胁下,德国人被迫背井离乡,一部分人被装进入闷罐车,饥寒交迫,许多人因此病倒。大部分人徒步至新的德国边界,人们带着滴血的心、惊恐万状地加入了长长的逃难队伍,押队的波兰军人冰冷的枪口近在咫尺,沿途没有水和食物,201万人死于迁移途中。截至1947年10月11日驱赶行动正式结束,从奥得河—尼斯河以东地区被驱逐或逃亡的德国人为710万人。驱逐行动不仅在波兰,也同时在东欧各国发起,捷克斯洛伐克、匈牙利和南斯拉夫等国驱逐了大约300万德国人,30万德国人被杀,造成了欧洲近代史上又一次大灾难。1950年以后,波兰极缺技术人才,他们开始限制德国人离境,并强迫其为波兰工作。另一方面波兰政府在波兰境内对德国人进行报复和迫害,禁止他们说德语,强迫他们戴有标志的白色袖套,不得和波兰人握手,等等。

当时44岁的汉娜带着家人,跟随着逃难的人群来到德国中部维特施托克(Wittstock)市附近叫作自由石的小镇投奔亲戚,丧失了土地、财产和家业的他们,一夜间从富庶到一贫如洗,家境从此衰败,他们不得不从头开始。这里属于苏联占领区,划分为东德,不久这里实行共产主义,把富人的土地拿来分给穷人,一无所有的他们也分得了一块地,于是一大家人在这块土地上开始了新的生活。可是没过多久这里又开始实行土地公有化、人民公社,所有土地都要归公。人们被迫交出自家的土地和牲畜,而这些土地、牲畜被视为负担,原拥有者必须为此缴纳一笔税金,交不起的就欠下了债,要无偿为公社劳动来还债。很多人无法接受这样的现实而自杀,有人拒绝,有人企图逃走而被杀。

一天,人们被召集到一起开会,会场有两个大门,一扇门上写着"战争",另一扇写着"和平"。人们必须当场做出决定,同意交出土地的,当场交出土地所有证,之后被允许从写着"和平"的大门走出去。拒不交出土地的,则从写着"战争"两字的大门出去,等着他的则是监狱的铁窗。大多数人都交出了自己的土地,还支付了一千到两千马克不等的税金，支付不起的，就要被迫在原本是自己的土地上无偿劳动直至付清欠款。随后一些人因无法接受丧失土地又变成奴隶的现实而自杀，汉娜的丈夫就是其中之一。他上吊自杀了，抛下妻儿决绝而去，那是1956年。我先生后来回忆起曾经在1954年随父母看望他们家时的情景，当时汉娜的丈夫抱起只有8岁的他放到一匹冷血马背上，从未见过这样高大的马，他被吓哭了。

丈夫走了，留下50岁的、更加绝望痛心的汉娜，还要含辛茹苦地活下去。她和唯一的女儿、哥恩都菈的妈妈乌拉以及女婿赫尔拜尔特一起生活。赫尔拜尔特在二战中参加了德军坦克团尖锐部队，战后他被判在法国监狱服刑两年。当苏联从东德撤军后，东德政府曾经征召这些原德国军人入伍，他拒绝了。他一直在农田里干活，后来当地建起了一家家具厂，他进厂当了工人直至退休。

东德规定所有成年男人18岁时必须入伍在军队服役两年，所以哥恩都菈的哥哥格瑞诺德18岁时被征入伍当兵，复员后做房屋内部装修。现在他已经失业八年了，各处打零工，几年前他离了婚，两个儿子和一个女儿都已经长大成人。表姐哥恩都菈高中毕业后，本打算上大学的她，因为家庭成分问题而被拒，她只能当起建筑工人。后来的机缘巧合使她当上了教师，那在当时是较好的工作，可是没干几年，她就辞职了。她说学校里的课本内容必须经苏联人审查，充斥着歪曲历史、颠倒黑白真相的谬误，终日教授学生们这样的谎言，使她无法忍受，便毅然辞职。后来她在一所戒酒中心找到了一份工作，一直干到退休。她先生格瑞诺德在政府机关养老金部门工作，现在他们夫妇都已退休。

1990年东西德国统一后，他们那块归公的土地得到了归还，但是他们已经无法进行农耕生活了。多年远离土地，使他们对农耕生疏了，也没有能力购买农机。他们出卖了一部分土地，剩下的土地出租给别人耕种。因为用于农耕的土地价格极其低廉，所以他们的家境没有得到多少改善。而这时这块土地原来的主人起诉了联邦政府，在东德时期实行的"土改"，夺走了属于他家的土地，并分给了包括汉娜在内的众多穷人。官司持续了数年，结果以败诉告终，理由是当年1989年东西德国统一时，在获得了美英有条件的批准后，在征询苏联批准时，戈尔巴乔夫说了一句话："东德社会主义的成果必须保留。"但是戈尔巴乔夫后来在他的个人自传中澄清说他从未说过此话。无论如何，汉娜一家还是保全了他们的房子和土地得以安身立命。然而在那远方，他们自己的房子却始终让他们不能忘怀。

　　这些年来，汉娜念念不忘他们在瓦尔塔河边自由山村庄的房子，几十年来那房子让她魂牵梦绕，多少次她回到了那心爱的房子里，重新回到了过去的生活，而醒来却是一场梦。1989年东欧社会主义阵营瓦解，随着东西德国统一后，波兰与德国取消边境，此时汉娜再也按捺不住迫切的心情，她要回去看看她的房子，这时她已经90岁高龄了。我先生安排了这次旅行，他带上他父亲、汉娜以及哥恩都菈和丈夫一行人开车去前往波兰，去看他们曾经拥有的房产。房子还在那里，还和从前一样，房子里现在居住的波兰人看到他们在附近转悠，就邀请他们进房子里喝咖啡。他们客客气气、小心翼翼，而每个人的眼睛却忍不住地在房子里四下探看，试图找寻那久远的记忆。汉娜大着胆子向主人请求可否让她去厨房看一看，被允许后她起身跟着主人向厨房走去。她看到厨房还是以前的老样子，那熟悉的灶台、老式木制的橱柜一如曾经，墙上的油漆已经被重新粉刷过了，原来的蛋黄色被现在的浅绿色代替了。她的眼睛停留在了门旁边的墙上，那里原来挂着一个瓷盘子，现在还挂在那里，只是岁月抹去了瓷盘上的光泽，使它比原来看上去暗淡了些。汉娜颤颤巍巍地走近，用手轻轻抚摸着瓷盘，这是母亲留给她的最后一件物品，此时她心潮起伏、百感交集。她脑海里又一次忆起二战结束时的1945年，在那兵荒马乱的岁月，她和丈夫在一天夜里悄悄地把家里的黄金和贵重物品装在一个箱子里，埋在了院里一棵板栗树下。当波兰军队来驱赶他们时，仓皇之中她并没有也不可能带走那些东西，在离开之前，她只能远远地向那棵高大的板栗树张望了一眼。她想着离开只是暂时的，过后他们还会回来的，可是万万没有想到这一走就是近半个世纪。四十五年以前的事已经模糊不清，她只记得她把装有黄金的盒子埋在了院子里那一棵高大的板栗树下，现在那棵板栗树不见了，她也已经记不清那棵板栗树的位置了。他们在那里逗留了一个多小时，最后只得无奈地离开了。在返回的车上汉娜一直在无声地流泪。

在东欧社会主义阵营解体之后的1990年前后，许多原来居住在东部现在属于波兰领土的德国人几十年来第一次得以重返曾经的家园，去看看那里现如今是个什么样子，他们出现在村里、街头。半个世纪的变迁，战争让那里发生了许多变化，当他们终于找到了当年的房子时，他们在房子前后徘徊。这时里面居住的波兰人也看到了这群人围着房子转，还不时指指点点。他们看到车牌上的德国地名，很容易就推测出他们是德国人，而且曾经生活在这所房子里面。这时有的人表现出不友善，有的人不知所措，有的人感到有所歉疚。汉娜一家很幸运地遇到了较为友善的人，他们被请进了房子，还喝了咖啡，语言的不通，使得他们之间的交流不畅。回来后他们还礼貌地写了一封感谢主人的信函，可是没有收到任何回音。

四年后汉娜带着无限遗憾离开了人世，享年94岁。

## 德累斯顿——永恒的美
——写在德累斯顿大轰炸七十周年纪念日

德累斯顿，萨克森州首府，二战前是德国照相机、钟表、瓷器和高级食品的生产中心，是德国最发达的工商业城市之一。这里还是德国东部重要的文化艺术中心，以其无与伦比的艺术瑰宝、众多精美的巴洛克建筑，被誉为"世界建筑宝库"，是欧洲最美丽的城市之一。从17世纪初，一代代萨克森选侯在茨温格尔宫的画廊里，收藏他们辛苦搜罗到的名画和艺术品。对全欧洲的有识之士来说，德累斯顿的名字拥有如下共鸣——易北河畔的佛罗伦萨、魅力与优美之家园、特罗洛普小说中的女杰之故乡、贵族子弟游学之圣地。它是一切优美、典雅与奢华之所在。然而在二战行将结束之前，在美英联军的一次有预谋的、惨绝人寰的大轰炸中，这里被夷为平地，在这里生活的人们瞬间变为一具具焦尸、白骨，这里的一切灿烂文化与物质文明也随之化为一片瓦砾焦土。如今这座饱受战争蹂躏和沧桑的城市，刚刚于2015年2月13日度过了其战后涅槃重生的第七十个纪念日。不知从何时起，每年的2月13日20点15分，德国东部每一个乡村教堂的小钟楼上，都不约而同地会响起沉闷而忧郁的钟声。

1945年1月，随着盟军在东西两线节节胜利，欧洲的制空权已完全掌握在盟军手中，为了打击德军的交通运输和军工生产，更重要的是打击德国人民的信心，盟军开始着手制定大规模空袭德国的"雷击"行动的几种方案，英国首相丘吉尔亲自把德累斯顿定为目标。1945年2月13

日晚22点15分,空袭警报划破了寂静的夜空,第一批245架英军重型轰炸机在德累斯顿上空投下了炸弹和燃烧弹,每架轰炸机要在两分钟内扔完所携带的大量4磅重的"目标指示棒"。这些目标指示棒发出红色或绿色的光,为后续批次的大规模轰炸机队指示目标。随后第5中队的轰炸一直持续到2月14日凌晨。3个小时后,英国皇家空军发动了第二轮空袭,那时天气已放晴,539架轰炸机以高精确度投下超过1800吨炸弹。12:17美军第8航空队发动了第三轮两次深度空袭。部分担任护航的战斗机,环绕德累斯顿对路面交通设施进行低空扫射。那些侥幸逃过前几轮轰炸的平民试图逃离被火焰风暴吞噬了的德累斯顿时,却遭到了美军飞机的猛烈扫射,轰炸一直持续到2月15日。在四轮空袭中投掷的炸弹总共约有3900吨。

轰炸按计划的标准程序严密进行:先投掷大量的高爆炸弹,掀掉屋顶,露出房梁等木结构。爆炸气浪把房间的隔门冲走,行成贯通结构。然后投下大量燃烧弹,点燃房屋的木材结构。再投下高爆炸弹来阻遏消防队的救火行动。这一切最后使地面形成一股持续的火焰风暴,中心火场温度激增至摄氏1500度。轰炸区域着火后,焚烧区上方的空气温度暴涨并且产生高速上升气流,外界的冷空气被极速带入的同时也将地面的人们吸进火中,此时的德累斯顿简直成了一座翻腾的人间地狱。火焰发出像大炮一样的轰鸣声,风在呼啸着,尘埃和烟雾在城市周围狂暴地旋转着,那些被火焰烧着的人们在地上翻滚、哀号着,被炸弹和碎石击中的人们,匍匐爬行着、呻吟着。人们在尘埃和烟雾中艰难地呼喊着、奔跑着,妇女儿童在哭号着,悲惨万状……

一位参与轰炸的英国空军飞行员回忆说:"当时的场景让我完全震惊了,我们仿佛飞行在火的海洋上,炽热的火焰透过浓浓的烟雾闪烁着死亡的光芒。我一想到在这人间炼狱里还有很多妇女和儿童，我就无法自制地对我的战友们喊道：'我的上帝，这些可怜的人们！'我无法形容我当时的感觉，也无法为之辩护……"

轰炸过后，德累斯顿市区变成一片废墟，横尸遍野，大火连续烧了几昼夜。德累斯顿的毁灭引起英国一些人士的不安。根据记者马克斯·黑斯廷斯1945年2月的报道，德国诸城市上空的空袭已变得与战争结果无甚关联。他认为，德累斯顿大轰炸使同盟国国民第一次对打击纳粹的军事行动产生怀疑。报纸社论就此问题穷追不舍，英国下议院议员理查德·斯多克斯长期反对战略轰炸，曾在下议院对此提出过质疑。此时的丘吉尔却试图与该事件划清界限，他在回忆录中写道："如果我们走得太远的话，是否也会成为禽兽？"指挥大轰炸的英国皇家空军轰炸机司令部副司令桑德比中将说："谁都无法否认空袭德累斯顿是一场真正的悲剧……真正无情的是战争。一旦全面战争开始，那么它就不可能有任何真正的人道主义。"

德累斯顿大轰炸已经成为历史，然而70年来，有关的争论从未停止过，关于大轰炸的性质问题尤显突出，成为争论焦点所在，从极左翼到极右翼之间，各个政派都发表了意见。主张德累斯顿大轰炸属于战争罪行的一方用以下两点作为其最充分的论据，即德累斯顿并没有直接的军事目标，同时该城遭到了炸弹的过度破坏。许多人认为军事意义的缺乏、平民死亡的代价以及德累斯顿文化上的重要地位，这些因素就足以为轰炸定罪。据《牛津第二次世界大战全书》所言，空袭发生两天之后，英国准将科林·麦克凯·麦格里尔森在一份由盟军最高指挥部掌控的非正式新闻简报上向记者说道："'雷击'行动的目标是在广大民众的聚集区掷弹，切断救济物资的畅通。"获得诺贝尔文学奖的德国小说

第三章 181

家君特·格拉斯，及泰晤士报前编辑西蒙·詹金斯，都把德累斯顿大轰炸看成"战争罪行"。德国文学评论家哈罗德·耶纳说："看吧，德累斯顿大轰炸，真正针对平民的袭击。"种族灭绝观察组织负责人格瑞格雷·H·斯坦顿博士指出："纳粹大屠杀是历史上最邪恶的种族灭绝行为之一，但盟军在德累斯顿掷燃烧弹以及在广岛和长崎投原子弹同样也是战争罪行，如里奥·卡玻和埃里克·马库森所说，这也是种族灭绝之举。"德国史学家乔治·弗瑞德里克在其著作《火焰》中用有据可查的材料来证明对德累斯顿大规模的轰炸堪称暴行，因为纳粹军在1945年初已全面撤退，对平民的摧残甚过对军事目标的打击。他认为因为协约国意欲造成尽可能多的平民死亡，甚至按法律标准来看轰炸时间，对德累斯顿的攻击也该算是战争罪行。

而反对的一方指出："根据国际人道法审视此类事件，人们应当牢记二战期间没有任何协议、条约、公约或其他手段来履行保护平民或其财产的职责……"

除此之外，死亡人数也是争论的焦点，德国官方公布的数字是25000人，但是历史学家、学者以及民间人士不断提出不同的观点。萨克森省的政治家义愤填膺地说：这样的统计数字，是对经历了那场浩劫的德勒斯顿人们，更是对死者的不公，我们应该对此感到羞耻。瑞士国际红十字会推测死亡人数在大约25万。有人做了调查统计，大轰炸后德累斯顿的登记人口是20多万人，在此之前的常住人口为60多万，而当时从东部逃难来此地的难民有60万，因为苏军已经占领了东部城市Breslau（现波兰城市Wrozlaw），还有大批从前线撤下来的伤兵，因此人们推测大轰炸的死亡人数是近百万人。一部关于大轰炸名为《联军在德累斯顿的大屠杀式轰炸》的纪录片，记录了很多空袭当时的镜头以及大轰炸之后的满目疮痍、尸横遍野的场面，片子的结尾是这样说的："在德累斯顿大轰炸中，死亡人数比日本广岛和长崎原子弹爆炸中死亡人数的总和还要多。"

在著名的阿登战役中，被德军俘虏的23岁美国军人库尔特·冯内古特，与其他战俘一起被关押在德累斯顿一个屠宰厂的地下室里，他亲身经历了那场大轰炸，当第一波轰炸发生时，监狱看守逃回家去搭救家人，再也没有回来，他们从被炸塌的建筑里爬了出来，经历了一切并死里逃生。他于2007年死去，2005年他出版了一本名为《第五屠宰场》的书，谴责这次滥杀无辜、毁灭文明的行为。但是这本书至今被美国政府所禁止。另一位德累斯顿大轰炸幸存者英国军人维克多·格雷格，也是当时被关押在德累斯顿的战俘。他出版了书籍《德累斯顿：一位幸存者的故事》，他说："德累斯顿没有防御工事，没有防空炮火，没有探照灯，什么都没有……我坚持认为这一事件是最高级的战争犯罪，是加诸于英国人之名上的一个污点，只有在全体公众面前做出道歉才能洗刷掉的污点……我仍坚信这是战争罪，作为曾关押在德累斯顿的战俘，我仍饱受那些悲惨回忆的折磨，而我对此的愤怒则未曾平息。"

在听闻德累斯顿大轰炸的事后，我决定专程去德累斯顿看看。一路上我的心情十分复杂，想着当年那血雨腥风、人间地狱的三天，一幕幕悲壮惨烈的影像在我脑海中挥之不去，我无法想象这座经历了如此一场浩劫的城市，现在会是什么样子。而当我站在易北河畔的古建筑群面前时，却无法不被那恢宏的气势、壮丽与华美，以及那无以言状的沧桑感所震撼。这座曾被称为"世界建筑宝库"的文化古城，竟然不露一点声色，它是那样的雍容大度、仪态万方。茨温格尔宫，就像埃菲尔铁塔之于巴黎一样，它是德累斯顿的象征，如画的花园庭院、被无数英姿栩栩的雕像围绕的天主教宫廷教堂、精美的塞姆佩尔歌剧院、富有"欧洲阳台"之称的布吕尔台阶,大群巴洛克式古典建筑巍然而立、美轮美奂。这是那座曾被大轰炸夷平、被燃烧弹烧成灰烬的城市吗?她究竟经历了怎样的劫后余生,竟然蜕变得如此这般如诗如画、凄美动人!

难以置信的是,所有这些都是人们一砖一石地在废墟上重新建造起来的,断断续续历时70年,至今城市还未完全恢复原貌。桑珀尔剧院的重建工作,直到1977年才开始动工,8年之后,也就是剧院被毁40年之后,一座新的歌剧院再次屹立于戏剧广场上。它完全按照1878年桑珀尔剧院的原貌修复,新文艺复兴式的风格,富于古典气息。壮丽恢宏的圣母大教堂是德累斯顿的市徽,教堂的重建是20世纪末欧洲最重大的废墟重建工程,历时10余年,总投资达1.8亿欧元。重建教堂的费用来自各地各种形式的捐款。当时德累斯顿的许多饭店都出售一种手表,50欧元一块,表上镶嵌的一块绿豆大小的碎石就来自教堂废墟,收入用来修建教堂。在重建过程中,尽可能地利用被炸毁后残留下来的砖块,墙壁中依然清晰可见无数被烧成灰黑色的石砖。新旧砖的衔接处,看似一道道的伤疤。在教堂的前面还保留有一堵未倒塌的废墟墙,它默默地矗立、无声地诉说,唤起人们对那段刻骨铭心的历史记忆。没有几座城市能像德累斯顿,遭受灭顶之灾后能如此完美地重建。今天的德累斯顿,其实是战后模仿原貌一点点拼成的"新"城。令人惊讶的是,雕塑和建筑物被恢复得如此完美,原始的砖石物料被别具匠心地运用,堪称巧夺天工,天衣无缝地再现了原状。从这群建筑物中走过,仿佛穿越时光隧道,绮丽气派中隐隐感到一种无以名状的凄美和哀伤。

英国史学家弗雷德里克·泰勒曾说:"德累斯顿被毁具有史诗般的悲剧性。这座象征着德国巴洛克建筑之最的城市曾经美得让人惊叹。"

如今的德累斯顿所展现的厚重的历史感和优美的古典风韵,既壮观又细腻,既磅礴又凄迷,既古老又永恒,它依然美得叹为观止。德累斯顿的美,是那种令人痛彻心扉的美,也是永恒的美。我被这美深深地震撼和打动。在我写这篇文章的时候,正是2015年2月13日,德累斯顿大轰炸七十年纪念日,我仿佛依稀听到从远处传来的教堂祈祷的钟声。

(发表于德国《华商报》2015年3月1日第380期)

(发表于《世界博览》2014年第5期)

(入选《当代优秀华文文学作品选》)

# 勃兰登堡先生

勃兰登堡先生是我们村里的一位普通老人，然而他却有着一番不同寻常的人生故事。

几年前的一天，好友英戈忽然对我说："你知道吗，咱们村里有一位自学中文的老先生，他还会写中文，他给我看过他写的中文字。""啊，有这事啊？""是啊，他85岁了，不但耳聪目明，而且头脑非常清楚，尤其是特别好学。他不但自学了中文，还学了英语和西班牙语。他常常半夜里戴着耳机在树林里跑步，边跑步边听英语，一次被警察截住了，问他：'你在干什么？'他说：'你们没看见我在跑步吗？'警察说：'跑步？在这个时间？'他说：'怎么，不可以吗？请给我自由，请你们不要干扰我。'最后警察也无奈，只好随他去，你说有意思吗？"

我听了惊诧不已，没想到在这样一个德国小村庄里，竟然会有一位自学中文的老人。我当即对英戈说："我要认识认识这位老先生，你能帮我引荐吗？他叫什么名字？"

"当然可以，他叫勃兰登堡先生，咱们现在就去他家。"

"现在？不事先打招呼就登门拜访合适吗？"

"我经常带着吃剩的食物去他家，喂他院子里的猫，我们熟得很。"她一向这样古道热肠，我们当即开车来到了勃兰登堡先生家。

车开进一个大院子停在一处很大的房子前面，这是北德典型的传统式大型木结构老房子，只是略显年久失修。英戈说："我去看看他是不是在睡觉，他可是常常在半夜里跑步的噢。"她蹑手蹑脚地去了，不一会儿回来说："请下车，跟我来吧。"这时从房子里面走出来一位白发老人，他身材瘦小，戴一副眼镜，热情地和我们握手，并操着英语向我们问好，随后用中文说："你好！"他引着我们进了这座大房子，令人意外的是，里面竟然一片黑暗。我们被引进一间很小的屋子，像是厨房，非常破旧、狭小、拥挤、杂乱不堪，靠墙的一边是一张木桌，旁边的椅子上坐着一位妇人，想必是他妻子。我们向她问好，她眼睛看着我们却毫无反应。对了，英戈说她有残疾，是盲人。这时英戈走近她，用德语跟她打招呼，附身拥抱她，并把我介绍给她，我跟她握手问候。勃兰登堡先生走过来，手里拿着几片纸板给我看，只见上面规规整整地写着中文，他指着妻子对我念上面的字："她是我妻子汉妮。"又指着英戈念道："她是一个很热情的女人，帮助人人。"其中的"她"字写成了一个女字边加一个"他"，我告诉他这个字写错了，并教他怎么写，他又拿出另一张纸板指着念："中文很困难，没有很多人会中文。我会写汉语一点点，但是不会说，很可惜了。"我称赞他的汉字写得好。

突然造访的我们不便久留，英戈热情地邀请大家当天下午去她家喝咖啡，我们随即告辞。从厨房走出来时，我有意观察房内的情形，光线暗淡很难看清，借着二楼窗户透过来的微弱光线，看到到处堆满杂物，拥挤得几乎无处下脚。来到院子里，只见杂草丛生、一片荒芜，有十几只大大小小的猫，我问："这些猫都是您养的吗？"英戈接话说："都是些无家可归的野猫，最多的时候有15只，他给它们食物和水"，我低头看了看地上盘子里像饼干一样一块块的猫食。勃兰登堡先生说："我不仅爱动物，我爱所有自然之物，即便是这院子里的一株一苗，我也不舍得抛弃。大树旁边长出的小树苗，我就把它们移到开阔地栽种，让它们长大，所以我这院子里很杂乱啊，哈哈哈……"他指着院子对我说。

第三章 187

回来的路上，英戈告诉我勃兰登堡先生一生好学，读书万卷，他家里到处摆满了图书，一次她指着那些图书问："这些书你都读过吗？"他答说："不但读过而且还都能记住。"英戈不大相信，就随手从身旁的书架上拿下一本，一看是黑格尔的《逻辑学》，她问："这书讲的什么？"勃兰登堡先生就一五一十地讲述起来，英戈翻看前序果然如此。她再拿了一本印度诗人泰戈尔的《飞鸟集》，他又滔滔不绝地讲述了书的内容梗概，然后竟开始背诵起来，背诵完他说这在第59页，她翻开那页果然八九不离十。当时把她惊得瞠目结舌，不得不佩服他惊人的记忆力。喔，这位勃兰登堡先生太令人称奇了，我心里在想这样好学博识的他，却过着如此不堪的生活，是什么让他对中文有着这样的热情，以致在耄耋之年，守着一位残疾妻子，身居如此陋室，还这般好学不倦、乐此不疲，我对勃兰登堡先生产生了极大的好奇。

下午4点，我如约来到英戈家，正是百花争鸣、百鸟朝凤的春季，满院的春色中，我们围坐在铺了白色桌布的圆桌旁，桌上摆放着咖啡器皿和自家烤制的苹果派，我们边喝咖啡、品蛋糕边聊天。此时勃兰登堡先生拿出一块纸板，指着上面的错别字"她"对我说："这个字我写错了，现在我改过来了，你看。"我说很好，他又说："我真希望我能说中文啊，可惜我的时间太少了，我每天需要太多时间照顾汉妮，她需要我几乎全天候的照顾。35年了，她能活到今天，真是一个奇迹啊。"汉妮说："我能活到今天，完全仰仗我的丈夫，他对我的细心照顾和陪伴，没有他就没有我的今天。"她说话有些口齿不清，但是她的英语却是流利的，头脑这会儿似乎也还清晰。我看着她，想象着她年轻时一定是一位美人，即便是从她现在的样貌也能寻找出些许曾经美丽的迹象。

我注意到汉妮的脖子上戴了一串粉红色珊瑚项链，她的头发也向后梳理得整整齐齐并扎成一束发辫,一定是勃兰登堡先生为她梳的。这时候他拿起她的叉子叉了一块蛋糕,送向她,她张大嘴巴吃了,然后他又喂了第二块。汉妮自己拿起茶杯喝了一口茶,之后摸索着要放回茶盘中去,他拿着她的手帮她放了回去,她朝着他道了谢。他说:"我现在不仅要照顾汉妮的生活起居、每日三餐,我还想给她的生活增加些乐趣。"我问道:"怎样做呢?"他说:"比如她现在视力不好,只能看到一点光亮,很快她就会完全失明,她的听觉也不好,但是我要让她听广播,知道这个世界上发生的事情。我为她设置了德国之音、德国新闻几个频道,都是夜间12点至凌晨3点广播,声音非常清晰,我们每天一起收听,然后讨论。如果她太累了,我就录下来,之后再放给她听,所以我常常凌晨才能睡觉,昨天早上5点才睡觉的。"他又说:"我出生在一个基督教新教家庭,从小受到严格的教育。父母教给我人生三件最重要的事情,第一件事:不要赚钱,因为当你费尽心机地赚到钱以后,你以为有了钱,而实际上是钱占有了你,因此你就成了金钱的奴隶。第二件事:你是微不足道的,但是你身边的人更重要。我自己不重要,但是我妻子对我很重要。第三件事:如果有一天有人跟你说他知道世界上所有的真理,那你得赶紧跑路,因为他太危险了,像那些宗教极端分子,别人不接受他的主义,就要把你杀了。"

之后他谈到希腊哲学在公元前就已经闻名于世了,又谈到他认为世界上在艺术界最伟大的两个天才一个是巴赫,一个是莎士比亚,巴赫从几岁就开始谱曲,他所写的曲子完全是信手拈来,从不修改或打草稿。莫扎特也是伟大的音乐家,他也是从不打草稿的。谈到诗歌,我说我最喜爱的诗人是俄罗斯诗人普希金,他马上用俄语背诵了一首普希金的诗歌《茨冈》,他说普希金也是他最喜爱的诗人。我说我记得这首诗,他问:"知道为什么叫茨冈吗?因为一种每年大规模迁徙的鸟的名字就叫茨冈,吉普赛人就像这种鸟一样到处游荡,无家可归,所以被人叫作茨冈。他们只与本族人通婚,还近亲结婚,所以有很多傻子和残疾人。犹太人也不跟外族通婚,他们绝大多数只能与犹太人结婚,这就有一个问题,他们的基因太相近,很多甚至近亲结婚,尽管他们有许多天才,但也有很多痴呆。爱因斯坦就是娶了自己的堂妹,而他的儿子据说就是傻子。"

村里80%以上的人都曾经或者正在大众汽车集团工作,勃兰登堡先生也不例外,他说:"我当年来到沃尔夫斯堡应聘就职于德国大众汽车公司,成为生产线上的工人,但很快我就开始厌烦这种千篇一律的重复性工作了。我开始琢磨那些更复杂的工种是如何完成的,等我把它弄明白了、熟练掌握了以后,他们就调我到那个工种,可是很快我又对它失去了兴趣,又去琢磨更高更复杂的工种直到弄会和掌握。于是我被调到各个工种,就这样我在更高的工种之间一个接一个地调换工作,直到所有的工种都轮了一遍,他们就调我去研发室搞新产品研制,我参加了大众的第一辆商务汽车的研发。我就是对事情有强烈的好奇,总想探究为什么,总想不断地挖掘探索下去,其实这样不好,有句话说好奇害死猫。总之我就是对已经熟悉的事物失去兴趣,而……"

"可你对我却从未失去兴趣啊。"这时汉妮不失时机地插嘴说。他听了也笑了,温和地对她说:"是的,亲爱的,我从未对你失去兴趣。"他又转而对我们说:"我们结婚已经61年了,这么多年来,汉妮总是让我有耳目一新的感觉,她总能给我惊喜。"这两位80多岁的老人就是这样当众调情,互相表达爱意。"再后来,大众决定进入澳大利亚市场,派我去那里工作了8年,当我在大众工作了26年的时候,我离开了。"我问为什么,他说:"是啊,当时就有人问我为什么离开,我对他们说,26年啊,一个被判了刑的人也可以被刑满释放了,更何况我呢,哈哈。"他显然是在开玩笑,他接着说:"当时我从大众辞职,转而去了家庭教育中心工作,我的收入减少了一半,我为什么这么做呢?因为就是我刚才说的,赚钱不是最重要的,我当时觉得有更重要的事情是我想做的,就是教育民众,那里主要做的是家庭教育、儿童教育、成人教育。当时去成人教育中心的另一个好处是,那时汉妮已经发病了,我跟家庭教育中心签了一个很特殊的合同,我不需要坐班,只要完成我的工作就好,这样我可以有更多的时间陪伴在汉妮的病床旁边,我甚至可以通过电话就完成我的工作。"

那个下午我们聊得天马行空,从天文、地理、历史、哲学、音乐、诗歌,还谈到老子和孔子,无论是什么话题,勃兰登堡先生都信手拈来、侃侃而谈、口若悬河、振振有词,他头脑清晰、思维敏捷、知识广博,令我十分钦佩。勃兰登堡先生对我说:"我很高兴遇到一个中国人,以后我可不可以向你请教中文?"我说:"当然可以,我也很乐于教您中文。"

之后我与勃兰登堡先生常常见面,对他在中文学习中的问题予以帮助,在交往中,我也了解到勃兰登堡先生不同寻常的人生故事。他15岁上了军校,19岁时参军在部队里做文职,二战结束后,因为他的英语好开始为美国占领军做翻译,还得到一位美国空军军官赠送的带有美国空军标志的戒指。战败后的德国,所有的资金、物资和设备都用来充作战争赔偿,运到美英法苏各占领国,到处残垣断壁、物资极度匮乏,男人们大都战死或被俘,剩下的只有女人和老弱病残者,人们没有食物、没有住处,偏偏又遇上20世纪最寒冷的冬季,人们在废墟中避寒,靠食草和树皮充饥，冻饿病死者不计其数。母亲对他说："儿啊，美国人看到咱们有比他们更先进的科学技术成就和更聪明勤奋的人民，他们说这太可怕了，让他们彻底丧失工业能力吧，让他们那里从此变成一片庄稼地吧。儿啊，你要想活命就离开德国吧，他们要把这里毁了，你去别处求生吧。"他听从了母亲的话，与一位友人结伴徒步一路往东，他们先来到匈牙利，再到罗马尼亚。在那里他们被罗马尼亚警察逮住，当时罗马尼亚与苏联联盟，授命抓捕所有在罗马尼亚的德国人并将他们交给苏联人。他们与众多被逮捕的德国人一起被用卡车运往火车站，之后就会被装入闷罐车运往苏联做劳役。在途中趁押解的卫兵打瞌睡，在曲折的山路转弯处他纵身跳车逃跑，消失在茂密的丛林中。

二战后德国约有1300万军人被俘，分别被运往美、英、法、苏各占领国充当劳役，其中很多人没有按照《日内瓦公约》享有人道待遇，特别是在美苏战区。当时驻欧洲盟军最高统帅部司令艾森豪威尔，拒绝与英军合作按照《日内瓦公约》处理德国战俘，而是采用他自创的处理战俘的方法，自1945年4月到1946年1月间，100多万德国战俘死亡。苏军对待战俘手段之残酷使得苏军接管的战俘死亡率直线上升，竟高达60%，他们运送大批战俘到苏联西伯利亚，在零下60度的极寒天气中从事苦役，死于苏联战俘营的德国士兵总共为130万，幸免于难者寥寥无几，幸存者中的最后一批直到1956年才获释返回德国。勃兰登堡先生的成功逃脱，无疑使他躲过一劫。此后，他用了几年的时间徒步经过匈牙利、奥地利回到了德国，靠着打零工糊口。后来形势发生了变化，美国因忌惮红色苏维埃从东德向西德蔓延，他们计划把西德变成遏制苏联共产主义的前沿阵地，又转而支持西德的战后恢复，形势有所好转。他回到了德国，来到沃尔夫斯堡并就职于大众汽车集团。

汉妮在48岁时忽然得了血管瘤,她大脑里的血管破裂,血溢出压迫视网膜神经,致使她丧失视力。这是一种有家族遗传的脑病,她曾几次完全失去生命迹象,被医院下了死亡通知书,后来又被抢救过来,她已经部分失明,失去部分听力,大脑和身体各项机能受损。她能活到今天,已经是上天的恩赐了。他们的三个孩子全部都患有与他妻子一样的病症,而且全部是由于遗传基因,都是在四十几岁时发病。他们的儿子曾在澳大利亚学飞机驾驶,在47岁时发病,女儿曾经是牙医,在45岁时发病,有过两次病危,都被抢救过来了,现在在残疾人疗养院。他说他没有办法把三个孩子都接到自己家里来照顾,现在他只照顾妻子一个人都顾不过来。他要独自承担家庭重担,又要做饭、给妻子喂饭、喂水、洗澡,照顾她的一切生活起居,这让他筋疲力尽,有一点时间就抓紧休息恢复体力,他说:"我必须让自己坚强和强健起来。"他对自己说:"我不能病倒,因为汉妮还指望着我啊,我要是倒下去,她怎么办?"他说:"所以我必须要锻炼身体,不是为了年轻,而只是为了要延缓衰老和死亡的过程,让这个过程来得慢一点,再慢一点。"

一天,接到勃兰登堡先生的电话,说他新买了一本中文小说,想让我念几页录下音来以便自学,我欣然应允。他骑着车来了,上身穿的还是那件白色的高领套头衫,外加一件驼色灯芯绒西装,他85岁的高龄,看上去像只有60多岁,说起话来节奏急促,他总是有太多太多的话要说,因为时间对于他是最稀缺的,他每天有太多太多的事情要做。他送给我一本中德词典,说我学德语用得着,然后拿出新买的中文小说,告诉我作者获得了诺贝尔文学奖。我一听当然知道说的是莫言的《蛙》,他另外买了《蛙》的德语译本,两相对照着读可以更好地理解。他翻到书的后续让我念,我尽力念得大声且清晰,他捧着录音机贴近我嘴边，时不时地嘱咐我慢一点、再慢一点。念完了他心满意足地说："这就好了，我可以常常听听录音，学学正确的发音。"他小心翼翼地用一块厚布把录影机包裹起来装进背包，那是我们七八十年代用的砖头式录音机。

春去夏来，那一天接到勃兰登堡先生的电话，说有关于中文的问题向我请教，于是我来到他家。正是初夏一个阳光明媚的下午，走进他家的院子，穿过杂草丛生的树林，院子深处一张铺着黄色桌布的圆桌旁坐着勃兰登堡先生和汉妮，阳光透过茂密的树叶洒下来，斑斑点点地照在两位老人身上，他们正享受着午后的阳光，我走上前去跟他们打招呼问候，桌子上摆着沏好的乌龙茶和切好的蛋糕。今天汉妮像是特意打扮了一番，只见她上身穿一件黄色纱织衬衫，外面套一件蓝灰色毛线衣，脖子上系一条大串珠的时装项链，头发一丝不乱地在脑后挽了一个发髻，整个人显得很有精神。

这时候勃兰登堡先生对我说："我有个想法，我想把我的房子建成一个中德文化交流中心，人们可以来这里学中文，可以搞很多两国文化交流的活动，你就来负责好了。"我听了十分惊奇地问："那您二老住到哪里去啊？""是啊，我也还没想好，如果有人愿意出资，我们其实只需要两三间房住就可以了，这么大的房子完全可以建成一个很好的、多功能的中德文化交流中心，到时候你就来负责这些项目好了。""我？""是啊，我看你最合适了。"我们说好等他有了具体打算后再谈。虽然这个问题有些复杂，他还没有具体的计划和想法，或许这只是他的临时动意，但无论如何勃兰登堡先生对中国和中国文化的一份厚爱还是令我很感动。

桌上面摆着几本中文书，其中一本是老子的《道德经》，我很惊讶地说:"您在读《道德经》啊?"他答说:"是啊,我很爱读《道德经》,只是我的中文太差了,读得很费劲,你看我还写了这个。"他指给我看一张纸上规规整整地写下的字句:假如你两天不读书,不学《道德经》,就会变一张难看的脸。每个字下面都标注了拼音,有的字下面还同时标注了德语的发音,我问:"这是您写的?"他点头并一字一句地念出声来,然后他又给我看他写在一个笔记本上的一段话:我会写一些汉字,但不会说,一是没有练习,二是汉语的不同声调对德国人太难了。我才学了很短时间,但有两个问题,一是我老了80多岁了,另外……

这些字写得不但工整,而且写得非常好,时下国内的很多年轻人恐怕未必能写出这么好的字来。另一张纸板上写了他的名字:勃兰登堡,兰字他写的是繁体的"蘭",下面另写了一个简体的"兰"。

然后像往常一样,他拿出事先预备好的一台砖头录音机,要我把这些句子逐句地念出来,要我念得慢一点。他告诉我说中文最让他感到困难的是四声发音,总是不能很好地把握,然后他要我念了《道德经》第十一章。

此时的我心中无限感慨,《道德经》由中国古代哲学家、思想家老子所著,是中国历史上首部完整的哲学著作,是道家哲学思想的重要来源,以道法自然为核心,阐述了个人如何修身、君主如何治国理政,其中包含着丰富朴素的辩证法,微言大义,一语万端。想不到被这位德国老人奉为至宝,孜孜不倦地学习着,中国古老的道家哲学思想穿越时空、跨越中西在德国被传扬。

我不禁十分好奇起来,勃兰登堡先生与中国之间究竟是怎样一种渊源情愫呢?他告诉我他清楚地记得在自己青年时期爷爷对他说的一句话:"中国是一条沉睡的东方巨龙,当这条巨龙苏醒的时候,世界将为之震惊。"正是因为这句话的指引,使他一直关注着中国,发现了老子的《道德经》,并如获至宝。这真让我感到奇妙和震撼,近百年前一位德国老人冥冥之中的一句预言,竟神奇地在当今兑现。中国正处在繁荣发展、如日中天的鼎盛时期,正逐渐走近世界舞台中央,为解决全球问题贡献了中国智慧和中国方案,而"一带一路"的构想和建设将使古老的丝绸之路幻化出新的生命活力,推动中国文化和中国声音在全球的传播,一个更加辉煌美好的明天指日可待。

# 英戈的故事

我的朋友英戈,今年72岁,她在50岁时忽然患耳鸣,看了很多医生都没能治好,最后医生建议她去看心理医生,心理医生又建议她去看中医针灸并推荐了一位王大夫。英戈每周一次去王大夫的诊所针灸治疗,病情才渐渐好转。我问她耳鸣到底是怎么回事,她说在学校里给学生上课的时候常常听到奇怪的声音,但是实际上什么也没有,因为别人都没有听到,后来发现这只是她自己的幻觉,并且睡眠不好、总是噩梦连连。心理医生认为这缘于她少年时期的苦难经历,使她稚嫩的心灵受到严重创伤,以致到了中年过去的心里阴影总是如影随形地纠缠着她。心理医生建议她可以尝试着把那些在心中挥之不去的往事写下来,以这种方式宣泄出来也许会对她有帮助。她遵从了医嘱,用了很多时间一点一点地把过往的经历写了下来。果然如医生所料,配合着中医针灸治疗,她渐渐地从往事的痛苦纠缠中摆脱了出来,病情也得到大大的改善。我问她可不可以读一读她的故事,她欣然应允。下面就是她的故事。

12世纪中叶匈牙利国王盖萨(Geza)二世(1147—1162年)为了吸引欧洲人移民到匈牙利东南部帮助复兴国家,颁布了优惠的土地政策,先后有大批德国人举家移居来到匈牙利的兹本博格(Siebenurgen)。到了1916年这里有德国移民23万人,而英戈的父亲卡尔的家族是300多年前从德国的萨克森州移民来到兹本博格定居的,他们世代从事农耕。一战结束后,作为战败国的匈牙利割让了大片国土,而兹本博格也并入了罗马尼亚。二战后苏联占领了罗马尼亚,苏联人从罗马尼亚抓德国裔青壮年男女送到苏联做劳役。卡尔在一次抓捕中成功逃脱，不过他并没有跑远，因为他惦记着家里怀孕的妻子，就躲在近处时常回家来，有时干脆偷偷住下。一天他正在房顶上干活，村长带着一群苏联人来了，村长老远就认出房顶上的他，大喊："他在那儿，快去抓住他。"房顶上的卡尔夺路而逃，一群人在后面大喊大叫地追赶，他们带来的猎犬更是狂吠着紧追不舍。卡尔上蹿下跳、连滚带爬地奔跑着，眼看快要被猎犬追上的时候，他跑到了一个粪池边，聪明的他不顾一切地纵身跳进粪池，然后跌跌撞撞地跑出粪池，躲在旁边的饲料草垛里。因为冲天的臭味，猎犬并未跟进粪池，后面的追兵赶到后四处寻找，猎犬被臭味熏得失去了嗅觉，一群人在卡尔藏身的草垛周围反复搜寻没有收获。天黑了众人快快而去，卡尔得以脱身。

卡尔再也不敢回家，他藏身在树林里，靠着家人偶尔给他送点食物过活。可这不是长久之计。一个漆黑的雨夜，他悄悄回家来，带了怀孕的妻子远走他乡。他们一路流浪，来到了一个吉普赛人聚集的村庄暂时住下，白天卡尔外出谋生，妻子安娜在家洗衣服。她把洗过的衣服晾在外面，第二天出来一看，一件也没有了，都被村里的吉普赛人偷走了，原本就困难的生活雪上加霜，安娜伤心地流泪。卡尔在附近小镇找到了一份园丁的工作，他种植花圃，培育出优良品种的剑兰，又栽培了新的花种，获得了成功。这种剑兰很快在当地受到了人们的喜爱，在附近大大小小的城镇广受好评，他被推荐带着他的花种参加各种花博会、展览会，渐渐地他出名了，经济状况也得到了改善，他们一家的生活开始有了好转。卡尔的工作越来越出色，他总是不断地培育出新的花种，不仅在各地的城镇、即使是在首都布加勒斯特他的花也受到欢迎，他常常上报纸、被采访。卡尔家的经济状况越来越好了，他们在这个地方已经住了7年，这是他们住的时间最长的地方，在此之前他们总是到处流浪，时时搬家，过着颠沛流离的生活。此后他们搬到距离布加勒斯特更近的地方住下来，在那里一个富有的家庭雇用了卡尔照料他家的大花园，他们对卡尔一家很好，而温文尔雅的安娜与富人的妻子和亲友们相处融洽。

卡尔有两个女儿和四个儿子，他坚持要他们全部上德国学校，而德国学校离他们家50多公里，不能每天回家，卡尔就让女儿英戈寄宿在学校附近的一个学生宿舍里，每周来接她回家一次。只有7岁的她，很不适应新的环境，常常因为想家而哭泣。她不明白为什么别的同学能每天回家而自己却不能，她当然更不明白为什么父母一定要送自己来这里学习。第一年结束时，英戈的成绩不好，她的老师梅琳娜跟卡尔夫妇谈话，想让英戈留级一年。梅琳娜主动提出让英戈住在自己家里，她既可以辅导英戈学习又能照顾她的生活，卡尔夫妇欣然同意。在老师的细心照顾和辅导下，英戈逐渐适应了新的环境，跟上了学习进度。次年比英戈小两岁的妹妹也上了这所学校，并且寄宿在另一位老师家里。卡尔要支付两个女儿的学费和生活费，他总是在送两个女儿上学的时候，用麻袋扛着很多蔬菜和食物给两位老师，算是两个女儿的口粮。

英戈在梅琳娜老师家里寄宿了5年，在此期间老师给她讲了自己和姐姐在苏联煤矿做5年劳役的经历。在梅琳娜16岁那年，家人听说到处都在抓德国人去苏联做劳役，父母把她和18岁的姐姐藏起来，不让她们再出去。一天家里忽然来了很多人，问："你们两个女儿在哪儿？我们要把她们带走。"父母说："她们不在，你们把我们带走吧，我们跟你们去。"正当这群人带着父母往外走的时候，躲在暗处的姐妹俩不忍心让体弱多病的父母替自己去服役，她们自己从藏身处走出来对来人说："我

第三章　199

们在这里,我们跟你们走。"父母眼看着两个心爱的女儿要被带走,不知道她们会被带到哪里,也不知她们将面临怎样的命运,他们抱头痛哭、生离死别。告别了父母,她们与很多被抓的德国人一起被火车运往苏联,然后被带到一个煤矿。姐妹两人从此每天下煤矿干苦力活,在狭窄的巷道,她们只能弯着背、曲着身子推煤车。这样一做就是5年,她们的手指弯曲了,变成了驼背,脚也冻伤了。在寒冷漫长的冬季里,没有保暖的鞋子穿,冻得实在受不了的时候她们就不断地往鞋里塞纸。她们住的是圆木盖的房子,没有取暖的火炉,她们总是冻得瑟瑟发抖。她们整天吃的除了土豆还是土豆,她们疯了似的想吃其他食物。一次梅琳娜趁人不备偷了几个玉米,藏在肥大的衣服里,在走回住处的路上碰上骑马巡逻的士兵,她吓得浑身抖个不停,索性假装摔倒在地上,浑身像筛糠一样地抖,幸好巡逻兵没有发现什么可疑之处,让她逃过一劫。回到住处,姐姐得知这一切后,警告她:"你知道被人发现以后是什么后果吗?把你暴打一顿,罚你去最艰苦的工段干活,几天不给饭吃,你还想不想活着回家?你要是死在这里让我一个人回去怎么跟爸妈交代啊?"两人抱头痛哭,她向姐姐保证以后再不偷玉米,再不做冒险的事情。1950年她们姐妹回到罗马尼亚,5年的繁重劳役,使她们落下了疾病,她在罗马尼亚接受了治疗和背部矫正。

二战后,苏联在德国和东欧各国抓捕德国人,送到苏联做苦役,至于究竟有多少德国人被抓到苏联,没人知道具体数字。在战后丘吉尔与斯大林的一次谈话中,斯大林说苏联将需要一支400万德国人组成的劳动大军,并无限期地留在苏联。一位邻村的男士,15岁时被抓去苏联,因为他生性活泼、能歌善舞、能拉能唱,颇受苏联人的赏识。苏联人喜欢喝酒、唱歌、跳舞,每次他们饮酒狂欢,都叫上他在一旁拉琴、唱歌，为他们助兴。加上他当时才15岁，只是个孩子，所以他很幸运地只在那里待了半年，就被送了回来。可是大多数人就没有这么幸运，他们食不果腹、衣不蔽体，长年干苦劳役，恶劣的环境和繁重的劳役使很多人病倒后死在了苏联。

我们村里另有一个人，也是在罗马尼亚长大的德国人，并从那里当兵入伍，二战中被派往苏联前线。他们被派去的时候，对苏联的寒冷气候完全没有准备，士兵们都没有足够御寒的衣服和鞋子，冬季来临的时候他们的腿和脚都严重冻伤了，以致他在晚年落下了严重的腿疾，走路很困难。后来在莫斯科战役中他被俘，与许多战俘一起在苏联集中营做劳役，期间认识了他后来的妻子，她是从德国被抓去做劳役的。多年后他们被释放，一起回到德国，在我们村里定居。10年前他去世了，他妻子也在几年后去世。

英戈的叔叔也在罗马尼亚被抓了，他和其他人一起被赶进一节节货运车厢运往苏联，当火车还在罗马尼亚境内的时候，叔叔趁中途停车小便之机逃跑了。他没命地奔跑，他害怕被抓到后受惩罚，他跑啊跑啊，终于甩掉了追兵。但是他跑得太远了，之后他想尽办法寻找家里人，不敢明着向人打听，只能暗地里四处找寻家人的下落，他边走边打零工，经过半年的寻找和长途跋涉，终于重又与家人团聚。此后他们一大家子八口人住在一间屋子里，靠着在田里干农活谋生。

卡尔一家好景不长，罗马尼亚开始实施社会主义公有化，把富人的财产收归国有。卡尔的雇主也在所难逃，他的财产、家业全部充公，一夜之间沦为平民并受尽羞辱，他接受不了残酷的现实而自杀了。卡尔一家告别了悲痛欲绝的雇主夫人，不得不另谋生路。他用几年来积攒下的钱买了一块地种植花木，靠卖花为生，并在花木的间隔里套种蔬菜、水果，自家吃不了的在市场上贩卖，赚些零钱贴补家用。生活再动荡、再困难，卡尔也坚持让几个孩子在德国学校念书。那时物资贫乏，卡尔每周定期去学校看望两个女儿，并背去食物和自家种的青菜。英戈在老师的家里一住就是5年，直到上六年级。

一天，村里的一个吉普赛人诬告卡尔在卖花的时候欺骗了他而多赚了钱，卡尔因此被关进监狱。他受尽折磨，牙齿也被打掉了。在监狱里，警察认出了卡尔就是多年前他们几次追捕又几次逃脱的人，于是决定送他去苏联做劳役。眼看着全家的灾难就要降临的时候，一位曾经受惠于卡尔培育的花卉的警官主管，因为惋惜他的高超花艺，决定帮助他。他利用权力把他们一家安顿在一处废弃的农舍，住在牲畜棚里，他对他们说："没有人知道这里，你们就安心住吧。"他们全家这才躲过一劫。半年后，一切又风平浪静，卡尔带着全家又来到一个新的地方住下来，他们在这里隐名埋姓地生活。

英戈帮卡尔照看花园并到市场上去贩卖鲜花、蔬菜和水果。她该上高中了，她想要学点什么技能，将来好谋生路。她听说在600多公里以外的Lippa市有一所职业农业女生学校，教授农业、园艺，管吃管住，还不用交学费，学期三年，她的一位同学正在那里上学。她其实一点也不喜欢园艺，父亲就是搞园艺的，他辛苦工作了那么多年，而全家的生活一点也没有保障，因此她很厌恶园艺。但是其他学校都要交学费，对于她家的现状来说，她只有这一条出路了，于是她决定要去这所学校学习。尽管免学费，可是需要乘坐火车前往，而火车票对她来说那么昂贵，为此她决定攒钱。她帮助父亲卖花，父亲种的花在市场上总是很受欢迎，特别是他培植的新品种剑兰，可父亲却总是卖得太便宜，为什么不卖高点价格呢？她叫卖的价格是父亲的两倍，她按原数把钱交给家里，把余下的钱攒起来。两年之后，她不但攒够了火车票钱，而且还给自己置备了过冬的靴子、裙子和上学用的必需品。她顺利地通过了入学考试，拿到了入学通知书，一切都在按照她的计划进行着。1959年的夏季她怀着兴奋的心情只身前往Lippa市，迎接新的生活，临行前她送给父母兄弟姐妹每人一样小礼物。

在学校里，她体验和经历了完全不同的生活。她认识了比她年长一岁的海德，她更成熟、稳重，她的学习成绩很好，而英戈的罗马尼亚语更好，她们在一起互相帮助，与她在一起让英戈受益匪浅。她们学习农业知识，包括物理、水果、花卉、蔬菜、气候、农机设备等等，她们要在田地里实习，冬季里就在玻璃房里上课，有时候一天要在那里待上10个小时。学生宿舍里15个人同住一间，上下铺，最让她们头疼的是每天早上5点的早操，一年四季风雨无阻，偶尔她们会躲藏起来不去上早操。冬季宿舍里太冷，整个漫长的冬季，学校配给每个宿舍取火用的木材只有12公斤，每个人盖一床被子和两个毯子，穿上运动绒衣，还是冷得瑟瑟发抖，她们想出办法两个人挤在一张床上睡觉，这样她们不但可以用体温互相温暖对方，而且还可以有两套被褥和毯子，好过多了。学校的伙食比家里的好，这让英戈颇感安慰，吃饭的时候，10位同学坐在一张长条桌上，每张桌上有一位老师监管。吃饭前，大家在宿舍前集合，列队走向食堂，饭后也是列队走去教室，像军训一样。每天开始上课前，全体起立高唱罗马尼亚国歌。下午下课后，她们可以自由活动，有时候她们打报告申请去看电影，获准后才能前往观看被批准的电影。一次她们斗胆看了一场其他的电影，回来后被老师发现，全体被罚。

头两年学校里设有德国生部，所有德国学生都集中在德国生部里，德国学生之间很团结，她们总是齐心协力一起做事，她们买来油漆把每个德国同学的床漆成白色，还买了好看的窗帘布，借用一位老师家的缝纫机制作了窗帘，这让她们的宿舍看起来很干净清新，受到了老师的表扬褒奖。德国学生守纪律、守规范、有计划、出色完成各种任务的表现，总是受到老师的表扬和嘉奖，而这往往引起罗马尼亚学生的不满，冷嘲热讽让德国同学们更团结，她们互相帮助，分享各自的经验。同学们常常收到家里寄来的包裹，糖果、点心和食物，也总是和大家一起分享。英戈从未收到过家里的包裹，因为那时父亲还在监狱里服刑，同学们帮助她在学校里隐瞒了这件事，使她免受羞辱和歧视。然而在她内心里，总是有挥之不去的阴影和自卑感，觉得自己的家境不如别人。

第三年德国生部被取消，德国学生和罗马尼亚学生混在同一个班上课，她们的教务主任不仅不喜欢德国学生，英戈感觉她简直就是痛恨德国学生。一次英戈和海德外出时心血来潮，剪了当时新潮的短发，没想到这让她们为此付出了惨痛的代价。第二天，上早操的时候，她们两个被拎到600多位同学面前罚站，教务主人拿教鞭指着她们鄙夷地说："同学们，你们看看，她们两个竟然胆敢违反校规，擅自把头发给剪了。你们看看她们这副样子，啊，哪像是我们学校的学生啊，整个一个效法希特勒的小法西斯。"她的语气、表情、肢体语言以及浑身上下每根汗毛都充满了尖酸、刻薄和奚落，"她们想以自己的行为影响你们大家，你们谁也不要搭理她们，孤立她们，我倒要看看她们这种法西斯习气在我们学校有没有市场……"这种羞辱让她们心里倍受伤害。可是噩梦远没有结束，她们被罚不许走出校门，被罚打扫厨房、食堂和卫生间，还被勒令必须戴上围巾来遮盖她们丑陋的短发，她们的政治分数由九分降至七分。那时她才14岁，这件事让她倍感羞辱、伤透了心。从此以后，英戈的心中只有一个愿望，就是早日离开学校。1962年初，海德一家移民奥地利的申请获得罗马尼亚政府批准，全家迁往奥地利，之后英戈和其他同学时常收到她从奥地利邮寄的包裹，寄来糖果、食物和衣服，使她在艰难时刻感受到一丝丝温暖。

1962年3月，她终于获准提前离开了学校，因此她没能取得毕业证书，这段经历对她后来的人生有着重要的影响。她来到首都布加勒斯特，她立志要取得她本应得到的学历，她先是上了一个夜校，进一步学习德语和罗马尼亚语。这时，父亲卡尔在农业研究所找到了一份工作，专门研究花卉和种子。之后英戈在布加勒斯特新成立的一所气象与农业大学找到了一份工作，她边工作边上夜校，学习农业专业知识，她的同事和上司都很支持她，她白天8小时上班，晚上是4小时成人课程，回家还要学习，周末打零工赚些钱。3年后她毕业了，取得了农业和园林专业毕业证书。几年后父亲退休，她顺理成章地替代父亲在农业研究所开始了工作。

在这期间，英戈与家人一起多次向罗马尼亚当局申请移民德国，都被拒绝，而一个契机却改变了她的命运。当时德国按照合约帮助罗马尼亚修建工厂，工厂建好后罗马尼亚却因金融困境无法支付欠款，于是德国提议只要以每人5000罗马尼亚列依给那些滞留在罗马尼亚的德国人发放护照，并准许他们离境前往德国，便可以此来抵偿债务。于是在1970年，卡尔全家八口人以总价3.5万罗马尼亚列依的代价，被德国政府以抵偿债务的方式赎回德国，至此他们在祖先离开德国来到罗马尼亚之后的几百年，终于得以重返德国。

二战中，罗马尼亚与匈牙利、保加利亚等国一并属于以德国为首的轴心国一方，二战结束后，罗马尼亚被苏联占领，苏联统治下新组建的傀儡政府，在罗马尼亚境内大规模抓捕德籍人士然后交给苏联人，这些德国人被用火车运往苏联西伯利亚集中营从事苦劳役,这种情形延续至1947年。而侥幸逃过一劫留在罗马尼亚的德国人则想尽办法逃离。然而边境都是大片的开阔地带,设有通电的铁丝网,使人们插翅难逃。但是人们为了活命还是想出了各种办法,如制作假护照、挖地道、乘低空飞机逃离雷达区等等,有些人成功逃离了,而大部分人却因此付出了生命的代价。一对水性好的夫妇,试图游泳渡过多瑙河,被守军发现,他们驾驶快艇追赶,探照灯把河面照得如同白昼,他们驾驶多艘快艇围追堵截,在他们筋疲力竭的时候,残忍地用快艇的螺旋桨绞碎了这对夫妇的头颅。之后他们将尸体碎块放在铁箱中示众,想要逃跑的人就是这样的下场!经过了那场血雨腥风的岁月后的和平时期,罗马尼亚成年男人必须服兵役2年,在军队中德国人因受教育程度高、勤于思考,总是被安排在技术含量高的部门如工程部等承担重任。不仅如此,德国人的聪明才智和勤俭克己在各个领域凸显出来,但是他们一直都被限制离境,直到1970年以后,罗马尼亚政府同意以抵偿债务的方式,向德国以每人5000罗马尼亚列依以钱换人,大批德国人被赎回德国,这个口子一开就一发不可收拾。至此,二战后在罗马尼亚滞留的60多万德国人,分期分批、陆陆续续回到德国。

仅仅剩下5000人自愿留在罗马尼亚,有的是因为年纪大了,不愿意再换一个地方重新开始生活。他们都在当地有房产和土地,甚至他们的晚辈们都在当地工作和生活,与当地人组成了家庭,所以他们决定留在当地。英戈的一位82岁的堂姐,就是如此,丈夫去世多年,她的一个孩子在罗马尼亚生活,另一个在德国。她独自一人住在自己的一所大房子里,管理着自己的一个农场,她养鸡鸭,种蔬菜、水果,自己采摘蔬果,自制果酱,每天6点起床,一直干到晚上睡觉之前,整整一天始终忙个不停，生活安排得井井有条。与她的农场相对的是她62岁侄女家的大房子和她的农场，她也是独自一人生活，也是自己管理着农场，每天一样的忙碌，两人的农场隔河相望。近年来，罗马尼亚政府又在重复12世纪中叶匈牙利国王所做的事情，号召德国人到罗马尼亚定居，希望以德国人的勤奋、聪明才智和先进的技术技能带动罗马尼亚经济发展，但是这一次响应的人寥寥无几。

  英戈和家人来到了德国北部的不伦瑞克市，她上了大学，学习英语、历史、地理，毕业后，她被分配来到沃尔夫斯堡附近我们村里的小学教书。从繁华的都市来到乡村，她感到很失落和不适应。英戈初来这里时，租住在学校附近的公寓里，因为没有车，外出或购物都要求助于同事，让她感到很不方便，这里的公共汽车每隔半小时40分钟才来一趟。当时她并不喜欢这个地方，在心里想着什么时候要离开这里。英戈的性格开朗、活泼、好动，喜欢旅游，每个假期，她都在德国各地以及附近国家游览。一次暑假，她来到希腊度假时结识了希腊人尼克，他们双双坠入情网。尼克是雅典数学大学的数学教授，那时他们两人都已经30多岁了，都十分珍惜这迟来的爱情，他们相约不久后再次在希腊会面，然后恋恋不舍地分开了。英戈回到德国后，他们书信、电话往来，鸿雁传情，此后的两年里他们互相探望对方，因为两人都是教师，每年都有很长的假期，他们利用假期来到对方的国家，度过短暂的甜蜜时光。暑假里尼克来到德国，与英戈小聚一个多月，寒假里英戈来到希腊与尼克欢聚，他们感到对彼此的爱恋与日俱增，于是他们决定步入婚姻殿堂。婚后两人还是两地分居，两人都不想失去自己的工作和社会保障，只好各自在自己的国家里独自生活、工作，只有在假期里相会，他们饱尝分离之苦。与此同时，尼克尝试着申请在德国学校教书的职位，那要经历漫长的等待。在此期间，他们的大女儿出生了，英戈带着女儿在德国生活。

几个月后，尼克在德国教书的申请被批准了，两人欢呼雀跃，多年的等待，多年两地分居的生活就要结束了，两人憧憬着在德国一起生活的情景。一个月以后，他们夫妻终于在德国团聚了，后来他们的二女儿降生了。尼克在我们村所属的Gifang镇希腊中学里教数学，这相当于降了级，工资也比以前低，可是他们不在乎，他们只要能彼此相守。他们在村里定居了下来，1979年他们在村里买了一块地，请人设计了房子，尼克和一个好友，自己动手花了两年时间，一点一点地把房子盖了起来。这是一座带地下室的二层小房子，简洁而温馨，他们从此安居乐业地生活在这个村庄里。

1989年的一天，卡尔在过马路时，被驶过的车辆撞伤，抢救无效死亡，结束了他74年的人生。他逝世后，妻子安娜就跟着女儿英戈生活，直到2007年寿终正寝，享年92岁。

现在英戈和尼克也都退休了，他们的女儿们也都成家了，他们靠着退休金过着无忧的生活。英戈是镇上合唱团的成员，每周三排练，他们每年有几次在德国及欧洲演出，这是她终其一生的爱好。他们每年夏季在德国居住，而秋末就去希腊，在那里度过一个温暖的、阳光充足的冬季，到了春天再回到德国。

2016年尼克被查出肺癌，2017年初猝然离世，72岁的英戈成了寡妇。她伤心、失落、迷惘，但是她很快振作起来，她要坚强、乐观地面对今后的生活。她前面的路还很长很长。

# 第四章

# 德国高利贷市场一瞥

## 对高利贷的界定和量刑

首先，何为高利贷？在我国超过银行同类贷款利率四倍的，就是高利贷，非但不受国家法律保护，还要严厉打击。不过刑法中没有关于高利贷的罪名，只是规定非法吸收公众存款罪，但在放高利贷的过程中有触犯刑法的，要依法追究其刑事责任。

德国民法（BGB）第138条规定，利息大大超出普通利息的即是高利贷，属非法。德国联邦最高法院规定，如果利息高于普通利息的一倍则属于非法。此后又规定利息高于普通利息的12%属于非法。德国法律不仅仅对于高利贷的利息做出了具体规定，同时对于贷款人的行为规范做了划定。例如如果在签订贷款过程中，有严重违反社会道德、人伦公理行为的，例如在当事人面临亲人离世、家庭解体等巨大困境时，或利用借款人精神或心理缺陷使其被迫签署贷款协议的，或借款人对合同所涉及的内容完全不明了的情况下，所签署的贷款合同是非法的，并将会被处以数年监禁。

## "合法高利贷"范例

在欧美国家很普遍的"发薪日信贷"，是一个合法高利贷的范例。它的贷款额度不超过税后工资额，即申请即得，很多情况下不需要任何担保和证明，但要求在下一个发薪日立即还贷，其月利率一般在20%左右。"发薪日信贷"公司则必须经过注册领取执照。

现在"发薪日信贷"业务越来越普及，在网上就可以申请办理，贷款申请者需要交验工资单和银行账户证明，贷款几乎立即就可到账。到下一个发薪日，贷款、利息及管理费用从借款人账户上自动转账到信贷公司。如果账户上资金不够，银行会发通知给借款人，要求立即补足。

在德国，"发薪日信贷"是由银行发放，基本上任何一个有稳定收入的人都可以在银行开立一个活期账户，可借贷额度由银行根据借款人的工资确定，其额度一般为工资额的1.5～2倍不等，银行的活期利息是0.1%～0.4%，而"发薪日信贷"的利息为6.5%～12%因银行而异，办妥之后即可贷款，无需合同和抵押，但在次月必须将所借款项存入账户。在德国有很多人因为钱不够用，常常会以这种方式向银行借高利贷。

### 讨债行业

有借就有贷，有贷款就有欠债，欠债还钱，天经地义。当大批债权人的债权难以实现时，就产生了催讨债务的行业。据统计，在我国金融机构的坏账大幅上涨，给催债行业带来亿万市场。坏账来源主要有两个：一个是银行，比如信用卡、房贷、车贷等的坏账，一个是互联网金融公司的坏账。讨债公司一诺银华于2015年10月申请上市挂牌新三板，成为讨债第一股。成立于2009年2月的一诺银华，已在全国各地开设了37家分公司，员工超过500人。但是我国对民间收债的监管还停留在禁止非法收债的简单规定上，不仅导致合法的债务催收行为游走于法律边缘，无法发挥其制度功能，也不利于对非法收债行为的规范与打击。

在债务催收过程中，催收人采用暴力、威胁、骚扰、侵犯、侮辱及欺诈等行为进行收债的现象普遍存在。先进的科技手段如自动拨号机、语音邮件、AVT信息收集系统及互联网社交平台被广泛利用,甚至有包括暴力侵害、暴力威胁以及言语辱骂,构成了对消费者的虐待。骚扰行为,包括重复持续拨打催收电话、公布消费者信息等,侵犯了消费者的隐私权、生活安宁权以及人格尊严。债务催收人不公平的催收行为挤压了其他债务催收人利用合法手段收债的空间,使得公平债务催收人在竞争中处于不利地位。

据德国网络媒体《焦点》报道,在德国有五六百万人持续不断地有各种金融问题,讨债行业正迅速增长,正规合法的讨债机构应运而生,其行业协会就是德国联邦讨债公司联合会,统领着旗下众多的讨债公司在法律框架内合法地追讨债务。一般来说,讨债公司有50%的成功率,而另外50%讨债失败的原因是,欠债人身无分文,或者是靠领取国家救济金生活的人,他们虽然没钱但是却可以任性消费,因为许多网店是先发货,消费者收到货后,仍然中意才会付款,这就给那些人的无钱消费提供了可乘之机。当讨债公司遇上这些真正的"光杠司令"时,也是束手无策。我先生朋友的女儿就是这么一位,作为三个孩子的单身母亲,她原本在德国大众汽车集团有一份令人艳羡的工作,却因为自己好逸恶劳而放弃了,常年领取国家救济金。可是没钱的她喜好购物并且拖欠债务,于是讨债公司找到她父亲,他几次替她支付了欠款。

在德国讨债公司的费用是由欠债人承担的,他们的工作是以一封催债信开始的。当你接到讨债公司一封来信时,万不可当儿戏置之不理,因为他们是不会善罢甘休的,拖延越久讨债公司的成本就越高,最终所有这些费用都会算到你头上。信中会提出一个支付欠款的步骤和方法,此时你可以与他们商谈一个可以接受的还债方法,或者找律师。但是如果你不回应,他们就会告上法庭,如果证据确凿法庭可以在你不出庭的情况下缺席判决，判决每月从你的薪金中直接划转部分金额给债权人。一旦法院判决欠债人须偿还欠债，同时会指定一位有资质的清算执行人，去欠债人家或公司清算其财产，变现后偿还债务。但是法律规定不能变卖欠债人的基本生活必需品，诸如电视、冰箱之类的物品。他们有法院授权可以进入你家查看，如果你阻拦，他们下次会带警察来，而所有这些费用最终都要由你来支付。银行存款也在清算之列，在德国所有的银行账户都会登记在案，无法藏匿。

以上是讨债公司的合法讨债活动，德国法律并没有规定讨债公司的具体价格，但规定不能漫天要价，必须是一个合理的价格。一般来说，他们的价格相当于律师的费用，一般收费为总欠款金额的13%。

对于那些身无分文或者破产的人，债权人只能自认倒霉。不过这些人必须在法院起誓真的没有钱财，法院和银行会记录在案，所有的金融机构将会分享破产人员名单，没有一家银行会再贷款或发信用卡给他，他也不能购买任何奢侈品、度假、乘飞机等。

### 买债公司

随着讨债业务的盛行，升级版的讨债机构应运而生——买债公司。讨债公司并不拥有债务的所有权，他们只赚取佣金，当讨债公司不能成功追回债务时，会将债务所有权再次出售，以更低的价格卖给另一家买债公司，直至债务追回为止。多次被买卖的债务被业内称为"僵尸债务"。

很多中小型债权企业会将债务打折卖给买债公司，此种情况下，债权人和欠债人的关系发生了变化，讨债公司则不能再向欠债人追加费用，所以在购买债务时会充分考虑到这一点而尽量压低价格。

**天网恢恢，疏而有漏**

在德国，围绕高利贷等一系列金融活动，表面看似政府监管严格、法律法规密集发布，事实上，道高一尺，魔高一丈，金融犯罪从未杜绝过，而法律法规则被金融骗子们所利用成为了他们的保护伞。

一位德国朋友K有过这样的经历。在德国，生命保险是可以被公开出售的，他在出售自己的保险时，在众多出价的公司中选了一个出价最高的公司G，以27000欧元卖给了对方，但对方提出延迟三个月付款的条件。当时他没太在意，而这正是一个陷阱。合同签订G公司拥有了该保险的所有权后，立即向保险公司退保，直到收到保险公司的退保费，整个过程正好需要三个月，三个月后G公司以破产为由拒不付款。K向警察局报案时才发现另外67人也报了案，他们被G公司用同样的手段骗取了保险金却没有得到付款。他们将G公司告上法庭，与此同时，K找到讨债公司向G公司法人J追讨债务。然而G公司注册时以3万欧元仅仅承担有限责任，法院认定作为法人的J有欺诈行为，因此追究其个人的责任和财产。而此时J当庭起誓自己身无分文，名下财产为零，而事实上J早已串通律师把所有的财产都转移到了妻子名下，在德国夫妻不分享债务，所以不能动他妻子的财产。面对此种情况，讨债公司也只能作罢。一个蓄谋已久的阴谋，一个多么完美的骗局。法庭最终判处对方3年半监禁缓期执行。像这样一个老奸巨猾的骗子，利用法律的漏洞，利用人们的善良和无知，欺骗和榨取了68人的钱财，涉案金额达200多万欧元，手段和性质如此恶劣，却能成功逃避法律的制裁，反映了法律脆弱的一面。

2017年4月4日德国网络媒体《焦点》报道了二战后最大的一起诈

骗案。S&K集团成立于2000年，旗下有多个地产公司，经营着灰色金融业务。2014年2月其董事长及其他6名骨干成员因涉嫌有组织地欺诈而被捕，警方早已立案侦查，因重大嫌疑为防止嫌犯逃跑而将其拘禁。2015年9月法院在法兰克福最高法院开庭审理，涉及诈骗金额为2.4亿欧元。经调查S&K集团成立了地产增值项目基金，他们购买了MIDAS公司做私募，MIDAS公司又成立了六个基金，以对中小企业贷款为名募集了1亿欧元资金，但是却用这笔资金购买了S&K集团旗下其他公司的地产项目。就这样，该集团以募集基金为名骗取了为数众多的私人投资者的大量资金，在该集团内部公司之间互相购买彼此的金融产品，最终投资失败造成巨额亏损，案件涉及11000个私人客户的2.4亿欧元资金。案情极其错综复杂，从2013年2月开始，1200名警察调查了130个地点，查阅了4万多页卷宗，仅仅查阅卷宗就持续了几个月，最终的结案报告多达3000多页。经过4年多的调查取证，这7个人因诈骗被判处8年半监禁。因在案件调查的5年期间，这7名案犯一直被拘押，视同服刑，法庭宣判后，他们竟然全部被当庭释放而免予另外4年半的继续服刑，令人大跌眼镜。11000名私人投资者的2.4亿欧元资金付之东流，血本无归，而这些罪犯们却只在监狱里服刑4年了事。

以上范例仅仅是沧海一粟，这种既不能惩治恶人也不能保护善民的法律，亟待完善。

（发表于德国《华商报》2017年8月1日第438期）
（以《当欠债还钱不再天经地义时》为标题发表于《世界博览》杂志2017年4月1日第8期）

# 希特勒自传往事

阿道夫·希特勒,德意志第三帝国元首、总理,德国国家社会工人党(NSDAP,纳粹党)党首,一个出色的演讲家,早年还做过画家,第二次世界大战的发动者,他的名字几乎与世间一切邪恶相关联。他所著的《我的奋斗》被视为"世界上最危险的书",而被禁达70年。然而在世界范围内,这本书却从未销声匿迹,人们怀着或好奇或崇拜等各种复杂心情,想方设法获得此书,使得它在民间和黑市广为流传,甚至有人在拍卖所不惜以高价拍得,如获至宝。

**初版《我的奋斗》成为畅销书**

1923年11月8日,时任工人党领袖之一的希特勒发动了啤酒馆暴动,最终以失败告终被投入监狱后,他在打字机上一字一句地敲出了《我的奋斗》第一部分。8个月后被提前释放的他,向追随者阿曼(Max Amann)口述了第二部分。阿曼是弗兰兹-埃尔(Franz-Eher)出版社的经理,此出版社后来成为第三帝国的中央出版社。在书中他描写了自身经历以及自我奋斗成为政治家的心路历程,表达了自我世界观和政治意识形态,以及反犹太反马克思主义的观点。

**最早的德文版《Mein Kampf》由Eher Verlag出版**

《我的奋斗》的两个部分构成了书稿的两卷。第一版在1925年7月18日首发,每卷一万本,第二版则在1926年12月11日问世,均以两卷本的形式出版。1930年后两卷本合成了一卷本，号称"普及版"，售价为8帝国马克（约53欧元）。从1930年到1933年1月，普及版卖出了28.7万册。希特勒向财政部申报的1933年收入为123万马克，接下来的几年里，埃尔出版社支付给他《我的奋斗》的版税为100万到200万马克，但希特勒未全部收取而是留在了出版社，至1944年他留在出版社的版税为552.5万马克。据说希特勒并不是一个贪财的人，由此可见一斑。时任总理的希特勒，在1934年8月2日德国总统兴登堡病逝后，兼任德国总统，并将总统与总理两个职务合二为一，称为元首，拥有无限的权力。然而他的生活比较低调，没有奢华的宫殿、豪车、万贯家财，他在阿尔卑斯山地区购买了一座名叫Berghof的木质老住宅，这是一座建于1900年以前的典型的巴伐利亚风格的房子，1945年4月这所房子被炸毁。

《我的奋斗》在当时成为德国国家社会工人党党员的必读书籍，当有人结婚、过生日或参军时会得到馈赠，并有不同的包装。1933年国家社会工人党掌权后，《我的奋斗》销量猛增到108万册。直至1943年，仅在德国埃尔出版社就印制了1024万册。到1944年，这个数字大约为1200万册，那时德国人口也不过6500万。有人说在1945年二战结束前，即便不计入盗版印刷，恐怕此书也是世界上除了《圣经》以外出版最多的书籍了。

### 二战结束后被禁

二战结束后，巴伐利亚州政府没收了希特勒的财产，因为希特勒死之前的登记住址是巴伐利亚州首府慕尼黑，其中就包括《我的奋斗》的著作权。依照德国版权保护法，著作在作者死后70年内只有版权所有者或经其授权一方可以出版，巴伐利亚州作为形式上的著作权人，为防止纳粹思想的传播，一直反对出版并禁止他人再版《我的奋斗》。2012年1月，巴伐利亚州还阻止了一家英国出版商在德国再版此书的节选本，因而此书自二战结束后一直没有在德国再版达70年之久。

早在1979年，德国联邦法院就做出了如下判决：在德国持有、出售和购买《我的奋斗》的旧版本并不违反德国刑法第86条，即传播违反宪法的宣传品。法院认为，这本书比联邦德国的历史还要悠久，所以不能用现在的宪法和法律秩序来评判它，而且此书现在最大的功用是作为体现纳粹思想的教材，因此《我的奋斗》在德国理论上并非禁书。

《我的奋斗》在二战结束前销量如此巨大，大量书册在战后被保存下来。德国大部分图书馆里都藏有这本书，供科研之用，借阅也相当方便。此外，估计有数十万本藏于德国人的地下室、阁楼或者祖父祖母的书架上。在许多古董店也能买到这本书，在黑市上只要出钱就能买到任何一种包装的原版书籍，在eBay上也是如此。书的价格取决于其新旧和保养程度，从20欧元到1000欧元不等。2009年英国一位收藏家公开拍卖一本有希特勒亲笔签名的《我的奋斗》，结果一位俄罗斯人以24000欧元的价格拍得此书。

1945年以后，虽然此书在德国被禁止再版，但是却在全世界各国涌现出了各种语言的版本，英语、法语、西班牙语、葡萄牙语、阿拉伯语、印度语、挪威语、瑞典语、保加利亚语、匈牙利语、捷克语等，甚至包括犹太人的希伯来语。此书也出现在诸如印度、阿塞拜疆、阿拉伯等国家，其总数量无人统计过，其中印度的一个出版商仅在1979年就印刷了15000本。在网络上就可以免费下载任何语言的全文书籍。

### 再版,"世界上最危险的书"重出江湖

依照德国法律,版权在作者去世70年之后不再受法律保护。大势已去,此时即便巴伐利亚州自己不再版,别人也会抢着再版。于是德国政府提前谋划,一是制定法律,规定在德国出版《我的奋斗》原版违法,触犯了有关禁止煽动民众的法律条款,二是巴伐利亚慕尼黑当代史研究所早早开始了准备,2016年1月4日推出了第一本再版书——批判版的《我的奋斗》。此书厚达2000页,包括5000条评注,是学者们苦干三年的成果,里面包括许多学者的重要评论。这本批判版的《我的奋斗》售价59欧元,一经推出销量惊人。据统计,这本书在德国刊发后销量不断上扬,一年之内就售出了8.5万本。当代史研究所所长安德烈亚斯·魏尔辛(Andreas Wirsching)表示,这本书如此畅销"依然让人感到震惊"。2017年1月底,当代史研究所第六次印刷这本《我的奋斗》。

### 2016年1月4日慕尼黑当代史研究所推出了批判版的《我的奋斗》(两卷)

在德国亚马逊上,此书只得到两颗星的评价,打低分的用户要么吐槽说价格太高,要么吐槽说"批判版"让人失去阅读兴趣。也有人认真地评价说,评注会遮掩希特勒的真实思想,而这恰恰是我们需要知道的。看来民众还是欢迎原版的。在专门售卖老书的Antiquariat书店,人们可以买到各种包装的原版《我的奋斗》,价格为500欧元、280欧元不等。

在中国,据说此书是禁止的,网上很多人询问这本书在国内是否买得到,或许电商上有可能卖,地摊上也有卖,另外网上可以下载中文全

文《我的奋斗》。

### 有多危险？

《我的奋斗》再版发行，它还有多危险呢？事实上，五分之一的德国成年人早就读过这本书。社会民主党（SPD）和德国教师联合会已经呼吁，把刚刚问世的批判版《我的奋斗》在全国范围内引入课堂。原版的节选之前就已经出现在一些学生的书桌上。例如，在慕尼黑的鲁伊特珀德中学（Luitpold-Gymnasium），老师阿德璐（Dagmar Adrom）让中级班学生阅读和分析《我的奋斗》节选。她说："因为十五六岁的学生已经足够成熟，可以严肃认真地讨论有关主题。而我也发现，他们大部分都很感兴趣。"

### 在台湾出版的繁体版《我的奋斗》

而新纳粹对《我的奋斗》却不感冒，目前极右翼的出版社也没有再版这本书的计划。对此，波茨坦大学极右翼研究学者博驰（Gideon Botsch）解释说："极右翼其实一直在努力摆脱希特勒的阴影，他们想表明自己并不是纳粹，而是正派的爱国者。"至于书中的种族主义言论，读者们自会有判断。这本书本身并不危险，危险的是"神话传说"。《我的奋斗》受到70年的禁锢，使这本书充满神秘和诱惑，一旦公之于众唾手可得的时候，其神秘感自然消除许多。至于对于其观点理论，相信每个人都有自己的价值观和世界观，未必会轻易被蛊惑。

（发表于德国《华商报》2017年4月15日第431期）
（以《封尘已久的自传往事》为标题发表于《世界博览》杂志2017年3月1日第6期）

# 纳税自由日

据德国《世界报》7月12日报道，2016年7月12日以前，德国人当年赚得的每一分钱统统上缴国家税收，自这一天起他们才开始真正为自己赚钱，而不再为国家税收和国库筹集社会资金而工作，因此这一天也被称为纳税自由日。

文章说，近年来德国纳税人的不满与日俱增，因为德国的纳税自由日在世界各国中几乎来得最晚，甚至今年比去年还晚。从单纯的统计学角度来说，直到昨天德国人才刚刚支付完了今年全年的税款和社会保障基金，今天才开始为自己挣钱。

多年来，纳税自由日这一天总是在每年的下半年才来临。平均每个德国公民必须工作超过6个月，才能付清全年的税款和社会保障基金。直到这一天，他们才为自己的口袋挣钱。德国联邦纳税人基金会主席雷纳尔·霍茨纳格说，每一个欧元中只有47.1欧分进入德国人自己的口袋，其余的52.9欧分都贡献给了国家税收和社会保险，也就是说，德国人的纳税及缴纳的社会保险金占收入的52.9%。德国财政部长沃尔夫刚说，市民的税务负担已经在过去的几年中通过隐性税收而增加了。

一张单位欧元纳税占比图在描述了在这52.9%中，各项税款及社会保险金的比例，其中税款占比32.1%，包括1.8%的能源税、12.3%的所得税、9.7%的增值税、6.9%其他消费税以及1.4%的新能源和媒体税。另外社会保险基金占比20.8%，其中包括9.8%的退休保险、1.6%的失业保险、8.2%的健康保险及1.2%的老弱病残险1.2%。

第四章　221

## "纳税自由日"在其他国家来得更早

一个国家纳税自由日的早晚，从一个角度说明了较年收入而言税负的多寡，从这个角度来说，德国人的税负高居世界第三，排在前面的两个国家分别是比利时和匈牙利，欧洲平均税负是40.3%。

英国的纳税自由日是在6月3日，美国是在4月24日，这说明他们国家民众的财政负担明显低于德国人。在德国，单身纳税与以家庭为单位的纳税率不相同，抛开社会保险基金不谈，单就税款一项，德国每位单身纳税比为53.1%，而瑞士单身纳税比仅为24.2%，欧洲平均单身纳税比例为40.3%。

2016年的纳税自由日比2015年延后了一天，如果回看从1960年至今历年的纳税自由日，就不难发现，在过去的56年间，纳税自由日顺延了46天。一张自1960年至2016年历年的纳税自由日图表显示，1960年的纳税自由日是5月27日，1970年是6月9日，1980年是7月3日，1990年是6月24日，2000年是7月19日，2010年是6月29日，2011年是7月5日，2012年是7月8日，2013年是7月11日，2014年是7月12日。由此可见，德国的纳税自由日呈逐年推延的态势，也就是说，德国人每年的缴税天数在逐年增加，缴税金额也与日俱增。

2016年德国联邦纳税人基金会做了一个有针对性的调查，了解人们对日益增长的税收负担的态度，结果显示86%的受访者认为现今总体税收过高，具体到个人的纳税状况，认为个人纳税负担过高的人占77%。而在2015年3月进行的首次此项调查中，只有63%的受访者认为总体税收过高，仅一年时间对税收不满的人数竟有如此大的增幅。

然而这还不是人们对纳税问题产生不满的唯一原因，在往年的大选中，有政党为争取选民而承诺减税，当选后却违背诺言，辜负了民众的厚望。那么民众的这种不满情绪是否会影响到2017年的大选呢？让我们拭目以待。

(发表于德国《华商报》2016年8月1日第414期)

(以《纳税自由日后，德国人才松口气》为标题发表于《世界博览》杂志2016年9月15日第17期)

# 德国议员采访记
## ——采访德国选择党萨克森州议员黑特先生

时隔三年，当我再次来到德累斯顿时，正值深秋的10月底，这个有着"易北河畔的佛罗伦萨"之美誉的城市，展现了她更为婀娜多姿的一面。走在铺满金黄树叶小路上的我，此时却无暇观赏易北河两岸风光，正行色匆匆地赶路，因为我要去萨克森州议会厅采访德国选择党萨克森州议员黑特（Carsten Huetter）先生。

事情的起因是这样的，一直以来被视为右翼并被边缘化的德国选择党，在近期的地方选举中强势崛起，赢得不少民心。而在华人社会中选择党却普遍不被看好，上个月女友对我说："我无论如何都不会考虑在大选中投票选择党，他们排斥外国人，如果他们上台还不知道会对我们华人怎么样呢，我们肯定会遭殃的。"在听过多次类似的言论后，心中一直有一个疑问，果真会如此吗？好奇心驱使我越来越想要弄清楚这件事情。经多方联络获知10月底选择党萨克森州议员黑特先生将有一个讲座，地点在德累斯顿萨克森州议会厅，于是我报名参加意在希望有机会采访到他。

### 参加者构成

参加讲座人员共有25人，主要来自萨克森州各地，是一些有兴趣了解选择党的德国人，他们的年龄大约在50～60岁左右，大都是夫妻一同前来，有律师、医生、军人、警察。有一对夫妇，丈夫是退役军人，退役前曾长年在日本、美国等海外基地服役，退役后一直是预备役军人，他们为人谦和低调。另一对夫妇，男的是律师，女的退休前是刑侦警察。再有我们镇上的一位医生，还有一位40多岁的男士来自一家著名电信公司任市场部经理。总之，这些人看起来都是很正常很有素质的德国人，感觉并不像是媒体所报道的那样选择党的支持者都是些右翼极端分子。

笔者揣测选择党不定期组织类似活动，旨在两方面，其一有针对性地直接面对民众介绍其政治主张和诉求、传达各种讯息，以避免被媒体歪曲和不实报道的可能性；二是为该党争取选民。此种自我推广举措，各个政党都有。去年一位熟人告诉我，他参加了一个社会民主党组织的柏林三日推广活动，包括一天的参观柏林联邦议会和推介活动、两天的柏林观光，活动所有费用包括下榻五星级饭店、一日三餐、市内旅游以及往返长途大巴全部是免费提供。他本意是享受一个免费高档的柏林游，顺带参观了联邦议会并增进了对该党的了解。两党的推广活动如出一辙，不同之处在于，选择党显然没有如此雄厚的财力，因为所有费用都由参加者自掏腰包，他们只提供参观议会厅当天的一顿简便午餐。从另一个角度也足见这些参加者的动机是真正对选择党感兴趣而非其他，否则他们不会拨出时间如此这般大费周折地长途旅行，并破费财力来参加活动，有理由推测他们未来极有可能成为选择党的潜在支持者。

### 参观萨克森州议会厅

此次活动从参观萨克森州议会厅开始，坐落在易北河畔的议会厅是一座约有五层楼高的玻璃建筑，是两座新老建筑物之和。老建筑建于1928年，1933年至1945年曾是州财政办公大楼，二战后部分建筑损毁，修缮以后由东德政府使用。1990年两德统一后，大楼被改造并加盖了新的建筑形成了现在的州议会厅。

议长在议会厅内行使内务权及警察权，并有警卫部队保卫议会的正常工作。每个入选议会的政党在这里都设有办公区，每一位议员都有一间14平方米的办公室。政府提供每位议员可观的年薪，用于支付办公室、秘书、司机、租车、差旅等一切办公费用，议员享有一定的豁免权及特殊权益。

在萨克森州议会中，各政党的议员构成是这样的，执政党基民盟有59位，左翼党有27位，社民党有18位，选择党有14位，绿党有8位。当天在议会大厅正在进行的议程是关于萨克森州各地的财务状况，来自各地的代表向各政党议员们汇报各地的财务状况。

### 选择党萨克森州议会工作介绍

黑特先生讲座的内容是关于选择党在萨克森州议会中如何开展工作，萨克森州是选择党最早进入议会的地方，黑特先生于2014年8月担任萨克森州议员，此前他曾是基民盟党员达20年之久。他在选择党成立之初即加入了该党，现任职该党萨克森州财务副主任及Erzgebirge副主席。他讲座的内容主要有三个，一是介绍萨克森议会的规则、程序和方法；二是介绍议会下属各委员会，议会的所有工作细分为11个委员会，分别是宪法和法律、预算和财政、学校和运动、经济/劳工/交通、环境和农业、内部事务、社会/消费者保护/社会平等/综合、科学及大学/文化/媒体、议会程序规则/议会豁免事务；三是选择党如何在议会中开展工作。

## 采访黑特先生

当讲座结束后，我上前向黑特先生简短介绍说自己是德国最大华人报刊《华商报》的作者，提出是否可以代表华人向他提几个问题。他说现在他要赶往下一个会议，当晚他会与参加者一起用晚餐，将在那里停留两个小时，在晚餐结束之前，他可以抽一点时间接受我的采访。

晚餐地点选在位于Taschenberg宫地下一层的名店Sophienkeller，这里的布置、装潢、店员服装、现场音乐以及菜肴均仿照18世纪萨克森州传统。在这里，在黑特先生赶往另一个会议之前，他如约接受了我的采访，以下是我们的对话记录：

笔者：据说选择党现在有2万多名党员？

黑特先生：现在已经有3万多名了。

笔者：哦，是吗，恭喜贵党发展壮大，那么其中是否有亚裔和中国人呢？

黑特先生：我们只有几名韩国籍党员，还没有其他国家的。

笔者：我的中国朋友们，他们很多已经在德国居住了十几年甚至几十年了，加入了德国国籍，他们普遍担心如果将来选择党赢得大选后当政，会对中国人不利。

黑特先生：为什么？

笔者：因为他们都认为选择党反对难民，反对移民，排斥少数族裔，所以他们认为一旦选择党当政，像我们这样的少数族裔人群会遭受到不公待遇和排挤，大家因此而担心。

黑特：我们没有任何反对中国人的事情，只有一件就是关于版权问题，中国人抄袭我的产品，以低廉的价格再贩卖到欧洲，这是我们所反对的，我们并不反对中国人。前段时间，有一个韩国代表团来问我同样的问题，你知道几年前我们与韩国在汽车贸易方面有点摩擦，那也只是在技术和贸易方面的，而对于韩国人我们没有问题。对中国人也是一样的，我们的问题仅限于版权方面。这些都是其他党和主流媒体为了打压选择党而故意歪曲我们的政治主张，说我们反对外国人。有韩国人来问过我，有日本人来找过我，还从来没有一个中国人来问过我。

笔者：那么我是第一个来问您的中国人了（笑）？

黑特先生：是的，你是第一个来问我的中国人（笑）。

笔者：大家都认为选择党是右翼党？

黑特先生：我们不是右翼党，我们是中间，曾经有一个右翼党叫NPD，他们是不折不扣的右翼。（他比划着）我们是站在这里，这里是中间位置，但是因为其他人都站在我们的左边，于是他们就说我们是右翼，可我们不是。在所有政党中只有选择党在入党时需要查历史，有很多人向我们提出请求加入选择党，他们必须填写表格说明过去的历史，如果他们曾经加入过NPD，我们就不批准他们加入，我们不想与右翼政党有任何瓜葛，更不想有右翼思想的人加入我们。所以我们跟右翼是有明确界限的。选择党目前的党员中，有很多曾经是其他党党员，有从基民盟转来的，有从左翼党转过来的，还有从绿党转过来的，在这其中从基民盟转过来的人占了65%。

笔者：这么说这是一个错误的印象，那么您打算怎样来纠正这个错误的印象呢？

黑特先生：我提议召集一个由中国人社团和媒体组成的代表团，你来做召集人，你们可到我办公室来，我和我的同事来回答你们的问题，我的英语不太好，我的同事中有英语比我好的人。

笔者：我的中国朋友们他们的德语都很好，这一点不用担心。那么什么时间呢？

黑特先生：这两个月我很忙，有很多预约，还要制定明年的财务计划，可以安排在明年春季开始以后。

结尾：

此次采访虽然只有短短十几分钟，气氛始终是轻松和谐的，黑特先生始终态度诚恳和蔼，最重要的是我们获得了重要信息，即选择党萨克森州议员黑特先生向华人社会发出了重要讯息，第一选择党不是右翼政党，第二选择党不反对中国人。

（发表于德国《华商报》2017年12月1日第422期）

# 柏林女孩玛丽

2013年的一天，我先生接到住在柏林的同学莫妮卡的电话，说她做设计师的女儿想在中国生产她设计的布料和服装，希望向我了解相关事宜，于是我们专程前往柏林与她们见面。

在柏林市郊一座白色五层公寓楼前，我们按响了莫妮卡家的门铃，她特意下楼来迎接我们。她说这座楼房是二战前建的，已有100多年了，电梯还是当年的没有更换过，老式电梯的操作有点复杂，怕我们不会用，果然我们看着她操作电梯眼花缭乱的。电梯空间极小，而内部装饰却极其精致，上得楼来我看到公寓内墙面是一种特殊油漆漆成的淡灰色，楼道、扶梯、房顶、户门一切都很有质感，完全不输当代的建筑。

莫妮卡的家使用面积只有74平方米，虽然被东西填得满满的，却被布置得很温馨。莫妮卡10年前与丈夫离婚后，就搬离了他们居住的270平方米的家，独自租住了这座公寓，因为地方狭小，她不得不扔掉很多东西，最初她认为只是暂时的，可没想到一住就是10年。从客厅的大玻璃窗望出去，就看到了1936年柏林奥运会主场馆柏林奥林匹克体育场，她指给我们看旁边不远处的一个巨大的山包。那是二战结束后，柏林被盟军炸成废墟，人们在清理废墟时，一切可以利用的材料都利用在重建上了，将实在无法利用的垃圾堆积在了这里，形成了这座山包。听得出，虽然已是70多年前的往事，有些伤痛终是刻骨铭心、难以释怀的，往事不堪回首。

她把我们让进里间，这里原本是一间大卧室，她用一个高大的书架隔成了两间，外间用作餐厅，里间仅能放下一张床和床头柜。看得出她是煞费了一番苦心才把自己的一切妥善有序地安置在这个狭小的公寓里，同时还保持了生活的格调和品位。她已经65岁了，名下无房产，她说在德国只有45％的家庭拥有住房，其他人都是租房居住的。我告诉她说在中国租房有很大的不确定性，常常是房东有变化，不是涨价，就是卖房，弄得租户常常要搬家，很难安定下来，没有安全感，还没听说谁在一处能租住10年的。

我们正说着话，莫妮卡的女儿玛丽从外面进来，她今天特意请了假来见我们。见到她的第一感觉就是觉得她长得完全不像德国人，反倒很像土耳其人。小巧玲珑的身材在德国女孩中不常见，我和先生各自心中都不免疑惑，她会不会有个土耳其父亲？玛丽好像看透了我们的心思似的笑着说："我知道你们在想什么，因为每个见到我的人都说我不像德国人，而更像土耳其人。"我们笑着点头承认。"其实我的父母和祖父母都是德国人，可是我偏偏长了一副土耳其人的脸，连土耳其人都说我太像他们了，这可能是上天的旨意吧。"她很轻松地笑着说。

玛丽高中毕业后，上了一所职业学校学习绘画，毕业至今已有5年了，一直找不到工作。她一直靠领取政府发的补贴金生活，每月700多欧元，包括住房租金、食品、保险等生活必需费用，不过住房要求只能租不超过40平方米的公寓，可是这样的公寓在柏林很难找到。现在玛丽自己租住在外面，过着完全独立的生活。我问她的同学中有多少像她这样靠政府补贴生活的，她说有一半。那么他们对自己今后有什么打算呢？她说他们当中有的像她一样在积极地充实自己，有的在继续上学学更多的技能，希望能在竞争中脱颖而出，培训费用也可以向政府申请，我听了很惊讶。玛丽说她觉得不公平，学位和技能高的人，政府就不再支付培训费了，只给那些学位和技能低的申请者，而这些获得政府补贴的人觉得这是理所应当。有些人不求上进，只是想像现在这样，过一天算一天，虽然这些钱不够过奢侈的生活，但是总是会有。而那些不甘于现状、想要为一个更好的将来奋斗的人，就必须付出成倍的辛勤、奔波和不懈的努力，经历更多的挫折、失败和艰辛，最终找到一份正式工作，却发现税后的收入并不比现在多出多少。因此很多人对于这样的结果望而却步，比较下来当然是安于现状更容易轻松，什么也不用做，不用劳心劳神劳力，只是每月领取补贴就好。我问玛丽这种补贴有年限吗？她说目前没有，就是说他们可以一直这样下去。我无法想象德国全国该有多少失业的年轻人需要靠政府的补贴生活。

我常去的邻村的超市里，就有几位很年轻的店员，他们看似刚毕业的学生模样，都是十八九岁的男青年。他们每天的工作就是收银、上货，我常常会想他们这么年轻难道没有更好的工作吗？村里的邮递员20多年来一直都是一位现已50岁的女士，去年一位年轻小伙子替代了她。他每天开着邮局的黄包车挨家挨户递送邮件，每次他送来邮件转身离去的时候，我看着他的背影不由得会想，这么好的年轻人难道找不到更好的工作吗？今天听了玛丽的这番话，我有些明白了，有一份工作已实属不易。

玛丽打开电脑给我看她画的画，的确不错，很有天分和想象力，她的画有的被某小镇市政厅陈设，有的被人购买。她喜欢并擅长设计，她设计的图案已经用于餐具、明信片和儿童服装，有些设计还取得了专利。她关注到一位女设计师成功地将自己设计的产品打入著名百货市场，设立了自己的产品专柜，这使她大受启发和鼓舞，她觉得自己也可以走这条路。

在她的生日派对上，朋友介绍了一位金融界自由人士哈默，另一个朋友介绍了一位30多岁的土耳其商人卡哈利，他在德国拥有几家公司，经营着贸易和不同的生意。他们都表示对玛丽的设计感兴趣，经过一番磋商他们达成了这样的协议，由哈默根据玛丽的想法帮助她完成一份翔实、有说服力的商业计划书，然后以此帮助她申请银行贷款，时间是几个月到半年。而作为他的工作酬劳，将由卡哈利的公司支付25000欧元给他，条件是玛丽为卡哈利的公司无偿设计公司网页界面。"25000欧元可是一笔不小的数目啊，你需要工作多久才能完成啊？"我问。玛丽说其实她工作得很有效率，已经完成了一部分，而且卡哈利的公司已经投入使用了。卡哈利除了为玛丽支付这笔钱让哈默帮助她获得银行贷款之外，还很热心地为玛丽介绍其他的私人投资商，他说："如果到最后没有人投资的话，我自己投。"看到这么多人对自己的想法和设计感兴趣，玛丽大受鼓舞，她对自己越来越有信心。尽管妈妈总是告诫她说银行和私人投资商都是逐利的，要她小心、慎重，可她不相信银行和这么成功的商人都看走了眼，在这里浪费时间，她决心一试。

她找到德国大型连锁商场Karstatt，谈了她的想法，即用她的设计图案制作儿童服装，他们很感兴趣。玛丽想到以来样加工（OEM）的方式在中国或者土耳其生产儿童服装，然后由Karstatt进口到德国，因此她向我了解在中国委托生产服装和进口德国的一些情况。

在我们两人说话的时候，我先生和莫妮卡正聊得火热，他们在谈最近的选举。正值2013年7月德国四年一度的大选临近，究竟谁能成为下一届总理，对于这个问题我很好奇，有机会就询问人们的观点，我所遇到的除了极少数人支持现任政府外，大多数人对现任政府不满，而且怨声载道，但是他们又苦于没有什么其他选择，因为其他政党的竞争地位似乎很弱，无法与默克尔领导的政党形成抗衡，所以人们总是对德国的前途唉声叹气。

　　以上是中年人的看法，我很想知道德国年轻一代的看法，于是我问玛丽亚下届总理准备选谁，她摇摇头说不知道。我问为什么，她说没有什么选择。我又问她对现任政府满意吗，她想了想说："我看到的不公平的事情太多了，所以没办法对他们满意。"我请她具体谈，她说对现行的很多法律法规不满，我又请她举例说明，她告诉我说最近在柏林发生的两起刑事案件中，涉案人员一死一伤，而判决结果却没有惩治元凶，反而判受害一方获刑，不是惩恶扬善，反而是纵容了罪犯，使人们大失所望，一时成为人们热议的话题，而这是根据现行法律条文判决的。类似的刑事案件很多，判决的结果总是让人感到不公，她认为一个社会如果不能伸张正义、打击邪恶，那么它将是没有希望的。

　　"还有，"她说："我看到有些人不用劳动、不用付出，就能获得政府的补助，长此以往对大多数辛苦工作的人不公平。例如外国人、土耳其人、阿拉伯人，他们因为丈夫在德国工作，就把一大家人都接到德国来。他们每人生三个、五个孩子，按照德国规定，每个孩子每月可得到政府的儿童津贴。这里的阿拉伯人在讨论我们应该尊重他们的宗教信仰和习惯，但是我们从没有听到德国人去阿拉伯国家，在他们的土地上要求他们应该尊重我们的宗教信仰和习俗。在柏林有很多外国人聚集区，最多的就是土耳其人，土耳其人自己都说柏林已经成为全球土耳其人最多的城市。这里还有阿拉伯人、俄罗斯人、意大利人，他们都在自己的区域有黑帮。这些来自不同国家的黑帮组织常常互相火并，打架斗殴伤人，制造治安刑事案件，把这里的治安搅得混乱，但是却从没有听说有德国本地人的黑帮，更没有听说过德国人黑帮到这些国家捣乱的。在柏林的餐馆、店铺都要向这些黑帮交钱，不然就会有麻烦，做不成生意。"她滔滔不绝地说了很多。我问："那么你们没有想什么办法吗？怎样来改进这种状况？"她说："我们当然想了，我们找到关系，某人通过关系介绍我们去找某个政党的大人物，他们接待了我们。我们当时很激动，能跟这样的大人物直接对话令我们很兴奋。我们向他陈述我们的想法和建议，他很认真地听我们讲，还指派旁边人做记录。我们把想法全都告诉了他们，寄予了很大希望，但是过后却像什么都没有发生一样，没有任何结果，让我们大失所望。"

最后玛丽补充说："现在我们看清了，那些政党、政客们都是一样，只想着自己的利益、权力和地位，并不为百姓着想。"我问："那么还有什么其他办法吗？""没有，还有什么办法呢？！"她万般无奈、无比失望地摇摇头。

（发表于德国《华商报》2018年3月1日第452期）

# 路遇难民伊斯迈尔

9月中旬，我从斯图加特火车站乘火车去科隆，途中上来很多人，车上的座位所剩无几，一位黑黑瘦瘦的青年男子问我："边上的座位有人吗？"我说没有，他欣然拿下肩背包坐了下来。此时我忽然感觉这人会不会是难民啊，我转过头去看身边这人，他果然是棕黑色皮肤，头发略卷曲，中东或北非人模样。坏了，果真是个难民啊。7月份在德国发生的恐怖袭击事件中，就有几起发生在火车上是难民所为，临出来之前，老公交给我一个胡椒喷雾剂，让我带上以备万一。我伸手在包里摸摸它，熟悉一下位置，以便发生紧急情况时能迅速拿出来派上用场。心里稍安后，我再用余光观察了他一会儿，感觉他不像是那种穷凶极恶之辈，此时我很想试着跟他攀谈，心想：一般要自杀寻死或将行凶的人，会精神紧张惶恐，跟他攀谈可能就会有机会察觉，以便见机行事。

我用生疏的德语问道："你是哪儿人啊？"他答说："我是阿尔及利亚人，你呢？""中国人。"他马上兴奋起来："你是中国人啊，阿尔及利亚有很多中国人在做生意，他们很有钱。"他脸上现出很羡慕的表情，还竖起大拇指，他的德语比我好多了，此时我感到他不会有什么威胁，便用英语掺杂着半生的德语跟他攀谈起来。得知他名叫伊斯迈尔，36岁，住在德国西北部亚琛附近小镇Selfkant，3年前从阿尔及利亚去了土耳其，又从土耳其坐船到希腊，再从希腊乘飞机来到法兰克福，一路的辗转波折可想而知，是典型的北非非法移民来欧洲的路线。现在住在德国政府分配的一个公寓里，不但房租水电免费，每月还发给他350欧元零花钱,他常常会得到免费食品券,可以去超市免费领食品,并且如果生病德国政府会安排他去诊所免费看病。我问他出来3年多了,想不想回去?他说不想,他不想失去眼下在德国这样的好机会,在这里可以挣很多钱,这里一切都比他的家乡阿尔及利亚好,所以他当然不想回去,他要留下来挣钱,他听说有的人因为能讲一口流利的德语,找到了好工作。但是他又说其实所谓的好工作挣钱也不多,他也知道找到好工作不容易,一般的工作都工资不高。我问他想找什么样的工作?他马上说比萨饼店或者面包店都可以,因为来欧洲之前他在面包店和比萨饼店工作了10年,所以他现在也梦想着能找到一份这样的工作。我问他对这里有什么不满意的吗?他很坦诚地说没有朋友,没有女人。他说来德国3年了一直一个人生活,没有女人,听他这样说也真觉得他怪可怜的。我又问他为什么没有朋友?他说因为很少有来自阿尔及利亚的难民。

我们的谈话英文德文掺杂,德语不好的我想要查字典却因为没有网络查不了,他马上说:"你没有网络吗?你去超市他们有一个月15欧元的卡,你买了以后,去哪里都能有网络了。"他又拿出自己的两个手机给我看,说这一个是上网用的,另一个是打电话用的,等等。我又问他要坐火车去哪里?他给我看了他的火车票,那是一张联程车票,上面显示多个目的地,票面价值是40欧元,我问他是他自己买的车票吗?他说是的。我对他的情况有几点疑惑,他一个月收入350欧元生活费,有两部手机又上网又打电话,还这么东跑西颠地到处走动,非常活跃,有很多开销,显得与他的收入和境况似乎不大相称。他既然没有朋友,那么为什么要跑去这么多地方?是去应聘吗?我曾问过他怎么找工作,他说在网上找。如果他要找的是比萨饼店的工作,在德国即便在大城市里比萨饼店也不像在美国那样比比皆是,哪儿有那么多工作机会?而又有

第四章　　237

哪个雇主想过雇佣一个北非的难民来为自己工作呢？再者，比萨饼店也好、面包店也好，像这样的小店缺人手时，一般只会在当地通过自己的渠道发个通知广告一下，目标也仅仅局限于附近的居民，因为没有人会每天乘火车大老远地跑去面包店工作，交通费太高了，不可能。那么伊斯迈尔这么活跃的一天跑几个地方是在做什么？早就听说过一些非洲难民在这里贩卖毒品和做其他非法勾当，这让我很疑心。

快到科隆了，我们两人都站起身来到车厢口准备下车，就在此时，火车却停了下来，广播通知说因为前方列车出了技术问题，我们的车只能停在此地等候，并且不知道要等多久。这时车上乘务员拿出两箱子瓶装水放在车厢里让乘客自取，我自己拿了一瓶也拿给伊斯迈尔一瓶，这时他跟站在前面的一位德国女士说了什么，那位女士转过绷得紧紧的一张脸看着他毫不客气地用德语说："你说什么？"又转而用英语说："不，我听不懂你在说什么！"然后转过头去再也不理他，伊斯迈尔表情尴尬地笑笑，没再说什么。

火车没过多久又启动了，在科隆下车以后，我们在站台上告了别。看着他的背影，我想起了几天前看到一篇报道题目为《55万被拒难民滞留德国，巨大安全隐患和资源浪费》，文章称据统计目前在德国有将近55万难民申请者被拒签后依然生活在德国，其中四分之三的人已经在德生活超过了6年。文章虽没有提到这些人是靠着什么来维持在德国的生活，实际上他们都在领取德国政府每月发放的难民补助金，换言之就是德国的纳税人在供养他们。伊斯迈尔就是这些非法难民中的一个，他年纪轻轻却已经享受了德国人民的供养达3年之久，不知还会有多少年。我不由得想起我的女友，两个孩子的单身母亲，49岁的安德莉亚。她在一个诊所工作，同时还要照顾孩子，一个月税后收入1000欧元，她要支付房租水电供暖及各种费用，虽然两个孩子每月可以得到政府发的补助金共360欧元，她们仍然生活得很辛苦。我认识她7年，她从不去度假，因为没有钱，就是她也要用辛勤的工作纳税来供养像伊斯迈尔这样的年轻男子难民，而伊斯迈尔不但不用辛苦工作就可以获得温饱和住有所居的生活，还可以到处闲逛。

  10月15日德国总理默克尔在帕德博恩举行的基督教民主联盟青年组织会议上发表讲话说：德国需要"举国努力"，以确保申请未获得批准的难民系数遣返。"我们需要全国性的努力，遣返那些避难申请未获批准的难民，这是无可争辩的事情，我们眼下正努力解决这个问题。"她说将增加德国各大城市移民部门的工作人员数量。这样的话听起来如同当初她的那句名言"我们能做到"一样信誓旦旦，只是不知这是默克尔情急之下一拍脑袋的结果，还是深思熟虑后的战略决策？是不是仅仅因为9月以来她领导的基民盟接连在两场地方选举中遭遇重大失利，矛头所指其难民政策，大选在即不得不出如此"狠招"？不知默克尔有没有计算过这55万非法难民在过去的这些年已经消耗掉德国多少财力、物力、人力？有没有想过究竟怎样来遣返这55万非法难民呢？飞机、轮船、火车、大巴？一次可运多少人，多长时间可以运送完？需要动用多少人力、物力、财力？况且这些难民打死也不愿意回家，一听到要遣返他们回原籍，立刻消失得无影无踪，难道要全国追捕、围剿吗？如果他们宁死也不走，难道要手铐铐住他们送回家去吗？

  不知"伊斯迈尔们"的命运将会如何。

（发表于德国《华商报》2016年11月1日第420期）

# 宁静美好的日子何时再来？

我所居住的是德北一座只有2000多人、800多户家庭的村庄，这里民风质朴、邻里和睦、夜不闭户、路不拾遗，这里的人们与世无争地各自经营着自己安宁的日子。可是就在去年夏季，村里连续发生被盗案件，搅乱了人们心中的那份宁静与祥和。

先是莫妮卡的新车在家门前不翼而飞，那天傍晚7点左右，莫妮卡和丈夫准备吃晚饭，当时她透过敞开的窗子还看到停在房子旁边的大众CC。晚饭后两人准备散步，出门后不经意朝停车处瞥了一眼却发现那里竟然空空如也。他们大惊失色，四处寻找不见踪迹，不敢相信就吃饭这会儿工夫，自己的新车居然就在眼皮子底下没了，两人这才慌了神立即报警。一位邻居叙述，当晚7点左右看见一名陌生男人从她家附近走过，这是仅有的线索，案子至今也未破获。

莫妮卡的车被盗贼偷走了，而这盗贼必定是东欧偷盗团伙，这是所有人的共识。这些人因在德国境内流窜作案、手法专业而闻名，就连警察也拿他们无法，破案率极低。被偷盗的家庭报案后，警察风风火火一堆人来调查登记一通，之后就烟消云散，杳无音讯了。久而久之，被偷的人们也知道报案也不可能挽回损失，只得自认倒霉。事出之后，消息不胫而走，村里议论纷纷，颇有点人人自危。让所有人不得其解的是，那盗贼究竟有什么高强的本领和技术，能这样在人家窗前神不知鬼不觉、悄无声息地把一辆偌大的车像变魔术一般地弄走了。他们还有什么我们所不知的手段和武器，可以在不经意间给所有人更大的惊吓呢？仔细想想除了让人感到不可思议外，更加让人不寒而栗起来。

大约一个月后，另一个坏消息在村里传开了，一户人家被盗了，这是我一个朋友家的邻居，距我家只有100米的距离。事情发生在一个周六傍晚8点至11点之间，这座房子里的一对60岁左右的夫妇，应邀在这个时间去朋友家做客，回来后就发现家里被盗贼光顾了，损失了现金、细软和其他值钱物品，而事发时我的朋友正在十来米外自己的家中，竟然毫无察觉。警方介入调查后判定，这同样是一伙东欧偷盗团伙所为，他们有组织、有分工地作案，白天在村里踩点并在所选定的人家做记号，晚上他们分头行动，有人进入人家翻找值钱物品，另外有人则分布在主人回家的必经之路上望风。这样周密的策划布置，确保整个盗窃活动从从容容、有条不紊地实施，他们甚至将厨房里的茶叶盒也一一打开，查看是否藏有现金，而在主人回来之前他们得以安然全身而退地撤离现场。

我住在这里6年多，头一次听说发生这样的偷盗案件，之前这里从未有谁家丢过东西。这件案子发生后，给这个世外桃源般的村子打击实在是沉重，人们开始给门窗加锁。有人在家里预备铁棍、枪支等防身武器，朋友哈约克则取消了原定出游巴西的计划，他说他要留在这里看家。邻居英戈夫妇外出旅游时，会拜托好友隔天来家里打开几个房间的灯，以家里有人的假象来迷惑盗贼，这种方法被广泛效仿。我家则决定安装一套报警系统，去店里购买时被告知，所有家庭报警产品已脱销，吃惊之余赶紧上网查看，方知各类家庭报警系统均无现货，几周后才能到货。我们当即毫不犹豫地订了货，待几周后货到时，老公楼上楼下、房前房后、里里外外忙活了两周，连安装带调试总算把这极其复杂的报警系统安装调试好了。每一扇窗、每一扇门都连接着中央设备，一旦任

第四章　241

何一扇门或窗从外部或内部强力打开时,系统会立即发出尖锐的鸣笛,以期吓跑盗贼。然而我的女友却不以为然地说,不行的,仅仅鸣笛是吓不走盗贼的,她家的报警系统是与专业保安公司的控制系统连线的,一旦报警,他们会立即赶来查看情形,当然这得支付一大笔费用。其实并非是因为有万贯家财才怕被偷,而是一旦家里被盗匪祸害,人们往往有种说不出道不明的不祥之感,那种晦气的阴影会长久萦绕在房子里和人们心中挥之不去,使人感到挫败和抑郁,往往需要很长时间才能从这种阴影中走出来,重新振作起来。我的一位亲戚家里就曾遭遇过偷盗,损失也未见得多么惨重,但她一直为此抑郁,以致后来有点疑神疑鬼的,过了两三年才逐渐恢复正常。

今年夏天的一天忽闻我们在法勒斯累本镇的网球俱乐部和邻近的体育俱乐部被盗,打完球后我特地跑去办公室询问,正好碰上俱乐部主席,他说还好,他们没有存放多少现金在那里,但是有四扇门被严重损坏,需要修缮。我转过头去看到那扇门和门框被凿得伤痕累累、惨不忍睹,他告诉我邻近的体育俱乐部损失惨重。我在这家俱乐部打球已有6年多,这是头一遭听说被盗事件。当我问他警察调查的结果时,他摊开两手摇摇头,万般无奈地说不知道,是外国团伙干的,我们彼此都心照不宣那外国人所指是谁,此案至今没有破案。

虽然大部分偷盗案件都没有发生人员的直接冲突,然而因偷盗引发刑事案件的,也是屡见不鲜,2014年发生在汉堡附近的一宗入室抢劫案就是一例。当地的5名18岁至20岁的阿尔巴尼亚难民打听到一位76岁的残疾老人独居,他们在他的院子里袭击了他,然后挟持他进入房子,他们殴打他并胁迫他打开保险柜。忽然保险柜的警报响起使歹徒误以为警察来了,四散而逃,惊慌之中老人得以拿出藏在家中的枪并击中一个歹徒。这歹徒受伤不治而死，他因打架斗殴、出手狠毒、屡次犯事在当地难民中臭名昭著。事发后，死者家属纠集众多难民频频到警察局及老人家门前闹事，要求惩治老人，地方法院迫于压力判处老人9个月入狱缓期执行，而其他4名歹徒却没有受到任何惩治。就在事发前一周，还刚刚发生了一起独居老人被难民盗贼在家中打死的案件。近年来老年人在家中及公共场所遭外国人袭击和抢劫的案件频频发生，被打死者不计其数，据统计平均每天都有一名德国人死于外国人的袭击和犯罪。家住柏林的一位朋友告诉我，一天她正与一位中国男士在街上行走，两名难民就上前来纠缠，其中一人见到那位男士脖子上戴的金项链，伸手撒下撒腿就跑。不过这位男士有多年的武功在身，拔腿紧追，在几十米外被他追上并夺回了金项链，还饶过了那强盗。另一位居住在柏林的朋友告诉我，近来在柏林有大量自行车被偷。

我们这个地区每隔3个月政府会派车到各村收集废弃物品，所以各家要淘汰大件物品的都集中在这个时间扔到院子前面的路边，包括冰箱、电视、烧烤箱以及桌椅、柜子、床、沙发等各式家用电器和家具用品，其中很多都完好无损。每当这时，波兰人就驱车几百公里前来收集有价值的物品拉回波兰，稍事整理维修便可出售获利，不少人专做此生意。因此每当此时，村里大大小小的街道上就看到波兰人的破旧货车，不停地转来转去，像无头苍蝇一样到处乱撞，争先恐后地想抢在别人之前拿到刚刚被扔出来的物品，把小村搅得鸡犬不宁。到了晚上他们则在附近的树林露营，吃着自己带来的面包和食品饮料，用能找到的水擦身。他们都是青壮年男子，皮肤黝黑、两眼深陷，光着膀子。在那两三天里他们频频在村子附近出没，总给人一种不安的感觉，谁知道会不会有人搂草打兔子，乘机捞一把走人呢？

而比起这种远虑还更有近忧,去年几公里外的Gifhorn镇来了许多难民。家住那里的彼恩先生抱怨说,他家附近整天有无所事事游手好闲的青年男性难民,三五成群地在街上游荡,让他和附近居民终日忧心忡忡、惶惶不安。我们虽然在几公里之外,也免不了会担心,因为他们常常会骑着德国政府发给的自行车到处闲逛。我们都加倍警惕起来,即使只是在院子里干活也要把家门关严锁好,即使只是临时跑去邻居家拿东西或者借工具,也要把车库关上,不敢有任何懈怠和大意。即便处处这样小心行事了,一个人在院子里,心下也总是有点怕怕的,万一此时忽然出现几个难民模样的男人怎么办?因为他们总是三五成群一起行动的。有时候一个人在家里听到点异样的响动就会警觉,颇有点神经兮兮的。

一天凌晨3点多,老公推醒我说:"你听到什么动静吗?"他一向对异常响动很警觉,就连在睡觉时也是如此。我听了听果然远处隐约传来"嘭……嘭……嘭"间断的响声,正在纳闷是什么声响,他起身拿了手电筒开窗查看,那是从100米外麦地的另一头一座房子处传来的。"嘭……嘭……嘭"像是凿东西的声音,在深夜静谧的乡间虽然时断时续但确确实实,他用手电筒照向那座房子。"是人家在干活吧?"我说。"在这个时候吗?"他很怀疑,他开始穿衣服。我问"你要干什么?""去看看。"他拿了一把铁锹和手电就要出门,我要跟去他却说我会碍事,要我在家留守,我嘱咐他小心并让他带上手机,有情况马上打电话回来。我锁上门返身上楼站在窗前,紧盯那房子的方向,心里异常紧张,大脑里迅速闪现出各种可能的情况,他过去撞上匪徒与他们打作一团,寡不敌众被打伤倒地鲜血淋漓……

我越想越怕,时间一分一秒过去,只觉得已经很久了,却还不见他回来，我该怎么办？叫邻居吗？报警吗？不妥，我想出去查看，又怕跟他走差，他回来不见我会担心，就这样楼上楼下跑了几个来回也没拿定主意。最后还是再跑到窗口用手电光照向那座房子，心想：但愿匪徒被这光亮惊吓到仓皇逃跑。不知过了多久，听到钥匙开门声，他回来了，我一直揪紧的心才放下，他说没看到什么可疑情况。"那为什么去了这么久啊？"我问。"我得悄悄地接近那座房子，不能出响声惊动了匪徒啊，之后还在房子周围查看了一圈。"

一场虚惊过后，自问：从何时起我们要似这般担惊受怕、提心吊胆、疑神疑鬼地过日子了？曾经那宁静美好的日子何时再来？

（发表于德国《华商报》2016年10月1日第419期）

# 风景这边独好

大雁远飞，终会回归；游子浪迹天涯，然心系故土。

这些年，为了亲身感受家乡日新月异的发展，为了不远离那一切我称之为"根"的东西，我每年在北京和德国各住半年，也因此得以从不同的视角观察和比较东西方社会的各个层面，往往使我感触良多的并非文化、意识形态的差别，却是政治体制、国策方针的迥异。一言以蔽之，为什么人的问题是检验一个政府性质的试金石，而这些往往体现在社会民生方面的点点滴滴，正所谓窥一斑而知全豹。

去年夏天，德国朋友卡尔母亲的家被盗了，80岁老母独居于距他家50米外的自家房子，他每天过去照看两次。这天晚上忽然接到母亲电话，说卧室门撞上了打不开，遂立刻奔过去。母亲说她扶着移步车缓缓地从卧室走到厨房弄点吃的，再返回卧室时，房门紧闭且从内反锁了。待他找出备用钥匙打开房门时，却见里面被翻箱倒柜、一片狼藉，方才意识到被盗了，赶忙报警。原来盗贼一早埋伏在卧室窗外向屋内窥探，趁她去厨房，便从敞开的窗爬进来，从内反锁了门，随即对屋内洗劫一番，偷走了现金和母亲的贵重首饰。警察来到后，查看一番，问问情况做做记录后就准备离开，卡尔在一旁不解地问道："难道不用做指纹采集吗？"对方漫不经心道："做也是徒然，盗贼早不知去向了。"摆摆手撤了。此话让人对破案不敢再抱希望，幸亏他母亲的首饰上了8000欧元保险，获赔3000欧元，好歹挽回些许损失，唯老母惊吓不轻。

自2015年夏，德国乌乌泱泱涌进百多万难民和非法移民，治安每况愈下，恐怖活动、持刀伤人、抢劫、偷盗、强奸、暴力案件大增，民众叫苦不迭。难民频频在超市偷窃，店方报警后，当地政府官员就会来替难民支付货款，然后放走肇事者，警方甚至不做记录。难民打架行凶抢劫强奸，警方也常常以证据不足为由释放嫌疑人。不久前在汉堡两名36岁和30岁的德国男子先后被3名难民持棍棒打成重伤，事后警方释放了凶犯；老人在街上、在家里被抢劫，被打伤甚至打死的案件频发；一名难民男子强奸了邻居6岁女孩，女孩父亲闻讯赶来持刀冲向罪犯，被警察击毙，一年半后该罪犯仅被叛20个月缓刑；2016年轰动一时的跨年夜科隆广场性侵案，千名难民涉嫌对百名妇女包括一名女警员性侵、抢劫和强奸，而一年多以后仅有两名嫌犯入刑。上周末又在慕尼黑街头再次发生难民持刀伤人案件，四人受伤。

我所居住的德国北部一座只有2000多人、800多户家庭的村庄，这里民风质朴、邻里和睦、夜不闭户、路不拾遗，人们与世无争地各自经营着安宁的日子，从未有过任何犯罪案件发生。可是在2015年夏，村里接连发生了入室盗窃和车辆被窃案，搅乱了人们心中的那份宁静与祥和，案件至今未破。

一位中国朋友在科隆火车站乘车时背包转眼间被人偷走，向车站的警察报案，他们一副不以为然的态度使她很气愤。"我们每天都接到50多起报案，哪里忙得过来？"警察的语气里充满了无奈和懈怠。她又向车站管理员发牢骚，对方解释道：'现在治安形势很差，以后也许会更糟，政府对这种状况放任不管，他们早就不管民众的冷暖安危了。'

不是警察无能，是政策使然，政府早在难民潮初期就指示对难民犯罪宽容对待，媒体不得报道。多数案件的肇事者都是警方登记在案的惯犯，罪行累累，上级有命，警方无奈抓了人不得不再释放，惯犯几进几出，逍遥法外。罪犯得不到惩治，正义得不到伸张，致使犯罪案件大增，民众的安全感日益下降，百姓怨声载道，对政府越加不满。但是反对的声音被压抑，民众的疾苦被忽视。什么是罔顾国家利益、罔顾人民利益，这个政府做出了最好的诠释。一位在京工作的德国朋友对我说："真的很羡慕你们中国，虽然你们也有腐败，但是你们的政府是真的为民众谋福利。而我们的政府，我们觉得他们已经不是我们的政府了，他们不为我们办事，他们倒好像是专门来对付我们的。"

是啊，在我的祖国，保护人民群众生命财产安全，是政府的职责，法网恢恢疏而不漏，法律的尊严神圣不可侵犯，不管你来自哪里，是什么身份，以身试法者必将受到法律的严惩。在我的祖国，是非分明，惩恶扬善，绝不姑息养奸。据了解，近年来中国警方的总体破案率是47%，高于美国的44%、英国的35%以及日本的23%，而大城市如北京、天津等的命案、人质案等大案的破案率近年接近100%。警方的办案力度和效率，以及法律的严惩不贷，保证了社会安定和民众的安全感。

在城市里各个小区街道都有当地派出所指派的片警专门负责治安，遇异常情况或大案要案，警方会调派警力、深入调查、及时破案。我常常关注CCTV新闻频道每日中午时分的一档《法制在线》节目，每天一集报道两个真实刑事犯罪案例，包括命案、劫持案、贩毒案、抢劫案、入室抢劫、欺诈、小偷小摸等，详细记录了警方破案的全过程，他们执着、敬业的态度、一丝不苟的作风以及精湛的专业技能，使一个个错综复杂的案件迅速破解，令人肃然起敬。

即便是小偷小摸这样的案件，警方也有公交车便衣警察进行专门打击。曾读过一篇便衣警察写的文章，一次在追捕小偷时，狂奔几千米穷追不舍，眼看就要追上时，右脚跟腱突然断裂，使他摔倒在地爬不起来，让小偷在咫尺之遥逃脱了。大夫说不能再干这行了，他却以坚定的信念和坚持不懈的努力终于恢复身体重返岗位，一年后当他再次与小偷不期而遇时，几百米冲刺将其捉拿归案。在我的祖国，人民警察、人民法院秉承国家意志，保证人民安全，保障社会安定、祥和，岂容罪犯逍遥法外？现今走遍世界各国，恐怖袭击此起彼伏，刑事犯罪有恃无恐，而在我的祖国，却是一派莺歌燕舞的繁荣盛世，在这里我感到最安全、最安心，就连在中国久住的外国人都有同感。

在我的祖国，百姓安居乐业，人民生活越来越幸福美满。而在德国，贫困指数却在逐年上升，贫困率最近10年间从14.5%上升到15.7%，最新调查数据显示，20%的德国儿童正在遭受贫困，而且他们摆脱贫困的可能性几乎为零，此外还有10%的儿童将会在未来短时间内遭遇贫困，而靠着微薄退休金生活的老年人境况更是凄凉。最近德国多家媒体报道了一件引起很大反响的事件，一位76岁的退休老太太安娜常在慕尼黑火车站附近捡拾丢弃的酒瓶并代售当地报纸，但是却被车站的两名工作人员强行赶出车站并提起上诉，因为两年前车站对安娜下了不许进入的禁令。安娜老太解释道：她因病住院刚出院不久，行动不便，只想从火车站大厅穿过抄个近路，在大厅里看见一个啤酒瓶，出于"职业习惯"顺手捡起来，之后就被车站的两名工作人员架走，赶了出去。地方法庭判处安娜老人需支付车站2000欧元的罚款。此事件被媒体曝光后引起众多市民的同情和对慕尼黑火车站管理人员的愤慨，安娜的老伴儿已经78岁了，需要不时出去工作，两人的退休金不足以维持生计，现在又要缴纳高额罚金，每个瓶子0.08欧元，她得捡25000个瓶子才能卖得2000欧元。此事被当地一家专为无家可归和社会边缘人员办的报纸《慕尼黑慈善》(《Charity München》)负责人知道,发起了募捐活动,十几天募集到7000多欧元,于是一张7025欧元的支票送到安娜老人手里,她的困境暂时得到解决。

像这样在街上捡瓶子的德国老人不在少数,笔者在汉堡火车站亲眼所见一个垃圾箱先后有4位老人去查看是否有瓶子可捡。德国法定退休年龄在2012年从原来的65岁提高到67岁,而退休金却有所降低,以汉堡为例子,退休金从两年前的780欧元降低到现在的650欧元,而德国的贫困线是581欧元。邻居安卡是一座农场的餐饮主管,因为工作太过辛苦,她准备提前退休,当她了解到退休金只有区区650欧元时,她既震惊又愤怒,无论如何也没有想到自己勤勤恳恳工作了40多年,到头来只能有一个刚超过贫困线的生活。她的情况在德国颇具代表性,据德国联邦统计局的数据显示,近10年德国退休老年人再就业比例持续增长,2006年德国60岁至64岁的老年人就业比例约30%,到2016年升至56%;2016年在达到和超过法定退休年龄的65岁至69岁德国人中,仍有约15%在工作,10年前这一比例为7%。在今年德国大选期间,一位退休的清洁女工向默克尔总理提出质问,为什么干了一辈子却拿不到足够生活的退休金,而默克尔竟然反问她有没有买保险?作为世界经济强国的德国,一般退休人员却只能挣扎在贫困线上,政府责无旁贷。

德国是很富裕的,只需看看柏林新机场的预算从20亿欧元提高到54亿欧元;汉堡的一座超豪华音乐厅预算从原来的2.14亿欧元一再提高至8.66亿欧元,落成后的建筑位列全球最昂贵建筑之第12位;建造城市中的一个豪华观景平台,动辄要花费几百万欧元;仅在2016年一年,德国政府在难民和非法移民救助上就花费了350亿欧元,这还只是保守数据,实际的花费远高于此。而对于为国家勤劳工作了一辈子的退休老人,政府却不肯拿出这些巨款的一个零头来改善他们的生活,这是一个多么令人寒心和失望的政府啊!难怪默克尔领导的联合政府在大选中的支持率降到了历史最低。

与之形成鲜明对比的是,在我的祖国,敬老慈幼是传统美德,老年人获得政府和社会的惠顾,老有所养、老有所依,而不会被社会所抛弃。在我的祖国,退休人员的薪资待遇年年增长,他们的生活远不止停留在温饱水平上,他们国际国内的旅游、唱歌跳舞、学琴学画、聚会、吃喝玩乐,好不快活,这个群体非但不会被边缘化,他们正成为最快乐、潇洒、轻松自由地享受生活的一个群体。我母亲耄耋之年,父亲去世后她搬入老年公寓,与那里的几百名老人生活得丰富多彩、充沛愉快。在京的各艺术团体、学校演出队经常来老年公寓慰问演出。昨天是九九重阳节,收到她发来的短信:"公寓自进入九月以来,慰问演出活动不断,迎国庆、庆中秋、庆贺十九大召开等,今天是九九重阳节,昨天是中央芭蕾舞团来慰问演出,今天又是北师大艺术传媒学院奉献的歌舞演唱会,让我们久别青春的老人们看到了当今青年学子们的风采。他们的演出规模不大,时间也不长,但却丰富、精彩,中外歌曲舞蹈,具有专业水平。学生们的演出以领队导师的演唱结束,那美妙的中音余音缭绕不绝于耳,幸福啊,我禁不住这样想……"

在我的祖国,政府把为人民谋幸福、为民族谋复兴当作自己的使命,把人民的利益摆在至高无上的地位,把人民对美好生活的向往作为自己的奋斗目标,"使人民获得感、幸福感、安全感更加充实、更有保障、更可持续""人民群众反对什么、痛恨什么,我们就要坚决防范和纠正什么"。这是党和政府铿锵有力的声音,试问,世界上有哪一个政党、哪一个政府对人民有过这样的承诺?一届政府、一个政党若是有了这样的鲜明的目标和使命感，定会受到人民的拥戴。

十九大刚刚结束，一个接一个的好消息陆续传来，老年人基本生活和健康福利保证的若干措施、房屋转让手续费取消、36种高价刚需药纳入医保、全国取消国内长途和漫游费、农民工等群体免费接受技能培训、义务教科书将免费、居民大病医保个人缴费取消、全面取消航空燃油附加费等，一系列便民惠民举措彰显政府说到做到、把口号付诸行动的决心，犹如涓涓温泉，暖人心脾。

放眼当今世界，到处矛盾重重、危机四伏，战争、贫困、动荡、民族争端、国家分裂、难民危机、经济衰败，唯有我的祖国一派欣欣向荣、蒸蒸日上、生机勃勃、如日方升。这里的人民幸福喜乐、朝气蓬勃、龙腾虎跃、生意盎然。

并非生于和平年代，只因生在中国。风景这边独好。

（入选江西高校出版社人文社科分社出版社《故乡在中国》丛书）

# 生动、具体、客观
## ——《德国故事》读后感

国人对西方国家的认识经历了几个阶段。改革开放前的闭关锁国，使普通百姓对西方的了解仅限于主流媒体的宣传报道，认识极为有限，误解之处很多。普遍看法是：资本主义国家在"一天天烂下去"，那里的百姓仍处在"水深火热之中"，等待我们去拯救。改革开放后，国门大开，洛杉矶高速路上的车水马龙、巴黎商业区的五彩霓虹，日本新宿街头的华服靓女，与当时国内满眼的自行车流，低矮破败的房屋建筑，清一色的蓝绿制服，形成了巨大反差。西方社会这些繁荣景象，震惊了国人，也触动了上层。于是国人心目中曾经的日益衰落的西方国家，成了不少人追逐向往的人间天堂。留学热、出国热、外嫁热，随之而来。崇洋媚外的现象随处可见，冒死偷渡事件也屡屡发生。

对西方国家在认识上的上述两个极端,到了90年代,逐渐起了变化。一部电视连续剧《北京人在纽约》中的一句话,标志着国人对西方世界的认识,变得冷静了,客观了。"如果你爱他,就把他送到纽约,那里是天堂;如果你恨他,就把他送到纽约,那里是地狱。"

《德国故事》作者长期游走生活在中德两国之间,不同于短期出国考察访问,走马看花浮皮潦草,无法深入了解西方社会;也有别于留学常驻公干人士,难得融入主流社会,窥视西方人的心态。于是写出了这部非常接地气的贬褒皆有的诸多故事。

作者讴歌了德国人爱国主义和不屈不挠的精神。为了抵抗外侮,在德国每个村庄都有射击俱乐部、体育俱乐部,习武健体。德国人重视传统,几乎每个村庄的历史都有记载,每一个为国捐躯的士兵,都被妥善安置悼念。正如作者所说:"善待故人,就是善待我们自己。"德国人爱国,德国人在世界杯上获得冠军后全国都沸腾了。他们可以驱车数百公里赶到柏林,欢迎他们心中的英雄。他们还用著名球员的名字命名街道,表现了对为国争光英雄的尊重。

二战期间,德国著名城市德累斯顿几乎被联军夷为平地,但德国人在废墟上重建了这座美丽的城市,地标性建筑几乎全部原样重建。2015年作者眼中的德累斯顿是这样的,"如今的德累斯顿所展现的厚重的历史感和优美的古典风韵,既壮观又细腻,既磅礴又凄迷,既古老又永恒,它依然美得叹为观止。"

"性相近,习相远。"人的同情心,人性的善良,是与生俱来的,不分种族,不分国别。作者邻居家的女孩丽妲,家境并不富裕,当被问到将来有什么打算的时候,回答竟是"我想帮助那些需要帮助的人"。作者女友伊纳丝,本人并非富豪大款,却分别赞助了尼泊尔和埃塞俄比亚两个孩子。还有一位邻居，自己的宠物被人开车撞死了，却没有怪罪肇事者，反而说宠物在马路上乱跑，没给开车人造成伤害就不错了。当然还有《养女丽萨》一章，也写到了人性中善良友好的一面。

毫无疑问，德国在二战期间犯下的罪行，也暴露了人性中的丑陋。善恶总有报，二战后德国人深切体会到了作恶的后果。《德国故事》中多处写到德国人受到的报应。二战中有"450万人"死亡，战后更有"850万人死亡"，其中有"100多万人死于饥饿"。被苏军俘获的德国士兵，死亡率最高时竟达"60%"。大批战俘被送往西伯利亚，"在零下60度的极寒天气中从事苦役"。死于战俘营的德国士兵总计"130万"，"幸免于难者寥寥无几，最后一批幸存者直到1956年才获释返回德国"。

《英戈的故事》在我们听来更是不可思议。甚至在罗马尼亚的德国人也受到了难以想象的惩罚。"在战后丘吉尔与斯大林的一次谈话中，斯大林说苏联将需要一支400万德国人组成的劳动大军，并无限期地留在苏联。"于是很多身处罗马尼亚的德国人也被拘捕，然后送往苏联去当苦力。英戈的爸爸被追捕时，有意跳进粪池又躲进树林，迷惑了警犬的嗅觉而躲过一劫。但英戈的老师，二八妙龄时就同18岁的姐姐一起被送往苏联，在矿井下干了5年苦力，手和脊椎都累得变了形，直到1950年才被释放。

《德国故事》中也用相当篇幅谈到了移民问题。美国人在阿富汗、伊拉克、利比亚和叙利亚等多国以反恐为借口发动了多场战争，造成了大批难民涌入欧洲。德国国门大开，2015和2016短短两年间，就接受了120万难民，其中多数来自阿拉伯国家。因为与主流社会的价值观不同，生活习惯有异，加之语言和宗教信仰的差别，在德国社会引发了诸多矛盾。比如，德国法律规定一夫一妻，但穆斯林难民，却把数个在阿

生动、具体、客观——《德国故事》读后感　　255

拉伯国家明媒正娶的老婆都带到了德国,于是有人要求修改德国宪法了。穆斯林不吃猪肉,他们的孩子在德国学校上学,对学校食堂提供猪肉提出抗议,于是有些学校就停止供应猪肉菜肴了。此举又引起德国家长的反对。大批移民涌入德国,社会治安也出现问题。刑事案件突增,移民中的犯罪率也很高。

可不可以把非法移民遣返?当然可以,但代价却高得出奇。每遣返一个非法移民,德国提供的安家费已经从3000欧元涨到了6000欧元。遣返难民罪犯,往往还要安排专机护送。为了保证安全,每个非法移民还要配备多个保镖,以防他们在飞机上闹事。另外还要配备医护人员和翻译。没有一个非法移民会乖乖地束手就擒让你遣返,他们会到处躲藏。德国政府又不知要雇用多少人工,花费多少银子,去追捕这些逃犯。所谓的大批遣返,目前基本还是一句空话。

德国所面临的难民问题,我们不应该从中吸取点教训,防患于未然吗?

毫无疑问,德国是个富裕发达的国家,但也绝非十全十美。难民问题、恐袭问题、老龄化问题,当前都还是无解的难题。就连国人称道的西方法制,其实也并不完美。因为担心被极端主义分子报复,往往轻罪不判或重罪轻判。"不久前在汉堡两名36岁和30岁的德国男子先后被3名难民持棍棒打成重伤,事后警方释放了凶犯。""一名难民男子强奸了邻居6岁女孩,女孩父亲闻讯赶来持刀冲向罪犯,被警察击毙,一年半后该罪犯仅被叛20个月缓刑。"很多案件成了无头案,因为德国的破案率很低,当事人抱怨道:"破案?没有可能,警方的破案率不到5%,自认倒霉吧。"

作者把西方与中国的破案率作了比较,"近年中国警方的总体破案率是47%，高于美国的44%、英国的35%以及日本的23%，而大城市如北京、天津等的命案、人质案等大案的破案率近年接近100%"。于是发出了"风景这边独好"的感叹。

作者根据自己的所见所闻写出的东西生动、具体、客观。诸如二战后德国战俘的处境和大批移民对德国社会的巨大冲击，是一些写手们不愿或不敢或因为信息缺失而不能触碰的题目。本人认为，此为该书最为可贵之处。

毛信礼

前外交官/作家，曾任中国驻美国旧金山总领馆文化领事、中国驻澳大利亚大使馆文化参赞、中国对外文化交流协会外联部部长、北京第二外国语学院旅游系主任、中国对外一书展览公司副总经理等职务。著有长篇纪事小说《问世间情为何物》和长篇自传小说《叶落归根》。